JN030367

藤沢周平著

新潮社版

11581

目次

二天の窟（宮本武蔵）……七
死闘（神子上典膳）……夳
夜明けの月影（柳生但馬守宗矩）……一二七
師弟剣（諸岡一羽斎と弟子たち）……一九一
飛ぶ猿（愛洲移香斎）……二五七

剣と心　安部龍太郎

決闘の辻

二《に》天《てん》の窟《あなぐら》（宮本武蔵《みやもとむさし》）

一

岩殿山からは有明《ありあけ》の海が見える。はるかな海面にいま、日がかたむいて、海はまぶしくかがやいていた。ことにひとところ、金粉をまいたように光る場所がある。

「そろそろ、おもどりになってはいかがでしょうか」

背後から寺尾《てらお》求馬助《くめのすけ》が遠慮がちに声をかけて来たので、武蔵《むさし》はやっと海から眼を離してうしろを振りむいた。

「間もなく、日が暮れまする」

求馬助は重ねて言った。その声音に、かすかな懸念《けねん》が含まれているのを感じて、武蔵はさっきの男のことを思い出した。さりげなくあたりに眼をくばったが、男の姿は見あたらなかった。

その男は、数日前から千葉城跡にある武蔵の家のまわりに姿を現わした。一見して兵法修行で諸国をめぐっていると思われる粗衣蓬髪《そいほうはつ》の若者だったが、熊本城下に宿をとっているとみえ、足もとは素足《すあし》、草履《ぞうり》ばきだった。

近くで顔をあわせたわけでないから、確かではないが、齢《とし》は二十半ばだろう。長身で厚い胸を持ち、顔は黒く日焼けしている。その男は、武蔵の家の近くに現われたが、訪《おとな》いをいれて来たわけではなかった。

道もないところから、不意に姿を現わして庭を横切って行ったり、時には城跡のはずれから坂の途中にある武蔵の家を、じっと見おろしていたりする。それも、こちらが気づいたと知ると、ふっと姿を消してしまう。

身の回りを世話している家士や婢《はしため》のおふさが気づいて、武蔵に告げ知らせたのは三日ほど前だが、武蔵はもっと前からその男に気づいていたのである。

はじめは指南のぞみの若者かと思った。武蔵の高名を慕って、いまの家をたずねて来る兵法修行の者がいないわけではない。そういう人間は、武蔵が三年前に熊本城主細川越中守忠利《えっちゅうのかみただとし》に招かれ、禄米《ろくまい》三百石の客分として遇されて、いまの屋敷に落ちついてから、時どき現われた。必ずしも諸国回遊の剣客ばかりでなく、九州諸藩の名のある武士が訪れて来たりする。

武蔵は、そういう客を迎えると、気がむかないときは留守を装《よそお》って追い返したりもするが、時には屋敷に入れて剣談に一刻を過したり、また気に入った相手には木刀を持って庭に出、一手の指南もする。そういう待遇をうけた客は、欣喜《きんき》して帰るのである。

若者は、そういう客の一人かとも思われた。しかし招かれざる客であることを知っていて、この家に近づきかねている。

――もし、そうなら……。

意気地のない男じゃ、と武蔵は思ったのだ。兵法というものは、母親が子に乳をあたえるように、人が手を取って教えてくれるものではない。ぜがひでも手にいれたいものなら、ひたひたとおし迫り、強請し、時には奪い、盗み取るべきものなのだ。

だが数日、それとなく若者の様子を眺めているうちに、武蔵の考えは少し変った。男は臆《おく》して近づかないのではなかった。それがはっきりしたのは、昨日の夕方である。厠《かわや》で、武蔵は小用を足していた。老いて、武蔵の小便には長い時がかかる。ちろちろとはかない音をたてる小水の音を耳にしながら、武蔵は眼の前の覗《のぞ》き格子《こうし》から外を眺めていた。

枯草が這《は》う裏庭がひろがり、その先に高台の城址《じょうし》につづく裏山の斜面が見えて、視界はそこでさえぎられている。その視界に人影が入って来た。半ばこちらに背をむけ、裏庭を斜めに横切って行く姿が、例の若者だった。

かっと武蔵は眼をむいた。草ぼうぼうの裏庭といえども屋敷うちである。若者の背には、その気遣《きづか》いが出ていない。のそのそと遠ざかって行く。

みるからに横着《おうちゃく》そうなその背を、じっとにらんでいると、あたかもその眼を感じとったかのように、斜面の下まで行った若者がひょいとこちらに顔をむけた。日焼けした顔で、あごのあたりがさらにうっすらと黒いのは、無精《ぶしょう》ひげがはえているのだろう。

こちらを振りむいた若者の全身に、猫がものを窺《うかが》うような気配が現われている。小首をかしげたようでもある。そして、不意に武蔵は若者と眼を合わせていた。かなりの距離があるのに、男は格子のうちにいる武蔵の眼をとらえたのである。

武蔵が思わず息をつめたとき、男はにやりと笑った。白い歯が見えた。慮外《りょがい》な男である。若者はすぐに、裏山の斜面に入って行った。紅葉した雑木の枝かげに、ちらちらと黒いものが動いたと思う間もなく、姿は消えていた。野猿のように、勾配《こうばい》の急な斜面をはしり上がったのである。庭を歩いていたときの、のっそりした身体《からだ》つきからは、予想もつかない捷《はや》い身ごなしだった。

武蔵は前を見おろした。さっき思わず息をつめたときに小水がとまって、武蔵の陽物はかすかな痛みをとどめたまま垂れさがっている。一度殴りつけた子供をあやすように、武蔵は垂れさがっているものにだましだまし尿意を伝えようとした。だが、それはうまくいかなかった。じっと立っている足がくたびれて来たころに、たらたらと二、三滴の小水がこぼれ落ちただけだった。

もどかしい残尿感があったが、武蔵はあきらめて胯間《こかん》のものを着物の下にしまった。ふと、さっきの若者の笑顔がうかんで来た。若者が、胯間に生気なくうなだれているものを嘲笑《あざわら》って去ったようにも思われた。

――やはり、わしを武蔵と知ったうえで……。

このあたりをうろついている者らしい、と武蔵は思った。それも好意から近づいて来ているのではない。若者のそぶりに現われているのは、どことなく不遜《ふそん》な感じだった。あるいは敵意を抱いている者かも知れない。

そう思ったが、手を洗って居間に使っている奥の八畳にもどったときには、武蔵の気持はふだんの平静さをとりもどしていた。

近づいて来る者は、渇仰《かつごう》もあらわに教えを乞《こ》いに来る者か、敵意をちらつかせて力量を試しに来る者かの二通りしかない。しかも、たとえば教えを乞いに来る者にしても、真に兵法に心を寄せるほどの者ならば、底にいつかは武蔵に打ち勝とうとする気持を隠していると考えるべきである。それが兵法者《へいほうしゃ》の宿命だった。見も知らぬ若者のそぶりに、何ほどかの敵意を嗅《か》ぎつけたからといって、なにを驚くことがあろう。

そう思い、若者の正体がほぼつかめたことだけで、武蔵は満足した。あの者はおそらく諸国回遊の兵法修行者で、隙《すき》あらばおれに打ってかかるつもりでもいるのだろう。ならば隙を見せなければよい、と思ったのである。

若者は昨日はいちにち姿を見せなかったが、今朝また現われた。そして武蔵が、屋敷をたずねて来た求馬助をともなって岩殿山に来ると、見えがくれに後をつけて来た。その姿を眼にとめたが、武蔵はあまり気にしなかった。いったいどこで何を言い、何をしかけるつもりかあの男、と淡い興味を抱いただけである。

だが寺尾求馬助は、おそらく今日はじめて見たはずの粗衣蓬髪の男に、もっとはっきりした懸念を持ったようだった。

城下から岩殿山まで、ほぼ三里ほどの距離である。その道を来る間、求馬助は二度ほど、立ちどまって後方から来る男をじっと眺めたようである。そして武蔵が雲巌寺《うんがんじ》の境内を散策し、さらに奥の院にまわって、観世音《かんぜおん》をまつる窟《あなぐら》に入っている間も、それとなく四囲を警戒していたのを、武蔵は知っている。

寺尾求馬助は藩主光尚《みつなお》の身近に仕える藩士である。兄の孫之丞《まごのじょう》とならんで、もっとも武蔵に嘱望されている剣士で、広い肩、しなやかな長身に、十九歳とは思えない落ちついた風格がただよう若者だった。剣には、少しのちに武蔵が、わが道も失われるかと思ったが、さいわいにこの達人を得たりと狂喜したような、天成の才を秘めている。

帰りをうながす求馬助の声音に、武蔵は求馬助が、今日あとをつけて来た男から、ある種の危険を嗅ぎつけているのを感じたが、無視した。男は、一度は窟の近くにも姿を現わしたが、すぐにすたすたと引き返して行っている。武蔵がみるかぎり、男は相かわらずこちらの身近を嗅ぎ回っているだけだった。いずれ何かを仕かけて来るつもりかも知れないが、それは、今日ではない。

「先に帰っておれ」

と武蔵は言った。

「わしは、いま少しここに用がある」

「何を仰《おお》せられます？」

求馬助は、もってのほかのことを聞いたという顔をした。

「日が落ちれば、山中はすぐに冷えまする。それに……」

「…………」

「万一のことがありましては、供して参ったそれがしが殿に叱《しか》られます」

「さっきの男のことか？」

「は。それもあり、かたがた夜の山道は危のうござります」

「いらざる斟酌《しんしゃく》」

武蔵は低い声で言った。

「このわしを、誰だと思う」

求馬助は低頭した。そのまま無言で、思案するように首を垂れていたが、やがて顔を上げると、きっぱりした表情で、ではお言葉のごとく、お先にと言った。

寺尾求馬助の長身の背が、台地の降り口に消えるのを見とどけてから、武蔵は杖《つえ》を鳴らし、足を返して窟の方に歩き出した。

――おそらく求馬助は……。

と武蔵は思っていた。麓《ふもと》に降りる道みち、くまなくあたりを探りながら帰るつもりだろうが、まだ若い。あの男は、なるほどうろんな男ではあるが、殺気を身にまとっていたわけではなかった。そこのところが、求馬助にはまだ読めておらぬらしい。

台地をはずれるとき、武蔵はもう一度ふりむいて海に眼をやった。赤い布をのべたような海の断片が見えた。落日の光は空にもひろがっていて、きれぎれにうかぶうすい雲が、火を焚《た》いたように燃え立つところだった。

二

武蔵は火口《ほくち》の火種を慎重に吹いて、観音堂《かんのんどう》の中の油皿に火を移した。皿の底に、わずかに油が残っているのを、さっき求馬助と来たときに見ている。

灯芯《とうしん》がぱちぱちと火を弾《はじ》いたとみると、洞窟《どうくつ》の中は、不意に明るくなった。一瞬闇《やみ》を切り裂いたように見えた火のいろは、すぐに静まって、やわらかく窟の内部を照らし出している。

武蔵は黙然と立ったまま、四面石像の観世音を安置する小さな御堂《みどう》を眺め、次に四囲の壁面に眼を移した。灯は荒削《あらけず》りな岩の面にほのかな光と影を生み出し、時折り踊るようなゆらめきを伝える。求馬助は、日が落ちると寒くなると言ったが、広さ数畳の窟の中の空気は、寒くもなく暑くもなく、ほどのよいさわやかな感触で武蔵の身体を包んで来る。

最後に、武蔵はさっき入って来た窟の入口を一瞥《いちべつ》した。そこもほの暗くなっているのは、外は日が落ちたのだろう。静かだった。

――やはり、ここだな。

と武蔵は思った。うずくまって、足もとの土を手に掬《すく》った。崩落《ほうらく》する岩盤の屑《くず》を含むせいか、土は乾いて、砂のようにさらさらと指からこぼれる。

二年前に、武蔵は越中守忠利に命ぜられて、兵法三十五ヵ条の覚書を献じた。忠利は二階堂流《にかいどうりゅう》の松山主水《まつやまもんど》に八文字の極意をうけ、主水が父三斎《さんさい》が向けて来た刺客《しかく》に暗殺されたあとは、氏井《うじい》孫四郎《まごしろう》に柳生流《やぎゅうりゅう》を学んだ兵法好みの藩主だったので、招かれて間もなく、武蔵が兵法の極意と治世の要諦《ようてい》には相通うものがあると話すと、それを理解した。

だから武蔵は、兵法三十五ヵ条の中に、「この道、大分の兵法、一身の兵法にいたるまで、みな以《もっ》て同意なるべし。いま書きつくる一身の兵法、たとえば心を大将とし、手足を臣下郎等と思い、胴体を歩卒士民となし、国を治め身をおさむること大小ともに、兵法の道におなじ」と記したのである。

剣はただに刀術の技であるにとどまらない。その深奥《しんおう》に至れば、身をおさめ、国をおさめる玄理に通じる。剣の神髄《しんずい》をもとめて刻苦する間に、武蔵はこの考えに行きあたり、機会をみてより広い剣の世界を説いたが、大方は武蔵をただの刀術遣いとしかみなかった。だが忠利は、武蔵が説く剣の玄理を即座に理解した。兵法三十五ヵ条を記しながら、胸おどらせたことが、昨日のように思い出される。

しかしその忠利は、武蔵が兵法三十五ヵ条をさし出すと間もなく、病死した。武蔵は茫然《ぼうぜん》とした。だがそのあとに、静かなあきらめが来た。これまでだと思ったのである。

越中守忠利は、漂泊すること数十年のはてにめぐり会った、兵法者武蔵のただひとりの理解者だった。むろん武蔵の異相をきらうこともなかった。そのひとを失なったからといって、また剣を売る旅に出たりすれば、今度は諸国に老醜をさらすことになろう。

これまでと思う気持には、しばらく虚無の思いがつきまとった。あとをついだ新藩主光尚に、武蔵はなお厚遇されていたし、藩内における名声は微動もしていなかったが、この地が、もはや剣の志をのべる土地ではなく、ただの死に場所に変ったことをさとったからである。

しかし、虚無の色あいがややうすれたころから、武蔵は時どき著述のことを心に思い描くようになった。おのれがつかみ得た兵法というものの、すべてを書きのこすべきかも知れないと思ったのである。

その一部は、兵法三十五ヵ条にいささか記した。だがそれは主命によって急ぎ書き記したもので、意をつくしたものとは言えない。一剣からはじめて、ついに無辺際《むへんざい》の真理に至り得たと自負するわが兵法。そのすべてを書きのこすことが出来れば、この世でのべ得なかった志《こころざし》を、後世に伝えることになるかも知れない。

そのことをはじめて思い立ったのは、やはりいまいる窟をおとずれ、薄明の光に包まれているときだった。もしそれが出来れば、その著述は兵法者武蔵の生涯をしめくくるものになるだろう。そして事実、生涯をしめくくる時期が来ている、と武蔵はそのとき思ったのである。

誰にも言わず、また誰にもさとられていないつもりだが、忠利が歿《ぼっ》したあと、武蔵は心身が急激に衰えて来ているのを感じている。

物を忘れることが多くなり、飯刻《めしどき》にいっこうに食がすすまず、一椀《わん》の飯をもてあますようなことがある。また武蔵は、風雨の日をのぞき、毎朝薄明に跣《はだし》で庭に降りて木剣を振るのを日課にしているが、その木剣を、常ならず重く感じることがあるようになった。のみならず、素振りを終ったあと、息が切れ口中が渇き、耐えきれずに地面に膝《ひざ》をおとして喘《あえ》ぐことがある。

愛用の枇杷《びわ》の木剣は、あたかも身体の一部のように、長年武蔵の掌になじんで来たものだ。その木剣を重いと思うことは、かつてなかったことだった。息を切らすなどということは、論外の沙汰《さた》である。

――これが老いか。

と武蔵はそのとき思ったのだ。老いの印しはまだある。忠利が歿して半年ほど過ぎたころ、武蔵は腹を病んだ。

腹病みなどというものは、めずらしくも何ともない。一剣を頼りに諸国を回っていたころ、それは何度かおとずれて来たが、じっと身体をまるめていっとき耐えれば、間もなく通りすぎて行ったものだ。

だが今度の腹病みは違った。激烈な痛みが武蔵をしめつけ、ゆすり上げた。そういうことが、幾夜かあった。武蔵は、若いころにそうしたように、薬を用いず医者も呼ばず、脂汗《あぶらあせ》をしたたらせながらどうにか痛みをやり過ごしたが、そのときこれは何だと思ったのである。痛みの中に、どこか尋常でない、執拗《しつよう》な底意がひそんでいる感じがあった。

――つまりは、あれも……。

といまの武蔵にはわかる。あれも老いの印しだったのだ。あのときの異常な腹病みは、そのあとどこかに影をひそめているが、そのかわりいまは食がすすまなかったり、息が切れたり、そういうものに姿を変えて出て来ている。

いずれは老いるということを考えなかったわけではない。だが、まだ先のことだと思っていた。ことに忠利に会い、主従の間柄ながら肝胆相《かんたんあい》てらしたと信じられたころには、血が若やぎ、年寄ることなど忘れていたが、そのころにも、多分老いはすぐそばまで来ていたのだろう。ただ気づかなかっただけだ、といまの武蔵は顧《かえり》みる。

そしてこの衰えが老いというものなら、それは必ず死をともなっているだろう。その姿はまだ見えないが、死はいまもほど遠からぬ場所にじっとうずくまったままこちらを見まもっているはずだった。その想像は、武蔵の気持を時に強く著述に駆《か》りたてる。書くなら、いそがねばなるまいと思うのだ。

だが著述は、思い立ったからすぐに取りかかれるというものではなかった。取りかかれば、それは心血をそそぐものになろう。書き終ったときは、心も身体もおそらくぼろぼろに疲れ果てることが予想された。やり直しは、おそらくきくまい。そういう意味で、いま思い描いている著述はいくらか決闘にも似ていた。書き出しの語句を案じたり、書く場所を考えたりしながら、武蔵は少しずつ形をととのえ、歩み寄って来る書きものとの間合《まあ》いをはかっている形だった。

はじめは自分の屋敷で書くつもりでいた。だが屋敷にいれば、いくら人を避けても来客があるだろう、と思った。光尚から呼び出しがあれば城へも上がらねばならぬ。また家の者に厳重に言ったとしても、避け得ない日常の用というものがあるだろう。そういうことを、昵懇《じっこん》の長岡式部寄之に洩《も》らすと、式部はそれでは二ノ丸の自分の屋敷に来てはどうか、それでも騒々しいというのであれば、八代《やつしろ》の城内にひと部屋を用意させてもよいと言った。もと松井といった長岡家は肥後藩《ひごはん》の家老を勤めながら、八代城城主を兼ねている。

式部は長岡佐渡《ながおかさど》興長《おきなが》の養子だが、出は細川忠興《ほそかわただおき》の六男で、姉が興長の夫人になっているつながりで長岡家に養子に入った。武蔵に師事して、武蔵の剣をうやまうことひとかたならないものがある。

式部の申し入れは心のこもったものだったが、武蔵はしばらく考えたあとで、丁重にことわった。

——一切の飾りをとり去って……。

とそのとき武蔵は思ったのである。もとの孤独な兵法者に立ちもどって、おのれが歩いて来た道を顧み、おのれが仕上げた剣を凝視する。まわりのあたたかい庇護《ひご》を避けることはもちろん、出来れば三百石の合力米《ごうりきまい》も、拝領《はいりょう》の屋敷も返上する方がいい。今度の書きものには、そういう心の動きを強《し》いるものがあったのである。

だが屋敷を返上するの、合力米を辞退するのと言っても、聞かれるはずがないことはわかっていた。死歿した藩主忠利が生きていたら、武蔵のいまの心境を理解したかも知れないが、そもそも忠利が生きていれば、書きものを思い立つこともなかったろうと、武蔵は思うのである。書きものは、のべ得なかった剣の志の代償として、後の世にのこされるものだ。

そう思い迷っているころに、ふと心にうかんで来たのが、この窟だった。

武蔵をこの窟に連れて来たのは、やはり武蔵の門弟で、三年前に家老職にのぼった沢村《さわむら》宇右衛門《うえもん》友好《ともよし》である。宇右衛門は、そのとき岩殿山に、養父の大学吉重《だいがくよししげ》が信仰する観世音があると言って武蔵を連れ出したのだが、窟ははじめておとずれたその時から、武蔵の心に不思議な印象を残した。

同行した宇右衛門にも言わなかったが、武蔵はそのとき、かつて一度おとずれたことがある場所に来たという気がしたのである。窟は雲巌寺の奥の院で、そこに来る前に、武蔵は雲巌寺の和尚《おしょう》から、ひとくさり観世音菩薩《ぼさつ》の功徳《くどく》を聞かされている。だが武蔵が感じたのは、そういうことではなかった。ただそこにいると、心が限りない平安に満たされるのを感じたのである。

――この場所は……。

その後、ひとりで時どき窟をおとずれているうちに、武蔵は思ったのだ。ここはたとえば母の胎内に似ているだろうか。窟にひとり胡坐《あぐら》を組んでいると、時に「剣を捨て、闘いをやめよ」という声を聞くことがある。それは窟の奥にいる観世音の声のようでもあり、また遠い昔にわかれた母が呼びかける声のようでもあった。

むろん武蔵は兵法者で、生を終るそのときまで、剣を捨てる気はない。しかしこの世の飾りを捨て、一人の野の者に還《かえ》って、生涯をしめくくるものを書くとしたら、この窟こそその場所にふさわしいのではあるまいかと、武蔵は思うようになっていた。

そののぞみの中には、書いているところをひとに見られたくないという気持も含まれている。心血をそそぐ最後の書きものは、多分凄惨《せいさん》な斬《き》り合いのような形になるだろう。多分鬼になる、と武蔵は思う。書き上げたとき、そこには疲れ果てた鬼のごときものが坐《すわ》っているだろう。そこまで考えると、ものを書く場所は、いよいよこの窟のほかにはないように思われて来るのである。

——ここに決めよう。

安置されている観世音像は、往古の孝謙帝《こうけんてい》のころからのものと言われ、毎年正月十八日の縁日には、窟は参詣人《さんけいにん》でにぎわう。ふだんも参詣する者がぽつりぽつりと絶えない場所だから、窟を借りるということになれば寺の許しをもらわねばならないが、宇右衛門に頼めば、話をつけてくれるかも知れない。

武蔵は、もう一度窟のなかを見回した。耳が鳴るほど静かで、それでいてものやわらかな空気が武蔵を包んでいる。

――もし、敵が来ても……。

武蔵は兵法者の眼で窟の入り口を振りむいた。ここからなら、一撃で倒すことが出来る。

灯を吹き消すと、武蔵は窟の外に出た。星がかがやいていて、外の方が窟の中よりは明るかった。

武蔵は杖に両手をあずけて、空を仰いだ。書きものの名は決めてある。五輪書《ごりんのしょ》。そして冒頭に序して記すべき文章も、きれぎれにではあるが、頭の中にうかんできていた。天下の兵法者に逢《あ》い、数度の勝負を決すといえども、勝利を得ざるということなし。……諸流の兵法者に行逢い、六十余度まで勝負すといえども、一度もその利を失わず。

夜気にしめった枯草を、杖でわけながら、武蔵は降り口の方に歩き出した。それでも着物の裾《すそ》がすぐに濡《ぬ》れて来た。

三

何かが日をさえぎったと思ったら、窓にむさくるしい顔が現われた。蓬《よもぎ》のような髪、口のあたりを覆《おお》う無精ひげ。日を背にしているのでいっそう黒く見える顔は、あの若者だった。

窓の外が一段地面が低くなっているので、高い窓からこちらをのぞきこんでいる顔が、晒首《さらしくび》のように見える。その顔がにやりと笑った。

「また達磨《だるま》の絵ですかな」

無遠慮に男は言った。武蔵は筆をおいて無言で若者を見返した。武蔵の眼は、眼尻《めじり》が深く切れ上がり、やや三白眼めいて鋭い。大きな瞳孔《どうこう》である。大ていの人間は、その眼でじっと見つめられると萎縮《いしゅく》した顔になるのだが、若者はいっこうに平気だった。

「さるお屋敷で拝見したよ。そこのあるじは、先生の剣気があらわれているなどと有難がっておったが、おれに言わせれば、たわいもないものであったな」

若者は、横をむいてかっと唾《つば》を吐いた。

「大体、年寄って刀を持つのも大儀になるから、書だの、絵だのとやり出すんじゃねえのか？　少しもったいをつけてやれば、みんなが喜ぶからな。だが、剣気などとは笑わせる」

物言いも粗野なら、言っていることの中身も、こちらを刺戟《しげき》する棘《とげ》をふくんでいる。むかしこういうふうに粗暴にひとにつっかかる男がいたな、と思ったとき、武蔵は腹の中に笑いが動くのを感じた。多弁なところをべつにすれば、その男は風体《ふうてい》、物言いともに、ほかでもない若いころの武蔵に似ているのだ。そのころ武蔵はつねに飢えていた。腹のことだけではない。満たされることのない、飢えた心を抱いて諸国を放浪していたのである。この男も、心に飢えを持つ男か。

腹の中に動いたおかしさの中には、もうひとつ、若者の言うことがまんざらあたっていなくもない、という気持がふくまれている。

諸国を経《へ》めぐっていたころ、武蔵は招かれた屋敷や、逗留《とうりゅう》した寺院などで、みごとな書画をみることがあった。そして武蔵は、書もさることながら、より多く絵に惹《ひ》かれた。すぐれた絵は、なぜか武蔵の心の飢えをやわらかくなぐさめるようだった。

そういう絵にぶつかると、武蔵は逗留の日にちをのばしてまで丹念に見た。その様子をみると、大方の持ち主は武蔵が問うまでもなく、その絵と描き手について知るかぎりの薀蓄《うんちく》を披露してくれるのがつねだった。絵に対して武蔵は眼が肥えた。そしてあるときは、興に駆られて自分でも筆をとってみるようになったのである。

武蔵が心にとめた画人は、狩野永徳《かのうえいとく》、山楽《さんらく》、長谷川等伯《はせがわとうはく》、海北友松《かいほうゆうしょう》などだった。このとに武蔵は友松の画風に惹かれ、友松が宋の画人梁楷《りょうかい》を手本にしていることを知ると、つてをもとめて梁楷の画集を所持しているひとをたずねて行ったりした。京の建仁寺《けんにんじ》で、友松が描いた襖絵《ふすまえ》を見たときの心のたかぶりは、いまも武蔵の中にのこっている。

心のすさびに描く武蔵の絵が、やや友松の絵に似て来た。そして同時に伎倆《ぎりょう》にも進歩が見えたようであった。武蔵が、自分の絵を、ひとにも見せられる絵を描いているかも知れないと思ったのは、そのころからである。

しかし武蔵が絵を多作するようになったのは、肥後藩に迎えられてのちである。もとめるひとがいて、また武蔵が安住の土地と閑日月を手に入れたからである。武蔵の絵は珍重された。さすが、とひとは言う。天下の兵法者が描く絵は、世の絵師の作とは違う。筆に気迫がある、と。

その評判は、次のような出来事があって、倍加された。まだ忠利が生きていたころ、武蔵はもとめられて君前で達磨の絵を描いた。だがうまく描けなかった。二度三度と紙をかえてもらって描き直したが、満足出来る絵が出来なかったので、武蔵は詫《わ》びを言って城をさがった。

しかしその夜、床についてからふと会得《えとく》するものがあって、起き出して筆をとった。すると、今度はすばらしい達磨が出来た。このときのことを、武蔵は数人の門人が集まったときに、絵もひっきょう剣と同じことだと言ったのである。

「無我の境地に踏みこまねば、剣も筆も思うがままには動かぬ。さきにうまく描けなかったのは、殿の御まえという気負いがあったからだろう」

だがこの話は、少しあやまって伝えられたようだった。武蔵は剣を執《と》るごとくして絵筆を握るらしい。さすがに兵法者の芸である、と言われた。

そういう評判が聞こえて来たとき、武蔵は苦笑した。武蔵はむろん、自分をひとかどの絵描きだと思っているわけではない。描く絵はあくまでも素人《しろうと》の芸だと心得ている。そして絵の伎倆の足りないところを、兵法者の気構えで補おうなどとも考えたこともなかった。

花には花の命があり、鳥には鳥の命があるだろう。その物の命を虚心に見つめ、あるがままに紙の上に写し出したいと思うばかりである。そういうことに気持が惹かれるのは、一方に人の命を断ちかねない剣を抱えているせいだろうかと思うことがある。

武蔵の絵はそういうものだった。剣気などは出ていないはずだった。剣気があらわれたとすれば、それはむしろ絵の未熟を示すものだろう。むさくるしい若者の悪態口《あくたいぐち》には一理がふくまれている。

ただ一枚、まさに剣気にうながされるままに筆をはこび、それなりに心にかなった絵があったな、と武蔵は思い出していた。

果し合いを明日にひかえた秋の午後。武蔵は野を歩いていて、一羽の鵙《もず》に会った。鵙は枯木の頂きに近い枝にとまり、宙の一点に眼を据えながら、鋭い鳴き声をひびかせていた。日が落ちかかるころ、ようやくとび去った鳥を見とどけてから、武蔵は宿に帰り、夜を徹して一枚の絵を描き上げた。描き終って武蔵は、この鵙は果し合いを待つおれそのものだと思ったのだが、その絵を、若者は見てはいまい。

「おぬし、名は何という？」

と武蔵は言った。

「おれか？　おれは鉢谷《はちや》助九郎《すけくろう》」

「このあたりの者ではあるまい。どこから来たな？」

「江戸だ」

「…………」

武蔵は無言で、男の顔を見た。江戸という地名には、武蔵を警戒させるものがふくまれている。そこには武蔵を江戸から追い出した柳生但馬守《たじまのかみ》がいた。

「多田《ただ》彦之丞《ひこのじょう》という名をおぼえているか?」

唐突に若者が言った。

「江戸の西、原宿村に小さな道場を構えていた。流儀は無明流。宮本武蔵と試合して敗れ、不具にされた男だ」

若者はにやにや笑った。

「まだ生きてはいるが、廃人だ」

「…………」

武蔵はまばたきをし、小さなため息を洩らした。多田彦之丞という名には記憶がなかった。

「おぼえておらんの」

「ま、いいさ。むかしのことだ」

「おぬし、その彦之丞とやらの血縁か?」

「いや、弟子だ」

「ほう」

武蔵は射るような眼にもどって、胸をおこすと若者を見た。

「はるばると、師匠の仇《かたき》を討ちにでも来たのか?」

「いやいや、そういうことじゃない」

若者は手を振った。

「弟子といっても、孫弟子だからなおれは。それほどの義理はない」

「すると？」

武蔵は油断なく聞いた。

「何がのぞみで参った？」

「一手ご指南ねがおうかと思ってな」

若者はひっひと聞こえる声で笑った。

「何しろ子供のころから、大師匠と天下の兵法者宮本武蔵の試合を聞かされて、ここに……」

若者は自分の耳を指さした。

「タコが出来た。いつかは一手教えてもらおうと心がけて来たわけよ」

「…………」

「年寄ってもうくたばったかと思ったが、来てみるとまだ生きている。しかも見たところ存外に丈夫そうだから、声をかける機会《おり》をねらっていたのだ」

礼儀をわきまえないなどというものではなかった。男はまるで雲助まがいの言葉で武蔵に話しかけている。この男、おれを怒らせて立ち合わせようというつもりかと武蔵は思った。男の口の汚なさを、挑発と受けとればそれはそれで腑《ふ》に落ちる。

武蔵は男の顔をじっと見返したが、日を背にしているので、男の表情はよく読みとれなかった。そそけ立った髪の先が、日に透けて金色に光るのが見えるだけである。

「どうですかな？　一丁ご指南というわけにはいきませんか？」

「ことわる」

武蔵は、男に眼を据えたまま、静かに言った。

「しかるべきひとの周旋もなしにおとずれる者には、指南はせぬ。それに、貴様がごとき礼儀をわきまえぬ男に教える剣は持たん。教えを乞うつもりなら、まずその口のききようをあらためてからまいれ」

静かだが、厳しい口調で武蔵は叱った。武蔵の叱責《しっせき》を浴びたら、並の人間はふるえ上がる。だが男はいっこうに平気そうだった。ふふんと鼻先で笑った。

「年はとりたくないものだ。素姓も知れない兵法修行の者とは立ち合わんということは、つまりはこわいからだろうなあ。若いころのようには、木剣も振りまわせんというわけだ。武蔵老いたり、か。ハ、ハ」

この男、まことは狂人かと武蔵が思ったとき、外に声がした。これ、そこの男と言ったのは家士の増田惣兵衛《ますだそうべえ》の声だった。惣兵衛の声はあわてている。

「みだりに屋敷うちに入ってはならん。訪《おとな》いもいれず、そこで何をしておる？」

「なに……」

若者は声の方に、ひょいと顔をむけた。

「この家のあるじと、ちょっと談合してただけさ。二天一流というのを拝見出来んかとな。ところが、ことわられた」

「あたりまえだ。何たる礼儀知らず……」

窓の外に惣兵衛の姿があらわれた。惣兵衛は部屋の中の武蔵を見ると、あわてて辞儀をしてから、あらためて若者とむかい合った。惣兵衛の肉の厚い丸顔が、怒気でふくらんでいる。

「そのようなのぞみは、しかるべき方を頼んで申し入れて来るのが順序じゃ。泥棒猫のように家のうちをのぞきこんでかけあうとは、何たる不埒《ふらち》。去《い》ね。出なおしてまいれ」

「待て、惣兵衛」

うちわであおぐような手つきで、若者を追い出しにかかっている惣兵衛を制しながら、武蔵は立って窓ぎわに行った。男はゆっくり窓の下をはなれ、二間ほどさがったところで立ちどまった。うす笑いをうかべてこちらを見ている。

狂人でもなさそうだと思いながら、武蔵は惣兵衛に顔をむけて言った。

「立ち合ってやろう。庭に、木刀を用意しろ」

「しかし、それは……」

「言われたとおりにいたせ」

惣兵衛にうながされて、若者が庭の方に姿を消すと、武蔵は腰をおろして鹿皮《しかがわ》の足袋をぬいだ。

あの調子で、いつまでも家のまわりをうろつかれてはかなわん。ちょいと恫《おど》しつけて追いはらうほうがよさそうだと思い直していた。家をのぞくぐらいならまだしも、書きものにかかるころに窗をのぞかれたりしては、たまったものではない。

足袋をぬぎ捨てただけで、着ているものはそのままで、武蔵は居間を出た。

――あの口の汚なさでは……。

しかるべき家の禄を喰《は》んだということは考えられぬ。原宿村といったが、ひょっとしたら江戸近郊の百姓上がりででもあるか、と武蔵は思った。

そういう男たちなら心あたりがあった。いまは世の中がすっかり落ちついてしまったが、武蔵がまだ若かったころは、一剣をもとでに少しでも高く自分を売りつけようと、諸国を放浪してまわる素姓怪しげな連中が、ごろごろしていたものだ。そういう男たちにかぎって、天下に敵なしと思い、その自負を鼻の先にぶらさげていたことを思い出す。身のほど知らずの男たちだった。だが人のことは笑えない。おれ自身にしてからが、そういう男たちの一人だったのだ、と武蔵は思った。

立ち合ってやるか、と思い直した心の底には、その親近感が動いている。男は、姿かたちだけのことではなく、武蔵に若いころのおのれの姿を見る思いをおこさせる。おそらく腕にはいささか自信をもち、天狗《てんぐ》になっているのだろう。

あわよくばおれを打ちこんで、肥後の宮本二天もさほどのことはないと、おのれの飾りにするつもりででもいるか。それならちょっぴり二天一流のこわさを味わわせてやろう。おれが、いささか強くなったかとみずから認めたのは、生死を賭《か》ける立ち合いのこわさを知ったあとだった、と武蔵は思った。

四

庭に出ると、惣兵衛が木刀をわたした。一本は長く、一本は短く、大小の刀を模しているが、それは長さだけのことで、細かく削り上げたものではない。見たところは二本の棒に異らなかった。

木剣をつかむと、武蔵は軽く素振りをくれた。手に使い馴《な》れた感触がもどって来た。素振りを終ると、武蔵は男を見た。

若者は広い庭の隅の方に立っていた。十間近い距離があるだろう。惣兵衛が貸し与えたらしい木刀を右手にだらりと下げたまま、こちらを見ている。長い影が、男の足もとから横に、庭の中ほどまでのびている。ところどころに枯草が散らばる庭に、傾いた日が這い、その中に凝然と立っている男の半身も日に染まっていた。

両手に木刀を下げると、武蔵は無造作に男にむかって歩いた。男も数歩前に出た。そこで立ちどまると、静かに青眼に構えたのが見えたが、武蔵は足をとめなかった。ゆるゆると同じ足どりで前に出た。木刀はゆるやかに下げたままである。

歩いているうちに、武蔵の眼から男の姿が徐々にうすれかけ、かわりに心眼に剣気が映って来る。剣気はまだ弱い。だが、それは唐突に獰猛《どうもう》な殺気を帯びて殺到して来るだろう。だがそのとき左剣が襲いかかって来たものをはね上げ、同時に右剣は相手の身体にとどいているはずだ。強く打つことはない。だが、軽くあててやった方がいいかも知れない。武蔵の眼の中で男の姿がおぼろに黒い一本の棒のようになった。

不意に武蔵は、足をとめた。武蔵の足をとめたものがある。壁のようなものだった。

それは、無視して踏みこめば強烈にはね返す力を隠した壁だった。

武蔵は男を見た。距離はまだ五間ほどある。そこに男が足を踏みひらいて立っていた。木刀は高く上段に構えられている。男の顔には、へらへらと笑い声をひびかせたさっきの面影はない。やや青ざめたひげづらの中から、乾いた眼が武蔵を見つめていた。青ざめてはいたが、男は自信に溢《あふ》れて立っていた。かかげられた木刀は微動もせず、身体は岩のように安定している。次の動きを存分にためた姿だった。いま仕かければ、武蔵といえども一撃で打ち倒されよう。男の姿が大きく見えた。

武蔵の身の丈は六尺に達する。その長大な軀幹《くかん》は武蔵の武器のひとつだった。いま丈六尺の武蔵の仕かけを封じているのは、男の上段の構えだった。男が青眼から上段に木刀を移すのを、武蔵は見ている。見ながら、みすみす優位を許したのは、男が武蔵の歩行にあわせて、す、すっと木刀を上げたためである。歩行の拍子を盗まれたのだ。優位を握った男は、武蔵より丈高くそびえていた。

「…………」

声にならない呟《つぶや》きを、武蔵は洩らした。一度手を動かしかけて、やめた。武蔵も動かず、男も動かないまま、長い刻《とき》が移った。その間に、一度日が真赤に燃えた。それから日は少しずつ光を失ない、地面にのびた二人の影もうすれて行った。日が落ちるところである。

不意に男がそろりと前に出た。頭上の剣は微動もしない。男が、またそろりと前に出た。岩がせり出して来るような圧迫感がある。武蔵は耐えていた。

男は三間の距離まで詰めて来た。男はそこで立ちどまった。立ちどまったまま、男の身体がふくらんだ。顔も木刀もふくらんだ。そのふくらみが極限に達したと見たとき、武蔵はうしろに跳んだ。

「これまで」

と武蔵は言った。

「見上げた腕だ。よく遣《つか》う」

男は小首をかしげるようにして武蔵を見た。だが武蔵が右手の木刀を無造作に左手に移すと、自分も木刀をおろした。男の眼から光が消え、顔にひとを小馬鹿《こばか》にしたような笑いがもどって来た。男はにやにや笑いながら、無言で武蔵を見ている。

胸に高い動悸《どうき》が動いて、息苦しいほどだった。口が渇き、胃ノ腑のあたりに吐き気がたまっている。ひと眼がなければ、しゃがみこんで吐きたいほどだったが、男がいて、うしろでは増田惣兵衛がこちらを見まもっている。

悪い気分をおさえて、武蔵は言った。

「おぬし、いまどこにおる?」

「城下のはずれだ。そこに宿をとっている」

「はるばると、わしに会いに来たわけか?」

「そんなところだ」

「で? のぞみは達したかの」

「まあな」

男はにやにや笑った。不遜な笑いだった。胃ノ腑の中の吐き気が、また動いた。

「あとは江戸へもどるだけか?」

「いそぐ旅でもないが、このあたりにいつまでいても仕方ない」

「ここへ来て、数日逗留せぬか」

と武蔵は言った。

「その間には門人の稽古《けいこ》もある。見て帰ったらよかろう。もっとも、そうのぞむならの話だが……」

「これは、また……」

男は笑い声を立てた。

「ねがってもないお招きだな。宿賃が助かる」

荷をまとめて、今夜にもさっそく厄介になる、と言うと、男は立っている惣兵衛に木刀を渡し、そそくさと背をむけた。男の姿は、夕まぎれて来た庭を横切って、すぐに見えなくなった。

「あのようなことを申されて、大事ござりませんか」

男が姿を消すと、すぐに惣兵衛が言った。いまの問答に不満がある口ぶりだった。

「あの者は、数日この屋敷のまわりを窺《うかが》っていた、うろんな男ですぞ。そのうえ物腰、口のききよう、まことにもって無作法きわまる……」

「心配はいらん。あれはいささか見どころのある男だ」

武蔵は惣兵衛の言葉をさえぎって、木刀を渡すと土間に入った。そこから振りむいて言った。

「おふさに申して部屋を支度させろ。あの男が来たら、丁重《ていちょう》にあつかうように申せ」

居間に入ると、武蔵はこらえていた喘ぎを吐き出した。崩れ落ちるように坐り、机の両はしを手でつかんで、武蔵はしばらく全身で喘いだ。身体の中に、すさまじい疲労がのこっている。

——負けた。

信じられないことだが、事実だった。なぜそうなったか、答は出ている。衰えたのだ。

武蔵の名声をしたってたずねて来る者や、門人たちは、そのことにまだ気づいていない。稽古をつけてもらうとき、武蔵が二本の木太刀をさげて、黙って前に立つだけで、半ば本能的に足をひく。俊敏の剣才にめぐまれている寺尾求馬助や兄の孫之丞にしてもそうだった。かれらは武蔵が背負っている剣客としてのはなばなしい名声に、ほとんどおびえに近い気持を抱いている。そのおびえのために、武蔵の老いが見えない。

だが今日立ち合った鉢谷助九郎という男は、そういうおびえとは無縁の人間だっただけでなく、はじめから武蔵の衰えを見抜いていたようでもある。そういう男らしいと、うすうす察知出来たのに立ち合う気になったのは、魔に魅入られたとしか思えない。

──立ち合うべきではなかった。

その後悔に胸をつかまれながら、武蔵はうす闇が寄せて来る部屋に、凝然と坐っていた。喘ぎはおさまり、太鼓を打つようだった胸の動悸も、小さく静まっている。

だが後悔したところではじまらなかった。鉢谷の五体が躍動する寸前に、武蔵は引きわける形をつくろったが、むろん鉢谷は勝ったと思っているはずだった。このまま帰してはならぬ。とっさにその考えがはたらいて引きとめはしたが、はて、あの男の始末を何としよう。

「旦那《だんな》さま」

部屋の外におふさの声がして、襖がひらいた。おふさは部屋の中が暗いままで、武蔵が坐っているのをみておどろいたらしかった。すぐに立って部屋の中に入って来た。

「どうなさいました、このような暗い中に」

「………」

「いま、灯をいれまする」

「灯はあとでいい」

と武蔵は言った。

「ちょっとここに坐れ」

「でも、お客さまがござるとか……」

「その客のことで話がある。坐れ」

五

寺尾孫之丞を送って外に出ると、家の横手の方で、ひとの笑い声がした。武蔵がのぞいてみると、おふさと鉢谷助九郎がいた。

おふさに言いつけられたのか、助九郎が軒下から大きな漬けもの樽《だる》をかつぎ上げた。

二人は武蔵と孫之丞に気づかない。樽をかついだ助九郎は、そのままおふさの後にしたがって、台所口がある裏手の方に姿を消した。

「あの男を、いつまでとめ置かれるおつもりですか」

と孫之丞が言った。孫之丞の顔には、非難するようないろがうかんでいる。

「いつまでということもないが……。なに、あと二、三日もすれば出て行こう」

「それならば、よろしゅうござりましょうが……」

孫之丞は、うつむいて足もとの小石を蹴《け》った。そして顔をあげたとき、孫之丞は少し鋭い眼つきになっていた。

「じつは門人の中に、怪《け》しからぬことを耳にした者がおります」

「…………」

「先生と立ち合って、勝ったと、鉢谷というあの男が申したというのですが……」

「ほう」

武蔵はじろりと孫之丞を見た。

「惣兵衛に聞きましたが、立ち合いは途中まででございましたそうですな？」

「まあ、そうだ」

「ひと打ちにこらしめてやればおよろしかった。なぜ、そうなさらなかったのです？」

孫之丞は、惣兵衛から聞いた立ち合いの様子に疑念を持ったらしいな、と武蔵は思った。孫之丞なら、不審をいだいて当然だ。

「求馬助から聞きましたが、鉢谷はその前にしきりに先生をつけまわしていたそうでございますな。また惣兵衛や九左衛門《きゅうざえもん》の話によると、この屋敷に来ると、あの男こんどは台所の女子の尻を追いまわしているとか申す」

それは事実だった。助九郎は荷をまとめてやって来たその夜、さっそくにおふさの寝部屋に夜這《よば》いをかけて追い出されている。そのことを武蔵はおふさの口からじかに聞いた。

「傍若無人な男のようでございますな。そういう男を、このまま帰しては、何を言いふらすか知れたものではございませんぞ」

「わしに勝ったとかいうことかの？」

「はい。それがしがこう申しては僭越《せんえつ》ですが、一度先生からびしとご教訓があってしかるべきかと存じます」

「…………」

「それとも……」

孫之丞は、武蔵の顔をじっと見た。

「お許しがあれば、それがしが立ち合って、完膚《かんぷ》なきまでに打ちこんでやりますが……」

孫之丞なら、勝てるかも知れないな、と武蔵は思った。孫之丞の剣は、近ごろ急速にのびてほとんど完成の域に近づいている。

だが、鉢谷助九郎の剣には、野の者の強さがある、と武蔵は思う。むかし武蔵にあって、柳生但馬守は持ちあわせなかったものだ。小野《おの》次郎右衛門《じろうえもん》にもそれがあった。同じ将軍家指南役でも、小野忠明《ただあき》の剣は柳生を上回っていたと、武蔵はいまでも思うことがある。軽率に、孫之丞を助九郎に立ち合わせるべきではない、という気がした。

「まあ、よかろう」

と武蔵は言った。

「言いたいやつには言わせておけ。誰も信ぜぬ」

まだ不満そうな顔の孫之丞を帰らせると、武蔵はぶらぶらと庭を歩いた。

——さすがに孫之丞は……。

よくみていると武蔵は思った。孫之丞にはああ言ったが、武蔵も、鉢谷助九郎は江戸にもどる道みち、かならず今度の立ち合いのことを言いふらしながら帰るだろう、と思っていた。おれが武蔵を破って来た、不敗の武蔵も、年寄ってはあわれなものだ、と。

その話を信じない者もいるだろう。かつての武蔵の剣名を心に刻みつけている者なら、その話を信用せず、逆に若者の言うことを狂者の言葉か、それともとるに足りないほら話と受け取るかも知れない。そういう人間はたくさんいるはずだった。

だが、中には話を信じる者がいるだろう。ことにひとかどの剣を遣う者なら、助九郎から立ち合いの委細を聞けば、おそらく信じるだろう。信じる者が出れば、その話は少なからぬ尾ひれをともなって、たちまち諸国にひろまるに違いなかった。武蔵敗《やぶ》れたり。この種の噂《うわさ》ほど、諸国の兵法者を喜ばせるものはないのだ。

鉢谷助九郎を、このまま帰すべきでないという孫之丞の言葉は、そのあたりの事情を指している。孫之丞は、たとえほら話にせよ、この種の噂がひろまるのは好ましくないと言ったのかも知れないが、あるいは立ち合いの真相を見抜いていて、さっきのように強く進言したのかも知れなかった。

柴垣《しばがき》のあたりに人がいるので寄って行くと、二、三人の男たちが垣のきわにある木斛《もっこく》を動かしているところだった。いまは丈余の木だが、いずれは高さ四、五丈にものびる木である。それが垣根の外に傾いて立っているのを移すところらしく、少し離れたところに深く大きい穴が掘ってある。

仕事を指図しているのは家士の岡部九左衛門で、ほかは近くの百姓家から頼まれて来た男たちのようだった。痩《や》せていて、さほど力の足しにもなるまいと思われる九左衛門も手を貸し、男たちはすでに根もとを掘り終った木を、声をあわせて動かしている。そのたびに、赤い実が風に吹かれるように右に左にゆれ動いた。九左衛門もほかの男たちも、武蔵には気づかなかった。

しばらく眺めてから、武蔵は家の方に足をもどした。また孫之丞の言ったことが胸にもどって来た。

――孫之丞の言うとおりだ。

いま、家の中で喰って寝て、合間に婢の尻を追いまわしている男は、生涯のしまいの場所にひょっこりと現われて、そこに汚点をつけようとしていた。むろん、このまま放してはならない。

ただし、と武蔵は思っていた。その始末はおれがつける。その時が来るのを、武蔵は待っていた。

六

男が、明日立つとおふさが知らせて来たのは、それからさらに二日後の夜だった。

「でも、そのことをひとには言うなどとおっしゃって、おかしなおひと」

おふさは大柄な背をまるめてくっと笑い、肩をおもみしましょうかと言うと、武蔵のうしろに回った。

「お前にだけは打ち明けたか」

「急に握り飯をつくってくれと申されますから、なぜかとお聞きしました」

「ふむ」

武蔵は眼をつむった。おふさは指先に力があり、身体をもませると骨まで通って快い。おふさは一度夫を持ったことのある寡婦《かふ》で、年は二十八だった。

もともとは八代在の百姓家の嫁だったが、夫に死にわかれ、子供もなくて実家にもどっていたとき、娘のころ奉公したことがある式部の世話で、武蔵の屋敷に来たのである。来てから半年ほどの間、おふさは夜の始末が終ると、武蔵の寝所に来た。はじめから式部にそう言いふくめられていたとみえ、従順だった。

大柄で膚《はだ》の白いおふさの身体を喜んで、はじめのころ武蔵はたびたび床に呼んだが、ほどなく倦《あ》きた。半年ほどたつと、おふさを呼ぶことはまれになり、一年後には夜のことはぷっつりと絶えた。武蔵は、どちらかといえば女色に淡白なたちだった。

しかしおふさは気性が大らかな女で、働き者だった。そうなってからも、はじめて来たころと少しも変らずに、飯の支度、家の中の拭《ふ》き掃き、洗い物と献身的に働く。

武蔵は日ごろ、得難い婢をもとめたと思っていた。

「握り飯をくれというのは、今夜のことか、それとも明日朝のことかの？」

「夜のうちにくれと申されましたから、さきほどさし上げました」

ふむ、すると今夜か、明朝早くひそかに立つということだと武蔵は思った。野放図《のほうず》もない男かと思ったが、ちゃんと用心しているようだった。そして、その用心こそ、助九郎が武蔵に勝ったと思っている証拠だった。だから、ひそかにこの屋敷を出ようとしている。兵法者として、当然の心配りだと武蔵は思った。

――それにしても、横着な男ではある。

助九郎は、武蔵に引きとめられたとき、そこに何かの意図があることを察知したかも知れない。しかし平気な顔で来て長逗留を決めこみ、十分に喰い、寝て、明日は握り飯までつくらせて抜け出すつもりらしい。

「夜這いの方はどうした？　ふさ」

と武蔵は言った。

「よほどそなたに執心の様子だったが、一度ぐらいは許してやったか？」

「いやでございますよ、旦那さま」

おふさが、豊かな腰をくねらせたのが、武蔵にはわかった。おふさは百姓女らしいあけすけな口調で言った。

「あのような若い男は、好きませぬ」

「無理せんでもよい」

と武蔵は言った。

「明日は江戸へむけて帰る男だ。今夜はなぐさめてやれ」

「……………」

おふさの、肩をもむ手がとまった。

「そなたの身体は立派なものだ。姿がすぐれ、血は熱い。若い男なら、さぞ喜ぼう」

「それは……」

肩から手をひいて、おふさが小声で聞いた。喉《のど》にからまるような声だった。

「お言いつけでございますか？」

「そうだ。終ったら、わしに知らせろ」

「………」

「肩もみは、もうよいぞ」

おふさはじっと坐っていたが、やがて無言で立ち上がると、顔をそむけて部屋を出て行った。その足音に、しばらく耳を澄ませてから、武蔵は灯を吹き消し、着たままで横になると眼をつむった。

おふさがもどって来たのは、丑《うし》の三点ごろだった。気配をさとると、武蔵はすばやく起き上がって襖をあけた。闇の中に白い寝巻をまとったおふさが立っていた。

「もてなしてやったか」

「………」

おふさは声を出さなかったが、うなずいたのが見えた。

「それで？　やつはどうしておる？」

「眠っております」

「よし」

武蔵はおふさの手を引きよせると、ひたひたと手の甲を叩《たた》いた。

「あとは、ゆっくり休め」

亡霊のように、音もなくおふさが去ると、武蔵は部屋にもどって置いてある風呂敷《ふろしき》包みをひらいた。着換えるものが入っている。

武蔵は手早く着換えた。襦袢《じゅばん》から着換え、襟に細かに鎖を縫いこんだ胴着《どうぎ》をかさねる。軽衫《かるさん》をはき、足もとは革足袋、草鞋《わらじ》で固めた。いずれもむかしの兵法修行のころ、身につけていた古くなつかしい品である。暗い中だったが、武蔵の身支度には渋滞がなかった。

最後に床の間の水盤で、数日前丹念に紙撚《こより》で編んだ襷《たすき》、鉢巻にしめりをくれると、しっかりと襷をかけ、総髪をうしろにさばいて鉢巻をしめた。

つぎに武蔵は、膝をついて水盤から水を吸うと、手に提げた刀を前にかざして、ひと息に霧を吹いた。立ちあがると、しばらく凝然と息をととのえたが、やがて静かに居間を出た。草鞋が、かすかにきしんだだけである。提げた刀は大原真守《さねもり》作の三尺にあまる長剣、一本だけだった。

庭を抜けて道に出ると、そこは坂道になっている。武蔵はためらいなく坂をくだった。道は丘の中腹を縫っていて、昼ならずっと下までつづいて見えるのだが、いまはほんのわずかに足もとがわかるだけだった。夜明けまでには、まだ一刻の間がある。

下界はまだ夜で、暗い空に星がまたたいている。

武蔵は速い足どりで坂道をくだった。片側に一歩踏みまちがうと下に墜《お》ちかねない急な傾斜がつづいているが、武蔵は夜の間の地勢をみるために、二晩この道を往復している。

迷いのない足どりで歩きつづけた。二丁ほどくだったところで、道は二股《ふたまた》にわかれている。一方の道は丘に沿ってゆるやかにくだり、そのまま行けば城下に出る本道につながる。もう一方の細い道は傾斜の急な雑木林に落ちこんでいて、藪《やぶ》をくぐって丘を降り切ったところで、その下の村落に出る。

武蔵はそこで立ちどまると、手さぐりで丘の斜面に踏みこんだ。岩をつかみ、木の根をつかんで少し攀《よ》じのぼった。三間ほどのぼったところに、斜面から露出している大きな岩がある。武蔵はその陰に這いこんだ。

たったそれだけののぼりに、武蔵はみじめなほど喘いだ。岩につかまったまま、しばらく肩で息をついたが、やがて呼吸が静まると、腰をおろして背を岩にもたせかけ、刀を抱いて凝然と動かなくなった。

――ずいぶん、むかしに……。

やはりこうして、夜明け前の闇にうずくまって敵を待ったことがあったな、と武蔵は思った。それがいつのことだったか、容易に思い出せなかったが、考えに倦《う》んで身じろぎしたとき、ふっとわかった。それは京の吉岡《よしおか》一門との連続した決闘の最後の時のことなのだ。

洛東《らくとう》一乗寺藪《やぶ》の郷《さと》のはずれ、下り松。相手はすでに武蔵に負けて不具にされた吉岡清十郎《せいじゅうろう》の子息又七郎《またしちろう》だった。しかし清十郎、その弟の伝七郎《でんしちろう》と、相ついで武蔵に敗れ、一門の柱を失なった吉岡の門弟たちは激昂《げっこう》していた。又七郎を前面に立てて一門が力をあわせ、是が非でも武蔵を討ち取る覚悟だという噂が洛中に流れた。

その噂を心配して、京から立ちのくようにすすめる知人もいたが、武蔵はきかなかった。逃げたと噂されては、わが名に傷がつくと思ったのである。ただし武蔵は死を覚悟した。吉岡の門弟が、弓まで用意しているらしいと聞いたからである。

そのときの果し合いで、武蔵が真先に少年の又七郎を斬ったことが、あとで非難されたが、武蔵は何を言うかと思っただけである。門弟たちがつき添ってはいるものの、果し合いの名目人《めいもくにん》は吉岡又七郎である。又七郎を討つことこそ肝要だった。そのあとで、たとえば門弟たちとの乱闘で倒れようとも、後世はその果し合いに武蔵が勝ったと判定するはずだと思ったのであった。

——兵法者も、業《ごう》の深い者ではある。

武蔵はそう思った。あれからはるかな歳月を経、しかも老いを悟った身でいながら、こうして闇に身をひそめて敵を待っていると、やはり勝負の血がさわぐようだった。

年老いて、ことに忠利に死なれて俗の世にのぞみを絶ってから、武蔵はふっと、人の世は、およそこんなものかと思うことがあった。名も虚、力も虚。おしなべて一場の夢かと、人生の真相を垣間《かいま》みる思いがすることがある。

生きるということがそのようなものであれば、死もまたしからん。そう思っていたところに、なまぐさい身振りで、不意に土足で踏みこんで来たのがあの男だ。

鉢谷助九郎という男は、兵法者武蔵の胸の中で、まさに消え行こうとしていた最後の火をかき立てたようでもある。その証拠に、武蔵はこう思っていた。せめてもう十年前だったら、ひと打ちに不具にしていたところだ。勝ったつもりか知らぬが、待て、まことの兵法がどういうものか、いまに思い知らせてくれよう。

武蔵は顔を上げた。仄《ほの》白く夜が明けようとしていた。白いものは霧だった。半ば葉を落とした雑木の幹が黒く姿をあらわし、その間を霧が流れている。雑木の奥でチッチッと小鳥が鳴いた。

武蔵は身体を起こして、岩の陰から下の坂道をのぞいた。そこにも霧が動いていた。武蔵はそのままの姿勢で、鋭い眼をくばり、宙をにらんで耳をそばだてたが、動くものの気配はなかった。背後に、チッチッと小鳥の声がするばかりである。鉢巻をしめ直すと、武蔵は片手で岩をつかみ、また下の道をのぞいた。そのまま動かなくなった。

坂道に、かすかな足音が聞こえて来たのは、それからなおしばらく経《た》ってからだった。足音の主は、速い足どりで坂道を降りて来る。武蔵は刀を抜くと、鞘《さや》を捨てた。

そのとき、その朝の最初の日射《ひざ》しが丘を照らした。日がのぼったのである。霧はいつの間にか、ほとんど消えかけていた。わずかに丘のふもとのあたりに、うすい煙のようにとどまっているだけだった。

岩に這い上がり、刀を抱いてうずくまったまま下を見おろしている武蔵の眼に、やがて男の姿が見えて来た。男はきっちりと旅支度に装っていた。背中の打飼《うちがい》には、おふさがつくった握り飯も入っているのだろう。男は足早に、ややうつむいて道を降りて来る。武蔵には気づかない。そして岩の下まで来た。武蔵が立ち上がった。

「鉢谷助九郎!」

声をかけると同時に、武蔵は岩から跳んだ。男は驚愕《きょうがく》して、眼も口もいっぱいにひらいた。男の眼は、空を駆けて来る悪鬼を見たかも知れない。武蔵の足は宙を掻《か》き、長い白髪は逆巻《さかま》いてうしろに流れた。眼は切れ上がり、口は耳もとまで裂けている。

だが、さすがに助九郎も、武蔵を目がけてはるばると来た剣客だった。猛然と刀を抜こうとした。だが足場がせまく、刀に手をかけた動きにも一瞬の遅れがあった。体をひねり、摺《す》り上げるように刀を抜いたとき、降り立ちざまに振りおろした武蔵の剣が、助九郎の身体を二つに斬り割った。武蔵の一撃は、助九郎の肩口から入り、そこから胸の半ばまで骨もろともに断ち切っていた。

血を噴き上げながら倒れる助九郎を見ながら、武蔵は勢いあまって道下の枯草の斜面をすべり落ちた。草をつかんでようやく身体をとめると、武蔵はそのままぐったりと草の中に顔を伏せた。太鼓がとどろくように胸の動悸が高鳴り、口は喉の奥まで渇いて、武蔵はそのままの姿勢で、二度三度と、嘔吐《おうと》の声をあげた。左足の腿《もも》に刺すような痛みが走るのは、跳びそこねて筋をたがえたらしい。その痛みで身体がこわばった。

しかし、さからわずに喘いでいると、やがて身体はやわらかさをとり戻し、全身にゆるやかに血がまわりはじめるのが感じられた。詰まるようだった呼吸も楽になり、胸の動悸も小さくおさまった。

のろのろと、武蔵は道まで這いのぼった。そして倒れている助九郎の身体に、まだ痙攣《けいれん》がのこっているのを見ると、刀を逆手に持ちかえて、無造作にとどめを刺した。

あのときおれを打ちこめたのに、そうしなかったからこうなった、と武蔵は思った。

それだけのことだった。

死骸《しがい》をまたいで、武蔵は坂道をのぼった。時どき立ちどまって息を入れ、痛む足をひきずりながらうつむき加減に坂をのぼって行く老いた兵法者を、朝の光が静かに照らしていた。チチ、チチと小鳥が鳴いた。

宮本武蔵が岩殿山の窟に籠《こも》ったのは、それから数日後だった。孫之丞や求馬助、また家士の惣兵衛、九左衛門が、つき添いたいと申し出たが、武蔵はいずれもことわった。ただ婢のおふさだけが、窟に喰い物を運んで来る。そのおふさも、武蔵に言いつけられたとおりに、窟の入口に喰い物を差しいれると、声をかけずに立ち去る。

三日の間、観世音の前に坐って祈願を籠めてから、武蔵は五輪書の筆をおろした。寛永二十年十月十日の寅《とら》の一点、夜明けにはまだ間がある時刻だった。

兵法の道、二天一流と号し、数年鍛練のこと、はじめて書物にあらわさんと思い……。そう書き出すと、そのあとは筆はすべるように走った。

……二十一歳にして都へのぼり、天下の兵法者に逢い、数度の勝負を決すといえども、勝利を得ざるということなし。その後国々所々に至り、諸流の兵法者に行き逢い、六十余度まで勝負すといえども……。

ふと武蔵は筆をとめて顔を上げた。そして冷える手を押し揉《も》んだ。鉢谷助九郎という若者のことが、ちらと胸を横切って行ったのである。あの立ち合いも、この六十余度の勝負のうちに含まれるかと思ったのだが、それはなぜか、遠いむかしにあったことのようにも思われて来る。

——勝ったからだ。

負けたままであったら、そうは思わず、窟に籠る気持も鈍ったかも知れない、と武蔵は思った。

だが若者のことを考えたのは、ほんのわずかな間だった。おもかげはすぐにうすれた。

灯がまたたいている。武蔵はしばらくその灯を眺めてから、また筆に墨をふくませた。静かだった。窟の中の空気は硬く冷えているが、その静けさは、武蔵に母親の腹の中にいるような平安をもたらし、加えてすでに俗世と別れて来たという思いを誘う。たどりつくべき場所にたどりついたからだ、と思われた。たどりついたその先に、死が待っている気がしたが、それもあまり気にならなかった。それはひとつづきの平安にすぎないと思われて来る。

……六十余度まで勝負すといえども、一度もその利を失なわず。そのほど、年十三より二十八、九までのことなり。我、三十を越えて跡を思いみるに……。

武蔵は書きついだ。灯芯がじじと鳴ったが、もう顔を上げなかった。寒ざむと灯がゆらめくと、壁に映る武蔵の影も、躍るように動いた。

死闘（神子上典膳《みこがみてんぜん》）

一

天正《てんしょう》の末期、伊藤一刀斎景久《いっとうさいかげひさ》は生国《しょうごく》の伊豆を出てしきりに関東諸国をめぐり歩いていた。創始した一刀流をひろめるためである。一刀斎は富田《とだ》流の三家と言われた鐘巻《かねまき》自斎《じさい》に剣を学び、そのあと諸国を修行して回って試合すること三十三度、うち真剣の勝負七度に及んだが、一度も負けたことがなかった。

生国に帰って、自分の剣を戸田一刀流と言ったが、その後も他流の師と試合してすべて勝ち、さらに自得《じとく》するところがあったので、流儀を一刀流と称した。相州《そうしゅう》小田原で、路傍《ろぼう》に天下第一の師と記した標札を立てたのはこのころで、のちに古藤田《ことうだ》派一刀流をとなえる古藤田勘解由左衛門俊直《かげゆざえもんとしなお》はこの時期の弟子である。

関東を回国する一刀斎には、つねに巨漢の弟子が一人つき従っていたが、北条氏《ほうじょう》が亡《ほろ》びた天正十八年ごろから、従う弟子は二人になり、さらに女が一人加わった。一刀斎は老いて、遍歴《へんれき》もそろそろ終りだと思っていた。

薪《まき》を割っている男は、善鬼《ぜんき》という名である。身の丈《たけ》は六尺を出ていた。薪割りを、軽々と片手で振り上げ薪に叩《たた》きつけたとき、太い腕に縄のようによじれた筋肉が走るのが見えた。背戸口《せどぐち》に雨上がりの夕日がさしこみ、襤褸《ぼろ》をまとった善鬼の身体《からだ》が躍動するのを照らしている。まだ滴《しずく》の音がしている。

「誰にも黙ってろ。いいか」

「…………」

「女にもだ。女は油断ならねえからな」

善鬼は、薪割りを下におろすと、土間《どま》の竈《かまど》の前に腰をおろしている神子《みこ》上典膳《がみてんぜん》を振りむいた。典膳は土鍋《どなべ》で雑炊《ぞうすい》を煮ている。竈にはじける火を、放心したような顔つきで見つめていた。

「やい、聞いているのか？」

「聞いているとも」

典膳は、やっと善鬼を振りむいた。家の中の方が外より暗く、典膳の表情は、善鬼からははっきりと見えない。

「話せ」

「師匠《ししょう》から習うものは、もうないと言ったのだ。盗むべきものはみんな盗んだ。近ごろは立ち合ってもらうこともなくなったが、おれにはもうわかっている。おれの方が上だ」

「…………」

「おれは……」

善鬼は薪を台に寄せかけると、無造作《むぞうさ》に薪割りを振りおろした。薪は、刃《は》がふれたかふれないかと思ううちに、二つに割れて飛んだ。

「こうして、薪など割っているのがいやになった。江戸にでも逃げて、仕官するか、道場でもひらくか、はやく一人立ちしたいものだ」

「そうすればいいではないか」

典膳は、手もとの薪を火の中に投げこんだ。竈の口に火の粉《こ》が舞い上がり、眼のほそい典膳の顔が、一瞬悪鬼の面のように火に染まった。典膳はつづけて言った。

「貴様がそうしても、師匠は怒りはせんだろう」

「そりゃ、怒るわけはない。師匠はこのところ、おれをうっとうしがっているからな。

姿を消したらさぞ喜ぶだろうて。気配《けはい》でわかる」

「………」

「だが、逃げるわけにゃいかねえよ」

善鬼は薪割りを投げ出すと、土間の入口に来て典膳をのぞきこんだ。手は入口の鴨《かも》居《い》をつかんでいるので、入口は善鬼の身体で塞《ふさ》がってしまった。

「おれは師匠から、跡《あと》つぎの名をもらいたいのだ。一人立ちするには看板がいる。それに師匠にはおれに一刀流二代目の名前をくれるぐらいの義理はある」

「………」

「いまはな、典膳」

善鬼はうしろを振りむいて、唾《つば》を吐《は》いた。

「そうやって、いまはおめえが飯を炊《た》いているが、おめえが来るまではみんなおれがやったのだぜ」

「………」

「飯炊きだけじゃない。小衣《こきぬ》が買われて来る前は、じいさんの洗い物もしたし、背中の垢《あか》まで流したのだ」

「言葉に気をつけろ、善鬼」

「なに？」

善鬼はじろりと典膳をにらんだが、すぐに鳥の鳴き声に似た、甲高《かんだか》い笑い声を立てた。

「口が汚いのはむかしからだ。自慢じゃねえが、おぬしとは育ちが違う。いまさらっつしんでもしようがねえよ」

「……」

「ともかく、面倒をみた。一人立ちするのに、引出《ひきで》物《もの》をもらうぐらいのことはしている」

「しかし、世話をしたかわりに、師匠に剣術を仕込んでもらったろうが……」

「いや、おぬしとは違う」

と言いながら、善鬼は土間に踏みこんで来た。土鍋の蓋《ふた》を取ると、匂《にお》いを嗅《か》ぎながら満足そうに眼をほそめた。

「おぬしは剣術を習いたくて、自分から弟子入りしたのだ」

善鬼は鍋に蓋をもどすと、また入口にもどった。振りむいて道の方を見たのは、一刀斎と小衣がもどって来はしないかと窺《うかが》ったのだろう。

「だが、おれは違う。旅の行きずりに、弟子になれとすすめられたのだ。ウムを言わせずにな」

「剣術が好きじゃなかったのか？」

「好きでも嫌いでもなかった。ただ、ついて来ればうまい飯を喰わせると言われたからな。ひょいとその気になっただけよ」

「………」

「ひょっとしたら師匠は、身体が大きいから荷を担《かつ》がせるにつごうがいいぐらいに思ったのかも知れないな。つまり、何だよ。いまのように、おれの腕が上がるとまで考えたかどうかは、疑問だ」

善鬼はまた、甲高い笑い声を立てた。そして、おい、飯を焦《こ》がすなよと言った。典膳は無言で火を少し落とした。

「だが、いまとなっては手遅れだ」

と善鬼は言った。外へ出て、割った薪を片づけはじめた。いっとき戸外を赤く染めた日は、もう沈みかけているらしく、善鬼の大きな身体は、熊《くま》でも動いているように、黒っぽく見える。

そこから、善鬼は大きな声で言った。

「おれは、もらうものはもらう」

「何をもらうと言うのだ？」

と典膳が聞いた。

「お墨付《すみつ》きか。この者、一刀流の跡つぎなりと、師匠に書いてもらうのか？」

「ばか言え」

善鬼は手をやすめて典膳を見ると、嘲笑《あざわら》う声を立てた。

「おめえは何にも知らねえ男だな。紙切れをいただいて何になるというのだ？」

「…………」

「師匠の一刀流をつぐ者は、秘蔵の瓶割刀《かめわりとう》をもらう。それが跡つぎの印《しるし》だ。師匠に聞いていないのか？」

「いや」

「おれは、何としても刀をもらう」

善鬼は口をつぐんだが、すぐに、出来れば小衣もだ、と言った。

「あんないい女が、いつまでもじいさんのそばにしばりつけられているのは、かわいそうだ」

「飯が出来た」

と典膳が言った。

「こっちへ来て喰わぬか」

師の伊藤一刀斎は、土地の土豪井筒《いづつ》家に招かれて行っている。妾《そばめ》でもあり婢《はしため》でもある小衣も一緒だった。二人は招かれた先で、夜食を馳走《ちそう》になってもどるだろう。

典膳と善鬼は、竈の前に荒菰《あらこも》をのべると、そこに土鍋をおろした。竈の火明《ひあか》りで、椀《わん》に雑炊をすくうと、湯気を吹きながらすすりはじめた。

今日は夕方になって雲が切れ、ひさしぶりに地上に日が射《さ》しかけたが、日が落ちるとまたうすら寒い夜気がもどって来たようだった。熱い雑炊がうまかった。

「もしも、だ」

典膳は箸《はし》をとめて、雑炊をすすっている善鬼の顔を見た。

「師匠が、刀をくれぬときはどうする？」

「…………」

善鬼は答えなかった。箸の動きもとめずに、ちらと典膳を見ただけだった。

二

神子上典膳が、伊藤一刀斎に出会ったのは二年前の春先。まだ上総万喜《かずさまんき》城主土岐《とき》家に仕《つか》えていたころである。典膳の家は、曾《そう》祖父が安房《あわ》の里見家に仕えて十人衆頭《がしら》を勤めたあと、祖父の庄蔵のときから百人衆頭忍足《おしたり》兵蔵の支配下に入り、ついで里見家の有力な寄騎《よりき》万喜家に附属させられていた。

その万喜城下からさほど遠くない宿駅の中に、伊藤一刀斎の名前で高札《こうさつ》が立った。

「剣術に望みある者、来りて勝負せよ」という、武者修行の者が掲げる高札だったが、諸国回遊の兵法者伊藤一刀斎の剣名は、そのころひろく関東諸国に知れわたっていて、高札を見ても試合を申し込む者はいなかった。

挑《いど》む者が一人もいないといううわさを聞いて、典膳が一刀斎をたずねる気になったのは、ひとにそそのかされたせいもあるが、自身も習いおぼえている三神《さんしん》流の剣法に、かなりの自信を持っていたからである。

だが、立ち合ってみると、まったく歯が立たなかった。

一刀斎は、身体つきこそ頑丈《がんじょう》だったが、もう老境にさしかかった男だった。長くのばした髪は灰色に汚れ、皮膚にはしみが浮き出て、無愛想《ぶあいそう》な顔をしていた。

だが一刀斎は、典膳の申しこみを受けると、無愛想な顔に似合わないすばしっこさで、つき従っている巨漢の弟子を宿役人に走らせ、宿駅のはずれにあっという間に美々しい試合い場をつくらせてしまった。大勢の見物があつまったのは、半分はもったいぶって紅白の幕などを引き回した舞台への興味からだったろう。

その美々しい舞台で、典膳はいいように一刀斎にあしらわれた。どんなにすばやく打ちこんでも、相手の衣服にもさわりはしないのだから話にならなかった。打ちこんだ木刀はかわされ、払われ、つぎの瞬間、一刀斎の木刀は、典膳の頭上一寸のところに、ぬっと詰めて来ている。むろん、打たれれば即死である。

屈辱で、典膳は蒼白《そうはく》になった。土岐家の勇士として、典膳もいささか近郷に名を知られていたが、その名誉も廃《すた》ったかと思われるほど、一刀斎の木剣に、終始嘲弄《ちょうろう》されるばかりだったのである。

昨年の暮、万喜城は里見家の攻撃を受けた。大軍をひきいて襲って来たのは、里見の大豪正木大膳亮《まさきだいぜんのすけ》だった。

安房から上総、下総《しもうさ》と版図をひろげる里見と、相模《さがみ》から武蔵に攻めのぼって来た北条とが、がらめき川（利根川《とねがわ》）のほとり、国府台《こうのだい》を戦場に衝突してから、万喜弾正《だんじょう》少弼《しょうひつ》と呼ばれた土岐頼春《よりはる》は小田原の北条方に付いたので、里見では目の上の瘤《こぶ》である万喜城をのぞくために攻撃して来たのであった。

後に伝説的な英雄となる正木大膳亮の攻撃は脅威で、万喜城は昼の攻撃は持ちこたえたものの、夜襲にそなえて、城方は鋭く神経をとがらせていた。夜半、はたして正木大膳亮は全線で夜襲を仕かけて来た。大波が寄せるような、重厚な攻撃を受けて、城方は必死に防ぎ戦ったが、少しずつ押された。勢いに乗った寄手《よせて》のかがり火が、昼のように明るくなった。総攻撃のしるしである。

そのとき、寄手の本陣に異様な混乱が起きた。岩将山の裏に伏せていた典膳のひきいる徒士隊《かちたい》の精鋭二十人が、かがり火の間を走り抜けてまっしぐらに敵の本陣を衝《つ》き、総大将の大膳亮に斬《き》りかかったのである。その気配を察知した城からも、兵を繰り出して反撃したので、里見兵は一斉に引き、夜戦は失敗に終ったのであった。そのときの度胸のいい奇襲で、神子上典膳の名は全軍に知られたのである。

だが、それだけの実戦の経験も、一刀斎の木剣の前には何の役にも立たなかった。

木剣は空《くう》を斬るばかりで、肩に力が入るほどに、身体はみじめに泳ぐ。怒りに眼がくらんで、典膳は最後の力をふりしぼって一刀斎に体当たりを喰《くら》わせたが、すばやく身をかわした一刀斎が、典膳の足の間にひょいと木剣を入れると、典膳の身体は勢いよく前にのめり、そのまま顔から地面に突っこんでしまった。不様《ぶざま》な姿に、見物のひとびとの間から侮《あなど》るような笑い声がわき上がるのを聞いたが、疲労困憊《こんぱい》した典膳は、起き上がることも出来ずに、その声を背に浴びていた。

屈辱のために、その夜は眠れなかったが、一夜明けたとき、典膳は眼がさめたように、あれが技というものだと思った。弟の忠也《ちゅうや》を誘って一刀斎のいる宿屋に駆けつけると、束脩《そくしゅう》を差し出して改めて指南を頼んだ。

一刀斎はしばらく万喜城下に滞在《たいざい》して、典膳や新たに教えを請《こ》う者に剣を指南したので、典膳を相手に汗をかいた試合のもとは取れた形だった。ただし、新弟子の稽古《けいこ》には善鬼をあたらせ、一刀斎は自分で木刀をにぎることはめったになかった。大ていは遊女屋に入りこんで、女に身体をもませていた。

一刀斎は、そのときはひと月ほど滞在しただけで、善鬼を連れて飄然《ひょうぜん》と立ち去ったが、その年の秋になると、今度はまっすぐに、上総夷隅《いすみ》郡丸山にある典膳の家をたずねて来た。そして、典膳に本格的な弟子入りをすすめた。

「貴様は見込みがある」

と一刀斎は言った。ほかにはひとのいない、二人だけの席で急に切り出したのだった。

「わが弟子となって、諸国回遊の旅に出る気はないか？　この春来たときに、ひととおりの太刀《たち》筋は教えたが、一刀流の秘奥《ひおう》はあんなものではない。不可思議なものだ。その秘奥を知りたいとは思わぬか？」

「…………」

「学んで秘奥に到《いた》れば、天下に敵する者がなくなる。どうだ？　ついて来る気はないか？」

一刀斎は、半年前よりさらに老《ふ》けたように見えた。日に焼けた肌には無数の皺《しわ》がきざまれて、髪はほとんど白髪に変っていた。その皺の間にはめこまれたような、ひややかな眼に見つめられると、典膳は呪術《じゅじゅつ》にかかったようにうなずかずにはいられなかった。典膳は一刀斎にしたがって、諸国回遊の武者修行の旅に出ることを約束した。

もっとも、典膳の方も、そのころ境遇の大きな転機を迎えていた。その年の七月、小田原の北条氏は秀吉の軍門に降《くだ》り、その結果、北条氏に与《くみ》していた万喜弾正少弼も城を失なった。里見は勢力圏内だった下総、上総から本領の安房にしりぞいたものの、そのあとには関東六ヵ国に封《ほう》ぜられた徳川の家人が入りこみ、大多喜《おおたき》には本多忠勝《ほんだただかつ》、久留里《くるり》には大須賀忠政《おおすかただまさ》、佐貫《さぬき》には内藤家長《いえなが》、岩富《いわとみ》には北条氏勝《うじかつ》、多古《たこ》には保科正光《ほしなまさみつ》、鳴渡《なると》には石川康通《やすみち》、佐倉には三浦義次、臼井《うすい》には酒井家次《さかいいえつぐ》がそれぞれ封じられ、一部はすでに封地に到着していた。

もともとが里見の手作り（地侍《じざむらい》）でしかなかった典膳は、もとの半百姓にもどるほかはない運命を迎えていたわけで、そういう意味では一刀斎のすすめは、渡りに船だったのである。

だが、その旅も終りに近づいているのを、典膳は善鬼の言葉から感じる。一刀斎は老い、善鬼は日を経《ふ》るごとに狂暴になって行く、と典膳は思った。

——いずれ、血が流れずにはいまい。

そう思いながら、典膳はさめて来た雑炊を、音立ててすすった。

三

女の胸の上で、男が首を上げた。耳を澄ます構えになった。だが、男が首を上げるのと同時に、それまで甘いうめき声を洩《も》らしていた女がぴたりと声をとめた。女は一瞬もためらわなかった。

「逃げて」

男の胸を強く突いた。男は一回転して草むらに転がり落ちると、そのまま風が吹きよぎるほどの気配を残して、暗やみの中に奔《はし》り去った。

女は身体を起こすと、すばやく土手の草の上を水ぎわまで滑《すべ》り降りた。そこでためらいなく着物をぬぎ捨てると、水に入って行った。水は浅く、女の膝《ひざ》の下までしかない。

土手の上に、黒く大きい人影がぬっと立ったが、女は気づかないふりをした。鄙《ひな》のはやり唄《うた》を口ずさみ、足で水を蹴《け》った。

「何をしておる？」

土手から声をかけたのは、一刀斎だった。女はきゃっと言って、水の中にしゃがんだ。

「おお、びっくりした」

「何をしているかと聞いているのだ」

「あんまり暑いので、水浴びをしていますのさ。汗を流せば眠れるかと思って」

「ふむ」

一刀斎はしばらく黙っていたが、また唐突《とうとつ》な感じで言った。

「いま、おまえのほかにここに誰かいなかったか？」

「いいえ」

「男がいたのではないか。違うか？」

「とんでもありません」

と女は言った。

「一人だけですよ。さっきからずっと」

「小衣、嘘《うそ》を言うなよ」

「嘘など申しません」

小衣は水から上がって、着物で身体を拭《ふ》きはじめた。空は曇っているのだが、どこかに月が隠れているらしかった。そのせいで、小衣の白い身体がほの白く水辺にうかんで見える。

一刀斎を仰ぎ見ながら、小衣は言った。

「何かの勘違いじゃありませんか?」

「ふむ」

一刀斎は鼻を鳴らした。それから急に大きな声で言った。

「すぐにもどってまいれ。女子《おなご》は、ことわりなしに夜家を出てはならん」

一刀斎は、足ばやに家にもどった。その家は、村の百姓たちが寄合いに使う家でもあったが、奥の間には古びた仏像がまつってある。もともとは庵寺《あんでら》だった建物だろう。

一刀斎は足音をしのばせて家に近づくと、すぐには入らずに、外から家の中をのぞいた。炉《ろ》が切ってあるむしろ敷きの部屋の中に、赤々と燭台《しょくだい》が燃えていて、その光がとどく土間に典膳がいた。典膳は荒菰の上にあぐらをかいて、馬の鞍《くら》を修繕している。一刀斎を世話している土地の土豪に頼まれたものだった。

一刀斎は、うつむいて仕事に熱中している典膳の横顔を、しばらく猜疑《さいぎ》の眼で見つめたが、ふと足もとの小石を拾うと、外から礫《つぶて》を打った。

典膳はひょいと顔をそむけた。それだけだった。顔を逸《そ》れた小石が、奥の竈のあたりに大きな音を立てたが、典膳は見むきもせず、肱《ひじ》を張って手の中の麻糸を絞《しぼ》った。

「おまえひとりか？」

と一刀斎が声をかけた。声をかけながら、一刀斎は土間を通り抜けて、むしろ敷きの部屋に上がった。一刀斎は、少し酔っていた。典膳に水を持って来いと言った。火のない炉のそばにどっかりと坐《すわ》ると、一刀斎は、典膳がさし出した椀《わん》の水をのど音を立てながら飲み干《ほ》した。

「おまえ、さっき外に出なかったか？」

馬の鞍の修理にもどった典膳に、一刀斎は言った。典膳は、いえと言った。無表情で、顔も上げなかった。

「ふむ。善鬼はどうした？」

「踊りに行きました」

「ばかめ。相変らず落ちつきのない男だ」

一刀斎は罵《ののし》った。

隣村の、もうひとつ先の村に祭があって、夜になると村びとが集まって踊っているという。祭ではなく空也念仏《くうやねんぶつ》だともいうその物音は、四、五日前から聞こえていて、風の加減か、どうかするとすぐ耳のそばに、鉦《かね》や太鼓の音がひびいたりする。

典膳は何とも思わないが、善鬼の血はそういう物音に騒ぐらしく見えた。深夜、鉦太鼓の音が聞こえて来ると、土間の藁床《わらどこ》の上でのた打ち回っていたが、今夜はついに我慢が切れたらしく、踊りを見て来ると言って出かけたのである。

「いつごろだ？」

「は？」

「出かけたのは、いつごろだと聞いている」

「さて、半刻《はんとき》（一時間）も前でしょうか」

半刻前？　するとさっきの人影は、善鬼ではなかったのか、と一刀斎は思った。闇《やみ》の隅《すみ》に搔《か》き消えた、墨のような人影が眼に残っている。

だが、小衣は村の者が戯《たわむ》れかかるのを、たやすく許すような女ではなかった。一刀斎が娼家《しょうか》から買い取った女だが、素姓《すじょう》は久留里あたりの足軽《あしがる》の女房だった女子である。やはり、善鬼だと一刀斎は思った。出かけたとみせて、暗がりにひそんで小衣を待ち伏せていたのだろう。そして、多分小衣も合意の上のことだ。

「小衣が外に出たのはいつごろだ?」

「さあ」

「気づかなかったのか?」

「はあ」

それは仕方なかった。一刀斎は、典膳に二人を見張れと言いつけてあるわけではない。だが……。

——もし、小衣を盗んだのなら……。

善鬼を生かしてはおけぬ、と一刀斎は思った。

小衣は二十半ばにさしかかっているが、子供を生んだことのない身体は、まだ娘のように若い皮膚を隠し持っていた。手のひらで撫《な》で回すと、なめらかな皮膚は指先に溶けるかと思うほどである。皮膚は枯れ、その下を流れる血の通《かよ》いも、あるのかないのか心もとなくなって来ている一刀斎は、小衣の身体に触れるときだけ、身体に人なみのぬくもりがもどるのを感じるのである。

そして、小衣は天性の娼婦だった。一刀斎の身体に若さを呼びもどすことが出来た。

小衣は手の中の最後の玉である。そのことを知っていて手を出したからには、善鬼の師を侮《あなど》る気持はきわまったのだ。つぎには瓶割刀を奪うために、というよりは師を凌《りょう》駕《が》する剣士となったことを天下に誇示するために、わが命を狙《ねら》いかねないだろう。

——隙《すき》をみて、討ち果すか。

一刀斎の気持は一瞬猛《たけ》り立ったが、その高ぶった気分は、やって来たときと同様に、唐突に萎《な》えた。まともに立ち合っては、もはや善鬼にかなうまい。一刀斎がその懼《おそ》れにとりつかれてから、三、四年は経《た》っていた。

術では、まだ負けるとは思わなかった。善鬼はまだ、極意剣《ごくいけん》である夢想剣を知らない。だが、師弟《してい》斬り合うことになれば、最後には身体が物を言うのだ、と一刀斎にはわかっている。ともあれ、育てた子供が大きくなりすぎたのだ。予想外のことだった。

「典膳」

一刀斎は、ほの暗い光が漂《ただよ》う土間で、手を動かしている典膳に声をかけた。声をかけてから、一刀斎は思い直したように上《あ》がり框《かまち》まで出て、そこにうずくまった。典膳も手をやすめて一刀斎を見た。

「近ごろ……」

一刀斎は声をひそめた。

「善鬼と稽古しているか?」

「はあ」

「どうだ？　腕はいくらか近寄ったか？」

「はあ、いくらかは……」

「ふむ。と言うと、三本に一本取るぐらいまでには来たか？」

善鬼は強くなりすぎて、やがてそのことを確かめるために師匠の寝首《ねくび》も掻《か》きかねない男だ、と思いきわめたころに、一刀斎は典膳を弟子に取った。

草深い土地の田舎郷士《ごうし》の伜《せがれ》が遣《つか》う木剣には、荒削《あらけず》りだが、天賦《てんぷ》の才としか言いようのない動きが見えたのである。磨けばものになる、と一刀斎は思ったのだが、物になるということの中には、うまくいけば善鬼に対抗して師匠を守るほどの男になろうという意味も含まれていた。

しかし、一刀斎のひそかなその思惑《おもわく》から言えば、典膳の技はいまひとつのびが遅かった。善鬼とは、まだかなりの差がある、と一刀斎は見ている。いまも、三本に一本は取れるかという一刀斎の問いに、典膳はごくあいまいにうなずいただけであった。

一刀斎の胸に、苛立《いらだ》ちが動く。そういつまでも、のんびりと典膳の技がのびるのを待つわけにはいかないのだ。一刀斎はいよいよ老い、善鬼は内に膨《ふく》れ上がる傲《おご》りを隠さなくなるだろう。現に、のぞまれて村びとに稽古をつけてやっているのも、典膳と善鬼の二人なのだ。

「互角《ごかく》には、まだまだか？」

「なかなか」

「ふむ。まだそんなものか」

一刀斎は吐息《といき》をついた。そして、急に決心したように言った。

「よし、明日の朝はひさしぶりに稽古をつけてやろう」

「有難き仕合わせにござります。しかし、お身体に障《さわ》りませんか？」

秋口に入ってから、一刀斎は明け方に咳《せき》をするようになっていた。風邪ではなく、はげしい一刻の咳はやはり一刀斎の衰えにつながっているようだった。

典膳はそのことを口にしたのだが、一刀斎は首を振った。

「時刻は寅《とら》ノ刻《こく》だ。寺の鐘を合図《あいず》に外に出て来い」

一刀斎は言い、そこでまた声をひそめた。

「典膳。貴様、そのように馬の鞍などをつくろっているが、夜は女子が欲しいとは思わんのか？」

「………」

「女子が恋しいという気持はないかと、聞いておる」

一刀斎はひそめた声のまま、なおも問いつめたが、そこに外から小衣がもどってきたので、口をつぐんで炉ばたにもどった。そしてむずとあぐらをかくと、奥に隠れた小衣を呼んだ。

「やい、小衣。こっちへ来て身体を揉《も》まぬか」

四

下総の北の台地の村に、秋がおとずれていた。欅《けやき》や小楢《こなら》の葉が色づいたと思う間もなく、葉は散りはじめて、疎《まば》らな樹《き》の幹の間に、晴れた日は遠く利根の水が光って見えることもあった。

ばし、ばしと木剣を打ち合う。一刀斎は一たん木剣を手もとに引くかとみえたが、突如として踏みこむと、典膳の肩を打った。典膳の体がすいとのがれる。つぎの瞬間、手の中の木剣は一刀斎の顔面を襲って来た。一刀斎の木剣がはげしい音を立て、襲いかかる典膳の二の太刀、三の太刀を防ぐ。

ようやくのがれ切ったとき、一刀斎の顔面から汗がしたたり落ち、肩ははげしい呼吸に上下した。

「いまの呼吸だ」

喘《あえ》ぎながら、一刀斎は言った。顔面蒼白になっているのは、典膳の木剣にこもる殺気を、辛《かろ》うじてしのいだせいである。むろん、その殺気を引き出したのは、一刀斎の打ちこみだった。

「いまの呼吸を、忘れるな」

と一刀斎は言った。

「そのうちに、役立つ」

その声で、典膳はようやく木剣をおろしたが、眼はまだ疑わしげに一刀斎を見つめていた。そのとき林の方に、物を踏み折る物音がひびいて、やがて空地のはしに、善鬼がぬっと姿を現わした。

「やあ、水入らずの稽古をじゃましてしまったかな」

善鬼は、反射的に木剣をにぎり直して振りむいた典膳に、嘲《あざ》けるような声をかけた。それから一刀斎の方に、軽く一礼して言った。

「これから村に行ってきます。佐治さまと、出立《しゅったつ》の打ち合わせをして参ります」

「出来れば、くたびれた荷馬を一頭拝借したいと申し入れてみろ」

「心得ました。師匠も年寄りましたからと、頼んでみましょう」

善鬼はにやりと笑うと、背をむけて林の中にもどって行った。

一刀斎は、明後日にこの村をはなれることになっていた。上総から安房に入り、また上総にもどって下総、常陸《ひたち》、ふたたび下総と、各地を転々とした旅は、今度は武蔵《むさし》を経て相模にむかい、そこで終るはずだった。一刀斎が、伊豆に帰りたがっているのである。一刀斎とその一行を世話している土地の郷士は、出発するときに旅人の着る物、喰い物をつごうしてくれることになっている。

「典膳」

一刀斎の声に、典膳が振りむくと、薄笑いをうかべた顔で、善鬼が去った方を見つめている一刀斎の顔にぶつかった。

「われわれはここから江戸にむかうが、江戸に着く前に、ぜひとも決着をつけねばならぬことがあるぞ」

「…………」

「そう言えば、何のことかわかろう」

一刀斎は典膳を振りむいた。顔にうかんだ薄笑いはそのままだった。典膳は首を振って、いえと言った。一刀斎の笑顔が大きくなった。一歩典膳に近づいて来た。

「わしは伊豆に帰って、隠居《いんきょ》すると言ったはずだ。その前に決着をつけると言えば、言うまでもなく跡《あと》つぎを誰にするかと言うことだ。善鬼か、貴様か……」

「跡つぎと決まった者には、わが流派の名を名乗ることをゆるし、印の瓶割刀をさずける。負けた者は、わが前から逃亡するか、死ぬかじゃ」

一刀斎は笑いを消した。典膳の顔をのぞきこむと歯をむくようにして言った。

「善鬼を殺せ。はじめから打ち殺す気持でかからぬと、貴様がやられるぞ」

典膳はつと顔をそむけた。一刀斎を置き去りにして、林の小道の方に足をはこんだ。そのあとに、木剣を杖《つえ》についた一刀斎がつづいた。

「やい、典膳。弱気を出すと負けるぞ」

「………」

「それとも、はじめから弱気で出て、立ち合う前に逃げ失《う》せるか。それもよかろうが、そうなったら、兵法者としては二度と立ち上がれぬぞ。天下に臆病者《おくびょうもの》の名をひろめてくれるわ」

「………」

「やってみろ」

喘ぎながら、一刀斎は言った。

「いまのわしは善鬼に勝てぬが、貴様なら勝てる」

「試合は、いつですか」

林を抜けたところで、典膳は一刀斎を振りむいた。

「いつと決めてはおらぬ」

と一刀斎は言った。

「武蔵に入る前に決着をつけよう。そのつもりで、心の支度《したく》を怠《おこた》るな」

一刀斎は言い、典膳の眼が家の前ですすぎ物をしている小衣にそそがれているのをみると、声をひそめた。

「善鬼に勝ったら、あの女子も貴様にくれてやってもいいぞ」

「…………」

「女色に触《ふ》れるのを修行の障《さわ》りのように思うのは、間違いだぞ典膳。物も欲し、女子も欲しと滅法《めっぽう》に思うほどでなくては、勝負には勝てぬ」

「…………」

「小衣が欲しかったら、善鬼に勝つことだ」

典膳は答えなかった。白い日射《ひざ》しの中で、井戸のそばにうずくまっている小衣の臀《しり》の丸味を見つめていた。その視線に、やがて小衣は気づいたらしかった。立ち上がって二人の方をみると、にっこり笑って今度は二人の眼から臀の丸味を隠すようにしゃがみ直した。

五

一刀斎の一行四人は、手賀沼《てがぬま》の北の道を西に歩いていた。一刀斎は見るからに老いた駄馬に乗り、典膳がその馬の轡《くつわ》を取っていた。善鬼と小衣は少し離れて、馬の後から歩いて来る。

善鬼は小衣に戯《ざ》れ言《ごと》を言いかけているらしく、きれぎれの太い声や笑い声が、一刀斎にも典膳にも聞こえているが、二人は振りむかなかった。小衣の声は聞こえなかった。一刀斎について諸国を歩き回っている間に、小衣はすっかり旅馴《な》れてしまった様《よう》子《す》で、笠《かさ》をかぶり杖をつき、足もとを草鞋《わらじ》で固めた旅支度《たびじたく》も身についていれば、馬を追って行く足どりも軽そうに見える。

一行が歩いて行く道は、沼から遠ざかったり、急に沼に近づいたりしたが、水ぎわを通ることはなくて、ただ枯葦《あし》の茎《くき》の間に、午後の日を鋭く照り返す水の光が、遠く近く見え隠れするだけだった。

一ヵ所だけ、おそらくはさきに上総から下総にかけて野分《のわき》が駆け抜けたときに、沼から水が溢《あふ》れたあとと思われる湿地帯が残っていた。そこでは、道は浅い水の底に沈み、枯葦は一面に薙《な》ぎ倒されて、その先に日に光る湖面が姿を現わしていた。一刀斎と典膳のうしろで笑い声がした。善鬼が小衣を背負うか抱くかして、水をわたったのだろう。

だが手賀沼を近くで見たのは、それが最後だった。小半日近く、絶えず眼の隅に光っていた沼はいつの間にか遠ざかり、一刀斎の一行は、小さな村で馬に水を飲ませたあと、少しずつのぼりになる道を、今度はいくらか南にむかって歩いて行った。

道は腰丈《こしたけ》ほどもある枯草の間を縫うようにつづくかと思うと、急に赤松の枝が日を遮《さえぎ》る谷間のような場所に降りたりしたが、やがて突然に台地の端に出た。そこから通りすぎて来た村落と手賀沼が一望のもとに見えた。沼は秋の日の下に青い帯を置いたように、少し捩《よじ》れて細長く横たわっていたが、すぐに斜面の松原の陰に消えた。

一行は姥家村でひと休みした。街道ぞいの欅《けやき》の大樹の下にある腰掛け茶屋で、一刀斎は白湯《さゆ》をもらって持薬を飲み、その間に典膳は馬を曳《ひ》いて、近所の百姓家に飼葉《かいば》と水をもらいに行った。

薬を飲み終った一刀斎が、腰掛けにかけてじっとうつむいている間に、善鬼は店の外で小衣と小声で話していた。そして、不意に一刀斎を振りむくと、野太い声で聞いた。

「師匠、今度の泊りはどこぞ」

ちらと顔を上げた一刀斎が言った。

「松戸の宿だ」

「松戸？　そりゃ遠い」

と善鬼は言った。

「ここから、かれこれ三里はござろう」

「それがどうした？」

「夜道にかかっては、小衣どのが往生《おうじょう》せぬかと案じられますが……」

な？　と善鬼は小衣を振りむいたが、一刀斎はにべもない口調で言った。

「小衣は、足弱ではない」

一刀斎が街道を歩いたのは姥家村から柏村《かしわ》の間だけだった。秋の日射しの下に、心もとなげに家が散らばっている柏の小村を通りすぎると、一刀斎は典膳に命じて、馬の鼻づらをまた脇往還《わきおうかん》にむけさせた。

半ば落葉した、浅い雑木林《ぞうきばやし》の丘。ほんのわずかに青い色をとどめる草むら。またしても暗くて広い赤松の林の谷。松そのものは痩《や》せてまがりくねっている。そういう場所を細い道は消えもせずに先へ先へとのびていた。それだけでなく、道はところどころで二つに分れたりする。

途中で出会ったのは、すばらしい色艶《いろつや》を持つ鹿毛《かげ》を一頭曳いた、馬商人《うまあきんど》とみられる眼つきの鋭い男一人だったが、道はやはりどこかにある村に通じているらしい。道が分れている場所に至ると、一刀斎は馬を曳いている典膳に短い指示をあたえた。そして、やがて一行は見わたす限りの荒地に出た。そこはところどころに痩せた一本松や露出する赤土が見えるほかは、地平のかなたまで穂を日に光らせる芒《すすき》に覆《おお》われた場所だった。一行は、さっきから漂い歩いている小金《こがね》ケ原《はら》と呼ばれる荒野の、ほぼ中ほどに出たのである。

はるかな北の方に、馬塞《ませ》と思われる黒い木が見え隠れに連なって、疾駆《しっく》する馬の姿がちらちらと見えた。南東の、それもはるかなあたりに細長い木立ちが見え、人家と思われる黒い建物があり、火を燃やす薄青い煙が立ちのぼっているあたりが、街道の小金宿のあたりかと思われた。すると一刀斎の一行は、街道からかなり北にそれたあたりを歩いているのである。

「ひと休みする」

さほどに高くはない一本松の下まで来ると、一刀斎は、そう声をかけて馬から降りた。松の木の下は、赤土の上に短い雑草が這《は》っているだけだった。三人の男と一人の女は、思い思いに地面に腰をおろして、腰からはずした竹筒の中の水を飲んだ。善鬼は腹がすいたらしく、やはり腰にくくりつけてある袋をほどいて煎《い》り米《ごめ》を出すと、むさぼるように嚙《か》んだ。そして、ちらちらと小衣の方を見る。

小衣は笠を取って、時おり吹きすぎる風に涼んでいた。小衣の耳のうしろから頰《ほお》のあたりにかけて、上気したように皮膚が赤らみ、薄く汗が光るのをじっと見つめてから、善鬼は一刀斎に顔をむけた。

「師匠、街道からだいぶそれているように見うけますが、大事ありませんかな?」

「なにが?」

「近道か何かは知らんが、夜道に迷うなどはごめんこうむりたいものだ」

「その心配はない」

と言うと、一刀斎は水を入れた竹筒に蓋《ふた》をしてから、ゆっくりと立ち上がった。

「街道をそれてここまで来たのにはわけがある」

「………」

二人の弟子と小衣は、訝《いぶか》しそうに一刀斎を見上げた。その顔を順々に見据《みす》えてから、一刀斎はうなずいた。

「善鬼と典膳は、ここで試合をする。勝った者には瓶割刀をさずけ、一刀流の名を継ぐことを許すこととしよう。ひと眼もないこの荒野こそ、試合うにはもってこいの場所だ。異存はないな？」

「………」

「ただし、勝負は真剣で行なう」

雷のような一刀斎の声がひびくと同時に、善鬼と典膳は自分の刀を抱いて、立ち上がると左右に走った。

「こいつはおもしろいことになったじゃねえか」

はやくも鞘《さや》を捨て、白刃《はくじん》を右手に握りながら、善鬼は白い歯をむき出して笑った。

「いつかはこういう時が来ると思っていたぜ。と言っても、まさか真剣白刃の勝負とは思わなかったがな」

善鬼は笑顔のまま、一刀斎と典膳を交互に見たが、やがて笑顔を消して典膳をひとにらみすると、脅《おびや》かすように声をかけた。

「覚悟はいいか、典膳」

典膳は刀を腰に帯びると、両手を脇の下に垂らしてじっと善鬼を見守っていたが、善鬼に声をかけられると無言でうなずき、つと横に動いて芒の陰に入った。一瞬の間もおかず、善鬼の姿も芒の中に消えた。一刀斎と小衣の眼には、それぞれにひと塊《かたま》りの芒がざわと揺れたのが見えただけである。

しばらくして芒の原を風がわたるように見えた。穂が傾きかけた日をうけてひと筋、二筋きらきらと光ったと思うと、突然に刃《やいば》をまじえる音がひびき、善鬼と典膳の姿が、鳥のように飛び違えたのが見えた。

斬りかかって来たのは善鬼の方だった。さすがに足音も立てずに、善鬼はすぐそばまで来ていた。横手に黒い物が迫り、芒がざわめいたと思ったときは、もう跳躍して善鬼が斬りかかって来たのだが、迎え撃った典膳の剣も速かった。体をひねった抜き打ちが善鬼の刀をはね返し、すれ違いざまにふるった剣先が善鬼のふくら脛《はぎ》をわずかにかすった。

「おう、おう、やるじゃねえか」

すばやく振りむいて構えを立て直した善鬼が、にやりと笑った。典膳も構え直した。そのあたりでは、芒は二人の胸のあたりまであって、少し動くと二人の青眼《せいがん》に構えた剣はその陰に隠れて見えなくなるほどだった。

その長い対峙《たいじ》に苛立《いらだ》ったのか、突如として善鬼は剣を上段に上げた。つづいて吠《ほ》えるような気合とともに、つづけざまの打ち込みが典膳に襲いかかって来た。善鬼の剣は正確ですばやく、岩をもくだくほどの力にあふれている。典膳はあとにさがった。はね返すのが精いっぱいだった。それでも左手の拳《こぶし》をかすられ、横面《よこつら》を削られた。血を見て、善鬼の剣はむしろ残虐《ざんぎゃく》な力を加えはじめたようだった。善鬼はもう笑っていなかった。悪鬼の形相《ぎょうそう》で、重い剣を軽々とあやつって打ち込んで来る。息つくひまもなかった。

踏みこもうとして、善鬼はわずかにたたらを踏んだ。足もとが滑るのを警戒したようである。まさに一瞬の隙《すき》だった。典膳はその隙を突いた。一瞬おくれて落下して来た善鬼の剣をゆとりをもってはね返すと、電光の打ち込みを善鬼の肩にはなって、その横をすり抜けた。

善鬼はかわした。だが典膳の剣先は善鬼の左の二の腕を斬り裂いた。

「しゃッ」

善鬼は怒号した。横を走り抜けた典膳のあとを、猛然と追った。

典膳は待ちうけていた。そこは芒も生えないほどに、土が固い場所なのに、わずかに苔《こけ》のように青い物が岩盤に似た地面を覆っているところで、荒地の中の荒地だった。躍りこんで来た善鬼を迎えて、典膳は荒い息を静めながら、剣を青眼に構えた。

六

二人とも血まみれになっていた。典膳は右半面が血だらけで、頰を伝わり落ちる血は、糸をひいて脛《すね》まで垂れさがっている。左手の拳からも血が滴《したた》っていた。善鬼の左腕は、二の腕から袖口《そでぐち》まで着物の袖《そで》がぐっしょりと血に濡《ぬ》れている。典膳の一撃は、二の腕にかなりの深手《ふかで》をあたえたのだ。斬られた袖の裂け目から、盛り上がる血が見えた。ふくら脛の傷がどうなっているかはわからなかった。

善鬼の厚い胸が、大きく喘いでいる。だが善鬼は、腕の傷など気にもしていない顔で、右手に刀をつかんだまま、一歩二歩典膳に近よると凄味《すごみ》のある笑いをうかべた。

「いい場所だ。ここで決着をつけようじゃねえか、典膳」

「…………」

「しかし、かわいそうだが本気で立ち合えばおめえはまだ、おれの敵じゃねえ」

「…………」

「取引きするか、典膳。相弟子の誼《よしみ》だ。瓶割刀をあきらめるというなら、この場から逃がしてもいいぞ」

「………」

「なあに、師匠にはおれがよろしく言っておくさ。師匠だって、逃げちまったものはしょうがねえ。あきらめておれに刀をくれるだろう。もともとあの刀と一刀流の跡はおれがもらうはずだったのだ。おめえが横から出しゃばって来るまではな」

「………」

「どうする？　典膳。逃げるならいまのうちだぞ」

「斟酌《しんしゃく》無用」

「おや、この野郎」

善鬼の笑顔が大きくなった。

「あくまで歯向うつもりだな？」

「そのつもりだ」

そう言ってから、寡黙《かもく》な典膳がめずらしく長々としゃべった。

「いったん刀を抜いたからには、とことんまでやる。生死は問うところではない。もっとも……」

「もっとも、何だ？」

「そちらが逃げたかったら、止めはせぬ」

それを聞くと、善鬼の顔色が変った。満面を赤黒い怒気にそめたが、それは一瞬のことで、顔色は徐々にもとにもどった。善鬼は顔にかすかな苦笑をうかべた。典膳に、低い声をかけた。

「それじゃ、容赦《ようしゃ》はしねえ。行くぜ」

善鬼は大きくひとつ息を吐き捨てると、ゆっくりと刀を構えた。二人の距離は、およそ六間《けん》。ひたひたと善鬼はその距離を詰めて来る。距離が四間まで迫ったとき、善鬼は足をとめると無造作に剣を上段にひき上げた。

典膳の身体がぴくりと動いたが、それだけだった。典膳は両腕をしぼるようにして青眼の構えを固め、射るような眼を善鬼にそそいでいる。無造作に、軽々と剣をあつかっているように見えながら、善鬼の剣には一分《いちぶ》の隙もなかった。岩のような巨軀《きょく》に、また猫の動きに似た柔軟さがあらわれて来た。

典膳の足が、横の地面をさぐり、身体がそろりと横に動いた。善鬼はわずかに身じろぎして、典膳の方に身体を回しただけだった。典膳がまた、そろりと右に動いた。苛立ったように善鬼も右に回った。

そのときに、さっき間《ま》を詰めたときにはあらわれなかった善鬼の足運びの乱れが出た。ふくら脛の傷が利《き》いているのだ。典膳はそのことを見抜き、善鬼は典膳に見抜かれたことをさとった。

「うおッ」

善鬼は吠《ほ》えた。四間の距離を、一足とびに走ると叩きつける剣を典膳に浴びせて来た。典膳はすばやく右に逃げた。

善鬼の剣は、しなやかにはね返って、典膳の胴を襲う。典膳はまたも右に跳んだ。善鬼の左足の送りが心もち遅れた。剣がわずかに流れる。その剣を、典膳は上から叩いた。踏みこんで善鬼の肩を撃つ。俊敏な攻撃だった。

善鬼はかわしたが、大きく息を乱した。すかさず典膳が踏みこむ。鋭く斬り立てる典膳の剣に、善鬼は受け太刀になった。だが、後へ後へさがりながら一瞬、巧みに間をはずして反撃に転じたのは、さすがに一の弟子と言うべきだった。逆に踏みこんで斬りおろした善鬼の剣は、蛇のようにのびて典膳の肩を喰い破った。二人は、ぱっと左右に別れた。

血と汗に濡れ、二人は肩で息をしている。一瞬の隙が死をまねくと思う緊張が、二人の身体から粘っこい脂汗《あぶらあせ》をしぼり出すのだ。

「…………」

口をあけて、善鬼は何か言いかけたが、思い直したようにすぐに口を閉じた。はげしい闘争心をむき出しにした眼が、まばたきもせず典膳を見据えている。

典膳は、また右に動いた。爪先《つまさき》と踵《かかと》を使ってジリジリと右に回る。肩に受けた傷は浅手のようだったが、やはり新しい血が肌を伝って流れるのがわかった。

──受身に回ったらおしまいだぞ。

と典膳は思っていた。傷をかばって、少しでも受身に回る様子を見せたら、善鬼は嵩《かさ》にかかって斬りかかって来るに違いなかった。調子づかせては防ぎ切れない相手だ。あくまで攻撃に出て、その中から勝ちを拾うべきだった。

典膳の意図を、善鬼も察知しているようだった。典膳の動きにあわせて、少しずつ右に回っていた。その善鬼の顔に、草原をほとんど水平に走って来る赤い日射しが射しかけ、烏天狗《からすてんぐ》のように鼻梁《びりょう》の高い鼻や、深くくぼんだ眼のあたりに、濃い影を刻《きざ》みつけた。

その眼を、善鬼はかっと見ひらいた。大きく口をあくと、山犬が吠えるような声を出した。巨鳥が羽ばたくように、善鬼は典膳に襲いかかって来た。先手を打って来たのである。

「ようし、来い」

典膳も叫んだ。二人は走り寄り、おめき叫びながらはげしく剣を打ち合った。二合、三合そして五度まで刀を打ち合ったとき、典膳は大きく善鬼の右手に跳んだ。振りむきざまに打ちおろした善鬼の剣先が典膳の額《ひたい》をかすった。辛《かろ》うじて、典膳はその剣をはね上げた。その瞬間、踏みしめた善鬼の左足がずるりと流れた。滑ったのではない。傷を受けた左足が、土をつかみ切れなかったのだ。

一瞬の体の崩れを、典膳は見のがさなかった。腰をいれて踏みこむと、下段の剣をそのまま斜め上に薙《な》ぎ上げた。きらりと日をはじいた典膳の剣と一緒に、空中に舞い上がった黒い物がある。手首から斬りはなされた善鬼の左手だった。

空中に飛んだ手が、三間ほど先の芒の上に落ちるのを、典膳も善鬼も見た。はっと向き直ったときには、善鬼は片手で剣を構えていた。依然として一分の隙もない構え。だが、不用意に斬りかかって来たら、必殺の一撃を浴びせようと待ちうける構えだった。だが、斬り放された手首からは血がほとばしり、典膳を見る眼には恐怖のいろがうかんでいる。善鬼の顔色はみるみる青ざめた。

血が噴き出ている手首を胸に抱き、片手に剣を構えたまま、善鬼は少しずつ後じさった。善鬼の顔に、突然に汗が吹き出して来たのが見えた。汗は髪の中にも吹き出ているらしく、善鬼の顔から首にかけて、まるで水を浴びたように汗が流れ落ちるのが見える。

「わあッ、典膳」

善鬼が叫んだ。恐怖の叫びに聞こえた。おそらく総身《そうみ》を死の予感が走り抜けたのだろう。善鬼は一瞬ひたと典膳を見つめたが、身をひるがえして突然に背後の芒の原の中に走りこんで行った。大きな獣《けもの》が駆け去る跡のように芒が音立てて揺れた。

典膳は構えをといて刀をおろした。思わず片膝をついて、肩で息をついた。そうしたのは、そのまま地面に坐りこみたいほどの疲労に襲われていたからだが、むろん、まだ勝負がついたわけではなかった。

典膳は眼にかかる汗のようなものを手のひらで拭《ぬぐ》ったが、それは血だった。善鬼の最後の一撃が、浅く額を裂いているのである。削られた横鬢《よこびん》から流れる血と額の血で、典膳の顔は赤斑《あかまだら》の面をかぶったように見える。乾いた唇を嘗《な》めて、典膳は立ち上がった。

善鬼が走り去ったのは東の方である。振りむいて日の位置をたしかめる。赤く丸い日が、半ば草原の中に隠れるところだった。

——暗くなるまでに……。

仕留めねば、と典膳は思った。刀を右手に提《さ》げたまま、善鬼が走りこんで行った芒の中に、よたよたと駆けこんだ。思ったとおりに、そこには血がこぼれていた。典膳の身体に、再び強い緊張と狂暴な血のざわめきがもどって来た。

芒は胸まであって、善鬼がどこを走っているかはわからなかった。だが、地面にも芒の枯葉にも点々と血がこぼれていて、跡を追うのに、さほどの苦労はいらなかった。血の跡を眼でたしかめながら、典膳は少しずつ足を速め、やがて猛然と走り出した。

「気をつけろ」

典膳は、自分への警告を声に出してつぶやいた。兵法者を名乗るほどの者には狐《きつね》の狡智《こうち》がもとめられるが、善鬼こそその狡智を申し分なくそなえた男だった。善鬼が真の兵法者なら、深手を負ったいまもなお逆転を夢みて、どこかで典膳を罠《わな》にはめることを、めまぐるしく思案しながら走りつづけているはずだった。

それとも善鬼は痛みに堪《た》えかねて、反撃の手だてを思いめぐらす余地もなく、ただ逃げ走っているだけだろうか。もしそうなら、善鬼は死んだも同然の虫けらだと典膳は思った。いっそひと打ちに息の根を絶《た》ってやるべきだった。

血の跡はかなり少くなったが、まだはっきりとつづいている。善鬼の体内からは、まだ包み切れないほどの血が滴り落ちているのだ。典膳は獣を追う猟師の眼つきになって、血の跡をさがしながら黙々と走った。

そして、やはり善鬼は兵法者だったのである。どれほど走りつづけただろうか。草原のはてまで来たと思うころになって、典膳は血の跡がジグザグになったり、大きく迂回《うかい》する円を描いたりしているのに気づいた。善鬼が、ついに死の恐怖に打ち勝って反撃に転じはじめたのだ。落ちている血の量も、急に小さくまばらになった。

典膳は立ちどまった。血の跡がそこで途切れていた。まわりの気配を窺《うかが》ってから、典膳は身体をのばした。日は沈んで、見わたす限りの草原に薄暮がおとずれようとしていた。地平線に近い西空に、わずかに残る赤いいろ。その色が消えれば、草原は、いま南の方にゆっくりと動いている霧のようなものに覆いつくされ、やがて夜の闇に呑《の》みこまれるだろう。典膳は耳を澄ました。風はまったくなく、芒の枯葉が擦《す》れ合う音さえしなかった。

──しまった。

逃げられたか、と典膳は思った。善鬼に逃げる気があればの話である。すると、さっきの異様な迂回の跡は、ただ足跡をくらますだけの小細工《こざいく》だったのだろうか。

──いや。

典膳は首を振った。本能が、違うと教えていた。逃げるだけならそんな手間ひまをかけることはない。一目散に逃げて、眼の前に迫っている松林に駆けこめばいいのである。松林の中は、すでに暗かろう。

ジグザグの跡を残し、赤い血で巨大な円を描いて、善鬼はある意志を伝えたのだ。そして、いまは血の跡を絶って見せた。すべて善鬼が張りめぐらした罠と考えるべきだった。善鬼は必らず、白刃を抱いてこの近くにひそんでいるはずである。

典膳は油断なく眼をくばりながら、少しずつ歩き出した。血の跡が途切れているところを中心に、周囲をゆっくりと見て回った。芒に触れないように気を配った。やむを得ないときは、芒を手で押さえ、通りすぎてから、そっと元にもどした。数歩歩くごとに立ちどまって、鳥のように首をのばし、まわりの気配を窺った。

「……?」

典膳は足もとに眼を落とした。薄闇が這い寄って来ている地面に、ひとかたまりの血が落ちていた。その血は、たったいま落ちたばかりのように、まだ流れ動いている。典膳はその血を凝視しながら、いったんはしゃがみかけたが、思い直して背後を振りむいた。さらに慎重に左右に眼を配る。まわりにはいまは白い骨のように見える芒の茎が重なり合っているだけで、人影も見えず、物音も聞こえなかった。最後に、典膳は眼の前数間の場所に迫っている松林にじっと眼を凝《こ》らした。

——やはり……。

隠れているのは林の中か、と思った。典膳は足を踏み出した。思わず無造作な足どりになったようである。

そのとき、背後に何かが動いた。それは物音も立てず、ただ風が動いたようにも思えたが、典膳の首筋の毛が残らず逆立《さかだ》ったほどの、濃い殺気を孕《はら》んでいた。典膳はとっさに片膝を折り、半ば体を回しながら、片手なぐりの剣をその気配だけのものに叩きつけていた。その瞬間典膳は、自分がいま無意識のうちに師の一刀斎に伝授された夢想剣を使ったのを感じた。

肩から斬り放された右腕が、刀をにぎったまま、最後の微光《びこう》がただよう空中に高く飛んだのを、典膳も、背後から斬りかかった善鬼も見た。善鬼は、なおも芒の中にぬっと立っていたが、急に身体の平衡《へいこう》を失ったらしくたたらを踏んでうしろにさがった。

「典膳」

善鬼はひと声呼びかけたが、そこで眼がくらんだらしく、芒をざわめかせながら、仰向けにどっと倒れた。傷口からほとばしる血が、芒の株の上に音を立てた。

善鬼にとどめを刺すと、典膳は重い足をひきずって、方角に迷いながら一刀斎と小衣が待っている松の木の下にもどった。だが、二人の姿も老いた馬も薄闇の中に掻き消えたようにいなくなっていた。ただ松の木の下に、布包みと竹筒が置いてあるだけだった。

典膳は地面に坐りこむと、馬のように鼻息を荒げながら、竹筒に残っている水をむさぼり飲んだ。それから細長い布包みを開いた。出て来たのは瓶割刀と一通の書状だった。一刀斎は、善鬼を打ち果せば、江戸城の徳川家康に推挙状を書くと言ったが、書状はそれだと思われた。一刀斎は典膳の勝ちを見透《みとお》していたようでもあった。

書状を懐《ふところ》に押しこみ、布に包み直した瓶割刀を手に提げると、典膳は立ち上がって街道がある南の方を見た。小金宿か、それとももっと近くに村があるのか、一ヵ所かすかに灯がまたたく場所があった。

首を回して、典膳は東北の方を見た。善鬼を討ち果したそのあたりは、もう闇に包まれはじめていた。水色から鋼色《はがねいろ》に変りはじめている西空が投げ落とす光に、わずかに芒の穂の白いひろがりが見えるだけである。そしてその奥は、北の空を厚く覆う雲のせいか、真の闇だった。芒の穂も、牧の馬も見えなかった。

明日は村で土を掘る物を借りて、善鬼の亡骸《なきがら》を埋めてやろうと典膳は思った。芒と雑草しか繁《しげ》るものがないひろびろとした荒地は、善鬼を埋めるのにふさわしい場所のように思われた。兵法者とは、荒野に骨を埋める運命を背中に背負って生きる者のことだから、と思いながら、典膳は地を這う霧の中にまたたく灯にむかって歩き出した。

七

文禄《ぶんろく》二年のある日、江戸駿河台《するがだい》に町道場をひらいている神子上典膳に町奉行から使いが来た。城下でひとを殺した修験者《しゅげんじゃ》がおり、その者はいま自分の家に籠《こも》っているが、武術に長《た》けた男なので役人では手に負えない。その家に出むいて男を召捕《めしと》れという命令だった。

下総小金ケ原で、兄弟子の善鬼と戦って勝った典膳は、その足で江戸に出た。そして江戸城をたずねて家康に一刀斎の推挙状を差出したのだが、その推挙状なるものには文字どおりの効果があって、すぐに家康の前に呼び出された。

一介《いっかい》の兵法者が気安げに江戸城の門をくぐり、家康に面会をもとめたりするのは奇異なことのように思われるが、当時の江戸城は太田道灌《どうかん》以来の粗末な遺構《いこう》にすぎなかった。「江戸城高くして攀《よ》ずべからず」と謳《うた》われた要害、要衝《ようしょう》の地を占めるものの、家康が駿府《すんぷ》から移って来た当時は屋根も畳も腐って雨漏《あまも》りする田舎城で、とても関東六ヵ国二百四十万石の大守の住み処《か》にふさわしい建物ではなかった。

しかし家康は、その古城をあちこちと繕《つくろ》うだけで居城にしていたのである。典膳がたずねたときは、ようやく西の丸の普請《ふしん》に手をつけ、いくらか城らしい体裁《ていさい》をととのえにかかっていたときで、藤堂高虎《とうどうたかとら》の縄張りで本格的なのちの江戸城の普請がはじまるのは、さらに十数年あとの慶長《けいちょう》十一年のことである。

そして家康もまた、自身が新陰流《しんかげ》から出た奥山休賀斎に奥儀を伝授されているほかに、稲富一夢《いなとみいちむ》に砲術を学び、大坪流の馬術にも堪能《たんのう》な兵法好きだった。関東に剣名が鳴りひびいている一刀斎とははやくから面識があり、一刀斎の弟子だという典膳にも気軽に会う気になったのである。

このとき典膳は、家康の命令で数人の剣客と試合をしたが、ほとんど一方的に相手をぶちのめした。こちらの身体には相手の得物《えもの》をさわらせもしなかった。これで取り立ては間違いなかろうと思ったのに、意外にも家康は渋い顔をした。またの機会にと言われただけで、典膳は小遣《こづか》い銭をもたせられて江戸城から追い払われたのである。

仕方なく典膳は、故郷の夷隅《いすみ》郡丸山にもどった。そこで弟子を取って教えると、剣名を聞きつけて弟子入りする者が多く、すぐに小さな道場ではやって行けないほどの人数になった。しかし上総の田舎で剣を教えながら、典膳は絶えず、城は粗末だが諸国からひとが流れこみ、町造りの活気に溢れていた江戸を思いうかべていたのである。

おれは、師も恐れた兄弟子善鬼を討ち取った男だ、という自負が典膳にはあった。

師に許された一刀流の腕を天下に示すべきだった。そのおれが、上総の田舎にくすぶっていていいのかと思うことがあった。不満がつのった。半年もいないで典膳はまた故郷から江戸に飛び出すと、今度は当時神田山と呼ばれていた小丘の一角、駿河台に道場を構えたのである。

兵法修行がさかんにもてはやされた時代だった。典膳の腕はたしかで、しかも試合を申しこんで来る他流の兵法者は、こばまずに立ち合って大ていは一撃で打ちくだいたので、剣名はたちまちに江戸中にひろまった。弟子も短時日の間にふえ、文禄二年の秋ごろには、神子上典膳は江戸城下でもっとも高名な剣客となっていた。だから、町奉行から人殺しを召捕れという命令が来たのである。当時の江戸町奉行は、伊奈忠次《いなただつぐ》、大久保長安《おおくぼながやす》と並んで関東代官頭を勤めた彦坂小刑部元正《ひこさかこぎょうぶもとまさ》が兼任していて、屋敷は江戸城本丸のそばにあった。

ところがこのとき、典膳は病気で寝ていたので、丁重《ていちょう》にことわって使者を帰した。しかし彦坂からは再度の使者が来た。威圧的な命令ではなく、礼をつくした口上だったので、典膳はやむを得ずひきうけた。

高熱を発したあとだったので、起き上がると身体がふらついたが、典膳は少量の喰い物を胃におさめると、一人で家を出た。目ざす町に行くと、黒山の人だかりだった。

典膳は附近の井戸を借りて手拭《てぬぐ》いを濡らすと、固く鉢巻をしめ、襷《たすき》をかけた。そうすると宙を踏むような足もとが、いくらかしゃっきりとするように思われた。それから典膳は道に出て行って、家の外から中に籠《こも》っている修験者《しゅげんじゃ》に声をかけた。声をかけながら、家の中に入って斬り合うとなると、少し厄介《やっかい》だなと思っていた。

ところが、修験者はよほど腕に自信があるらしく、典膳が名乗ると自分から外に飛び出て来た。大男だった。丸顔に濃いひげをたくわえ、眼は吊《つ》り上がっている。手にさげた刀が小さく見えた。

「おまえが、神子上典膳か」

と修験者は言った。声も大きかった。典膳がそうだと言うと、男はからからと笑った。

「こいつは冥加《みょうが》に余る。さっそくにお手合わせねがおうか」

言うと同時に斬りかかって来た。男は一足で二間を詰めて来る。軽々と太刀をあやつり、その太刀が鋭かった。

典膳は押され、受け太刀になった。反撃の糸口もつかめないままに押しまくられ、追いつめられて、典膳は道脇の溝に落ちて仰《あお》のけざまに倒れた。すかさず修験者が斬りかかったのが見えて、遠巻きに見ていた弥次馬、立合いの役人の口から、どっと驚《きょう》愕《がく》の声が上がった。

だがつぎの瞬間、刀を握った修験者の片腕が宙に飛び、巨漢の修験者は、踏みこんで刀をふるった姿勢のまま、立木が倒れるように典膳の上に倒れこんで行った。二人の身体がかさね餅《もち》の形にかさなった。とっさには何事が起きたのかわからなかった。あたりに静寂が立ちこめた。誰も動かなかった。

しかし、大男の身体を押しのけて、その下から典膳が立ち上がると、町にもう一度喚声《かんせい》が上がった。手を叩く者もいた。溝に落ちながら、典膳は一瞬体勢を崩して斬りかかって来た修験者の腕を斬り放し、さらにとっさに小刀に抜き換えると、倒れかかって来た修験者に電光のとどめを刺したのであった。とどめを刺す必要があった。敵は最後の一撃で典膳の額から濡れ手拭いを斬り飛ばし、倒れこみながら、松の枝のように赤黒く残る片腕を典膳の頸《くび》にのばして来たのだから。

典膳のこのときの働きは、町奉行の彦坂元正からくわしく家康に報告された。文禄二年という年は、秀吉の朝鮮出兵に駆り出されて肥前名護屋《ひぜんなごや》まで出陣した家康が、一年八ヵ月ぶりに江戸にもどって来た年であり、もどったのは十月二十六日である。したがって典膳がかかわり合ったこの事件が起きたのは、おそらく十月二十六日以前のことであり、家康が留守《るす》の間のこととしても、二十六日からそう遠く遡《さかのぼ》る出来事ではなかったに違いない。

報告を聞いた家康は、典膳の働きをほめて今度はいきなり二百石の旗本に取り立て、秀忠《ひでただ》に附属させて剣術の相手役を勤めさせた。いわゆる剣術指南役である。彦坂の報告の中で、家康は典膳が斬りまくられて溝に落ちたというところが気にいったらしく、こう言ったという。

「前に彼の剣技を見たことがあるが、あまりに不思議な技で、妖術《ようじゅつ》のたぐいかも知れないと怪しんだ。召抱《めしかか》えるのをためらったのはそのためだ。押されて溝に落ちたというなら、あの男も人の子ということだ」

一刀斎の推挙状を持参して家康をたずねたとき、典膳は兄弟子の善鬼を破って、一刀流を継いだ気負いと、決闘でうけた生傷《なまきず》ですさまじい顔つきをしていたはずである。強すぎると見た技もさることながら、家康はそのとき、典膳が身にまとっていた人間離れした精気のようなものを嫌ったのかも知れない。

一説によると、思いがけなく典膳の仕官が実現するきっかけとなったこの事件は、江戸城下ではなく郊外の新座《にいざ》郡《ぐん》膝折村《ひざおりむら》で起きたことで、斬り合った相手は修験者ではなく兵法者を名乗る男だったともいう。地元の訴えをうけた家康が典膳に出役を命じ、典膳は検使と一緒に五里半の道を膝折村まで行って、人殺しである兵法者を斬り伏せたのだというのである。

ともかく典膳は、二百石ながら徳川の旗本に加えられ、母方の姓を取って名前を小《お》野次郎右衛門《のじろうえもん》と改め、槍《やり》持ちをしたがえて城に通う身分となった。

五年ほど至ったある日、城からさがる途中だった小野次郎右衛門は、ふと足をとめた。道ばたの商家の軒下から、こちらを凝視《ぎょうし》している女がいる。姿は変っているが、間違いなく小衣だった。

「先にもどっておれ」

次郎右衛門は、供《とも》の者に言いつけると、大股《おおまた》に小衣のそばに行った。小衣は、少し怖《お》じたような笑顔で次郎右衛門を見ていた。

「やっぱり、そなたか」

「ええ。しばらくでございました」

「江戸に住んでいたのか？」

と次郎右衛門は言った。小衣はすっかり町方の暮らしに染まった身なりで、しかも垢《あか》抜けた女房ふうの恰好《かっこう》をしていた。不思議なことに、小金ケ原で別れてからかれこれ六、七年は経ち、齢《とし》はとっくに三十を過ぎているはずなのに、小衣は依然として二十半ばにしか見えなかった。顔には小皺ひとつなく、相変らず白桃のようで、底の方にどよめいている血が透《す》けて見えるような若々しい肌をしている。

——化物《ばけもの》だな。

と次郎右衛門は思った。上総、下総をただよい歩いていたころは、はるかに年上に見えた女が、いまは年下のように見える。典膳の問いに、小衣はあいまいな笑顔をむけただけだった。

「この近くに住んでおるのかな?」

「ええ」

やっと、小衣はうなずいた。

「師匠も一緒か?」

「いえ」

一刀斎とは、小田原で別れたと小衣は言った。一刀斎は、これから伊豆に帰って山に籠ると言い、小衣がびっくりするほどの銀子《ぎんす》をくれて別れて行ったという。

「出て来たところにもどられたか」

と次郎右衛門が言った。

「ええ」

「そなたには、世話になった」

次郎右衛門は低い声で言った。飯を炊いてもらったことを言ったのではない。大須賀の陣屋の支配地で、さる土豪の世話になっていたとき、ただ一度川のそばの土堤《どて》で小衣を抱いたことがある。女に誘われたのだが、そのときのことはいまも甘美な思い出として、次郎右衛門の記憶に残っていた。

しかも女は、一刀斎に怪しまれてきびしく糾問《きゅうもん》された様子だったが、ついに白《しら》を切り通して次郎右衛門の名を明かさなかったのである。次郎右衛門は熱心に言った。

「わが屋敷に来ぬか？　いささか礼もしたい」

「でも……」

小衣はちらと次郎右衛門を見た。

「奥様がいらっしゃるのでしょ？」

「うむ」

「お子様は？」

「いる」

「ご出世、なすったんですね」

小衣の顔に、またあいまいな笑いがうかんだ。無邪気な笑顔に見えたが、その笑顔の奥から次郎右衛門を仔細《しさい》に点検している気配がつたわって来る。

ついに小衣は言った。

「お礼なんかようござんすよ。あたしもいまは亭主持ちで、暮らしに困っているわけじゃありませんから」

「それはけっこうだ」

「それに、もうご身分が違いますし……」

「ではせめて、住居を聞いておこうか？」

「………」

「町はどこだ？」

「それもいいじゃありませんか」

小衣の笑顔が大きくなった。次郎右衛門をまっすぐ見つめたまま、不意に言った。

「あなた、善鬼さんを殺したんでしょ？」

「………」

「剣術使いって、こわいねえ」

女はあけすけな口調で言うと、今度は声を立てて笑い、またねと言って背をむけた。

だが小衣は、数歩歩いてから何かを思い出したというふうに振り返り、また次郎右衛門のそばにもどって来た。

「あのときのことだけど……」

小衣は背のびすると、次郎右衛門の耳に馴れなれしい笑いを含んだ声でささやいた。小衣の肌の香が次郎右衛門の鼻に強く匂《にお》った。

「先生にしつこく責められて、あたし、相手は善鬼さんだと嘘ついたんですよ」

「………」

「でも、善鬼さんはそれで殺されたわけじゃないでしょ？　尋常《じんじょう》の試合でしょ？」

「むろんだ」

「よかった」

と小衣は言った。小衣は身体をはなし、今度は思いきり陽気な娼婦めいた笑顔になると、次郎右衛門に流し目をくれてから背を向けた。その姿が足早に遠ざかって、後もふりむかずに町角を曲るのを、次郎右衛門は白昼夢を見る思いで見送った。

小野次郎右衛門忠明《ただあき》は、慶長五年の関ケ原役には酒井家次、奥平信昌《おくだいらのぶまさ》らの手に属して中山道に回り、真田昌幸《さなだまさゆき》が籠る上田城攻めに参加した。この攻城戦では、奮戦して上田の七本槍《やり》の一人に数えられたものの、戦《いくさ》の最中に軍律を犯し、真田信幸《のぶゆき》に預けられて戦後も上野国吾妻《こうずけのくにあがつま》で蟄居《ちっきょ》生活を送ったりする。

しかし翌年九月には許されて秀忠の麾下《きか》に復帰し、下総国埴生《はにゅう》郡の本領二百石のほかに上総国武射《たけい》郡のうちに二百石を加増され、このあともさらに封地を改められて、上総山辺、武射両郡のうちに六百石を知行《ちぎょう》することになった。

秀忠に一刀流の秘伝を伝えた功によって、諱《いみな》の一字をもらい次郎右衛門忠明と称したのはこのころのことで、一介の浪人から取り立てられた人間としては優遇された方かも知れない。しかも流派をひろめ伝えるという点では、弟忠也が忠也派一刀流を確立して名声を得、また次郎右衛門の跡は、父に劣らない名手と言われた嫡子《ちゃくし》の次郎右衛門忠常《ただつね》が小野派一刀流を称して伝え、この時期に禄高も八百石におよんで子孫繁栄したから、不足はなかったはずである。

しかし次郎右衛門忠明本人は、このあとも元和《げんな》元年の大坂夏の陣のときのことで同僚を中傷した廉《かど》で閉門の処分を受けたり、起伏《きふく》の多い生涯を送った。歿年《ぼつねん》は寛永《かんえい》五年である。

次郎右衛門の強さを物語る挿話《そうわ》を二つほど挙げよう。

柳生但馬守宗矩《やぎゅうたじまのかみむねのり》が、自分の剣技を見たいと言っていると聞いて、次郎右衛門は柳生屋敷をたずねた。相手になったのは十兵衛三厳《みつよし》で、宗矩は見分役《けんぶんやく》に回った。しかし、向き合って構えたものの、十兵衛は一方的に押されるばかりでついにひと太刀も打ちこめず、しまいには全身脂汗にまみれて木剣を投げ出してしまった。

十兵衛は負けを認めて、「忠明どのの術は水月のごとくでござる。とてもかないません」と言った。

それを聞いて、やはりその場にいた尾州《びしゅう》柳生家の兵庫厳包《としかね》が立ち上がったが、次郎右衛門は兵庫を制して、「お一人では同じこと、四、五人でかかられよ」と言った。

それで、宗矩の高弟木村助九郎、村田与三《よぞう》、出淵平八が立って、兵庫に加わったため、緊迫した空気となった。

そのとき、宗矩と十兵衛が、異口同音に叫んだ。

「門人は格別。しかし兵庫はひかえたがよかろう」

その言葉で兵庫がしりぞき、残る三人と次郎右衛門の対決になったが、おめき叫んで一斉に打ちかかった三人は、名手木村助九郎が木刀をうばわれ、村田与三はその木刀で両腕を押さえられて動けず、うしろから打ちこんだ出淵の木剣ははずされてしたたかに村田の頭にあたる、という有様で、勝負はまたたく間についてしまったという。

また次郎右衛門は、将軍家の剣術指南役の身で、町道場の主を鉄扇《てっせん》で打ち殺し、その行状を咎《とが》められて島に流されたことがある。

やがて特赦《とくしゃ》によって江戸に帰り、将軍の前に出て特赦お礼の言葉を言上したところ、

将軍は、

「ひさしぶりだ、立ち合おうじゃないか」と言うが早いか、平伏している次郎右衛門に斬りつけた。次郎右衛門は頭も上げなかったが、将軍が立ち上がった瞬間、いきなり眼の前の毛氈《もうせん》を手もとにたぐったので、将軍は刀をにぎったまま、すてんとうしろにひっくり返ってしまった。

二代将軍秀忠は大力の男だった。あるとき崇源院《すうげんいん》（秀忠の室お江与の方）の病気を見舞うために駕籠《かご》を走らせていると、駕籠の外で、

「何事にてか、かくは急ぎたまう」

「ばばに会いたさにさ」

と私語する者がいた。秀忠はあとで供の中からその二人をたずね出し、左に襟《えり》がみをつかみ、右に脇差《わきざし》を抜くと、一刀のもとに刺し殺して死体を一間ほど投げつけたという。次郎右衛門に斬りつけた将軍というのは、多分この秀忠だったろう。根岸鎮衛《ねぎしやすもり》の「耳袋」はこの将軍を家光とし、またべつにこの話を家光と二代目次郎右衛門忠常のこととする説もあるようだが、仮りに実話とすれば、時期的には秀忠と忠明の挿話とするのが自然で、またその方が主従ともに気性殺伐だった時代の雰囲気を映す話のように思われる。

右の二つの挿話は、信憑性《しんぴょうせい》のほどは保証しかねるけれども、小野次郎右衛門忠明という兵法者の兵法の形と強さの片鱗《へんりん》を伝えているように思われる。

夜明けの月影（柳生但馬守宗矩《やぎゅうたじまのかみむねのり》）

一

いつものように、柳生但馬守宗矩《やぎゅうたじまのかみむねのり》は申《さる》ノ刻のわずか前に麻布《あざぶ》の下《しも》屋敷にもどったが、そのまま居間に閉じこもってしまった。そして、日が暮れて下屋敷の広い庭に夜色がただよいはじめたころになって、急に家臣を呼ぶと、上《かみ》屋敷から十兵衛三厳《みつよし》を呼んで来るように言いつけた。

十兵衛が来たのは、時刻がそろそろ戌《いぬ》ノ刻にさしかかろうかというころだった。

「何か、火急のご用でも」

襖《ふすま》ぎわで一礼して部屋に入ると、十兵衛は宗矩の前まで来て坐《すわ》り、そう言った。

「うむ」

宗矩は重苦しい表情を隠さずに、十兵衛を見た。

「今日、下城《げじょう》の途中で気になる男に出会っての」

「……？」

「小関八十郎《こせきはちじゅうろう》だ」

「ほほう。めずらしい男と……」

十兵衛は、一眼だけ残る眼を糸のように細めて、父を凝視《ぎょうし》した。

「たしかですか」

「たしかだ」

「それで、何か申しましたか」

「いや、ただわしと顔が合うとふっと笑っただけだが、よこしまな笑い顔に見えたの」

「風体《ふうてい》は？　どこぞに主取りでもしているような様子でしたか」

「いや、そうは見えなかったな」

「小関はいま、何歳に相成りましょうか」

「四十半《なか》ばか。五、六にはなろう」

「厄介《やっかい》な男ですな」

十兵衛は言って、眉《まゆ》をひそめた。

元和《げんな》二年といえば、宗矩と十兵衛が柳生家下屋敷でそういう会話をかわしているいまから数えて、二十年前のことになる。その年の夏から秋にかけて、江戸の町を震撼《しんかん》させるような事件が、ほかでもない将軍家お膝《ひざ》もとの市中で進行していた。

坂崎出羽守成政《でわのかみなりまさ》は、石州津和野《せきしゅうつわの》藩三万石の城主である。出羽守はもと宇喜《うき》多《た》家の一族で、宇喜多左京亮《さきょうのすけ》と名乗って秀家《ひでいえ》の家老をしていた。しかし慶長《けいちょう》四年に、宇喜多秀家と家臣の間に確執《かくしつ》が生じ、戸川肥後守《ひごのかみ》、花房志摩守《はなぶさしまのかみ》、岡越前守、角南《すなみ》隼人、楢村監物《ならむらけんもつ》ら多数の重臣が暇《いとま》を乞《こ》うて主家をはなれたとき、左京亮も行を共にした。

その後左京亮は家康に仕《つか》えて、翌年の関《せき》ケ原役《はらのえき》には東軍に従い、戦後津和野三万石に封《ほう》じられた。姓を坂崎と改めたのはそのあとで、はじめは対馬守《つしまのかみ》のちに出羽守を称した。

騒動の火種は、この坂崎出羽守である。その年、前年に落城した大坂城から救い出された、将軍秀忠《ひでただ》の娘千姫《せんひめ》は、桑名《くわな》十万石の城主本多《ほんだ》美濃守忠政《みののかみただまさ》の子息中務大輔忠刻《なかつかさたゆうただとき》と縁組みがととのって、本多家に輿《こし》入れすることになっていた。坂崎は、その千姫を輿入れの途中にうばい取るつもりで、屋敷に火器までそろえてその時を待ちかまえていたのである。

いかにも荒《あら》っぽい話だが、天下は一年前に豊臣《とよとみ》家がほろんだばかりで、空にはまだいくさの余塵《よじん》がただよっているといった時代だった。また徳川将軍家は二代目と言っても、大御所家康《いえやす》が四月に死去したあとには、有力な外様《とざま》大名が手つかずで残っているという有様で、後年の礼儀三百威儀《いぎ》三千で固められた徳川幕府からみれば、幕府政治の土台というものはまだ脆弱《ぜいじゃく》なものだった。

四月になって、死を覚悟した家康はさまざまな遺言をした。その中で、たとえば堀《ほり》丹後守直寄《たんごのかみなおより》を呼んで、もし自分が死んだあとに国家の一大事が起きたときは、一番の先手を藤堂和泉守《とうどういずみのかみ》、二番手を井伊掃部頭《いいかもんのかみ》に命じておいた。そなたは藤堂、井伊の間に陣を敷いて横槍《よこやり》をいれよと言いつけ、また榊原大内記照久《さかきばらだいないきてるひさ》を呼んで、死後の棲《す》みかとなる久能山《くのうざん》の廟地《びょうち》についてこまかな指示をあたえたあと、東国は譜代《ふだい》が多いから心配はないが、西国《さいごく》は違う。西国鎮護《ちんご》のために遺骸《いがい》を西面させて安置せよと遺言したことなども、死後の幕府ひいては徳川家の行末を懸念《けねん》したからにほかならない。

豊臣家の滅亡によって、徳川幕府はほぼ輪郭をととのえるに到《いた》ったものの、組織の要《かな》めである将軍家の権威といったものが確立されるまでには、まだ間があった。大名も幕臣も、城中の行儀よりは戦場の作法の方を重く見ていて、気性も荒削《あらけず》りなら、やることも野人ふうな時代が終っていなかったのである。こんな挿話《そうわ》がある。

本多佐渡守正信《さどのかみまさのぶ》は、家康の帷幄《いあく》にあって智謀《ちぼう》をうたわれた人物だが、また実戦の功がなかったことでとやかく言われたひとでもある。ところが正信の弟三弥左衛門正重《さんやざえもんまさしげ》は、兄とは違って武辺一遍《いっぺん》の人間だった。

永禄《えいろく》十一年の掛川城《かけがわじょう》攻めに先駆《さきが》けしたのをはじめに、元亀《げんき》元年の姉川《あねがわ》の合戦を経て、一言坂《ひとことざか》の退却《たいきゃく》戦、三方《み》ケ原《かたはら》の迎撃戦《げいげきせん》、長篠《ながしの》の戦、二股《ふたまた》城攻めと、武田勢との間に行なわれた主な戦いにことごとく参加し、ことに三方ケ原の戦では、武田勢を破ること七度、手傷を負うこと四ヵ所という勇戦ぶりを示した。

だが三弥左衛門正重の変っているところは、このあと徳川家を去って二十年以上も他家を転々とすることである。

正重は天正《てんしょう》六年七月には織田家の滝川一益《たきがわかずます》の足軽大将として、織田軍の播磨《はりま》神吉《かんき》城攻めに加わり、十二年九月には、今度は加賀《かが》にいて前田利家《としいえ》の足軽大将をつとめ、佐々成政《さっさなりまさ》と戦った。さらに天正十五年になると、その四月には蒲生氏郷《がもううじさと》の軍奉行とし て筑紫厳石《つくしがんしゃく》城の攻略に加わるというぐあいだった。徳川家に帰参したのは慶長元年である。

三弥左衛門正重は、まだ本多三弥と言っていた若年のころに、兄の正信と一緒に一向一揆《いっこういっき》に加担《かたん》して家康にそむいたことがあり、天正年間の長い他家働きは、徳川に対する二度目の離反とも言うべきものだったが、兄の正信も、一揆離反のあと徳川をはなれて上方《かみがた》から加賀へと、同じく前後二十年も流浪《るろう》した時期があり、放浪癖はこの本多家のお家芸なのかも知れなかった。

放浪癖がある上に、三弥左衛門正重は根性曲《こんじょうまが》りだった。気にいらないことがあれば、家康の前でもずけずけと厭味《いやみ》や皮肉を言った。その悪癖に閉口《へいこう》した家康は、あるときほとほと呆《あき》れて兄の正信に、「汝《なんじ》が弟の心いまだ改まらざりけり。あの心にては、いかに大名には成さるべき」と言った。

それでも正重は、関ケ原の戦には軍の検使として、また大坂城攻めには家康の言いつけで将軍家の幕僚として重用《ちょうよう》され、家康他界後の元和二年十月には、下総相馬《しもうさそうま》に一万石の領地をもらって大名になるのだが、その正重が、大坂の陣が終ったあとで旗本の坂部三十郎、久世《くぜ》三四郎が、下総に三千石の采地《さいち》をもらったと聞いて顔いろを変えた。

あの三四、三十が、このおれにまさるどんな手柄があって加増されたのか、納得がいかぬとどなると、刀をひっつかんで屋敷をとび出した。城にむかったのである。坂部も久世も、それまでは上総国望陀郡《かずさのくにぼうだぐん》のうちにそれぞれ三百石の采地を持っていただけだった。

帰途についた坂部と久世が江戸城の大手門まで来ると、ちょうど角《つの》をふり立てた牛のような勢いで、前かがみに肩をいからせた三弥左衛門が橋を渡って来るところだった。その勢いにおそれをなした二人が、足をとめて見まもっていると、橋の半ばまで来て立ちどまった三弥左衛門が、濠《ほり》の水にひびきわたる戦場声で呼びかけて来た。

「和殿《わどの》ばらは、はて、いかなる高名《こうみょう》をして大そうな加増を受けたか。その仔細《しさい》を三弥に語れ、聞こうじゃないか」

「じいさん、何を怒っているんだ」

坂部三十郎が、こちらを睨《ね》めつけて道をふさいでいる三弥左衛門を見ながらささやいた。坂部と久世はこのとき同年の五十五、本多三弥左衛門は七十二である。

坂部と久世は、ともに十五、六のころから大須賀《おおすが》（松平）五郎左衛門康高《やすたか》に属して御先手組《おさきてぐみ》として働き、戦場の猛者《もさ》として知られた男たちだが、思慮の方は久世の方が若干《じゃっかん》坂部を上回っている。

このときも、久世三四郎は坂部を制して三弥左衛門に向き直ると、無言のまま耳の輪をとって見せた。その恰好《かっこう》を見ると三弥左衛門の態度がころっと変って、腹を抱《かか》えて笑い出した。そして久世と坂部が近づくと、「大方そんなことじゃろうと思ったわ。和殿ばら、耳の輪は大きく生れたかも知れぬが、武功ではまだこの正重におよぶものかよ」と、上機嫌でつぶやき、つぶやき、そのまま二人と連れ立って帰った。

久世が左手で耳の輪をとって見せた、というのはよくわからないところがあるが、三弥左衛門の詰問《きつもん》に対して、加増は武功のせいにあらず、単なる幸運ですとかわしたのでもあろうか。根性曲りで聞こえた老人を相手に、論争しても仕方がないと思ったのであろう。

それはともかく、気にいらないことを聞きつければ、刀をつかんで城に駆けつける。人びとの心にそういう殺伐《さつばつ》な気性が残っていた時代に、坂崎出羽守の事件が起きたのである。

そうなった理由は二つほどささやかれていた。ひとつは前年の大坂夏の陣のときに、家康が大坂城中から千姫を助け出して来た者には、姫をあたえると言った約束を守らなかったからだというのである。

夏の陣に出陣するとき、家康は「今度は手間もいるまじく候間《そうろうあいだ》、惣軍《そうぐん》小荷駄も無用につかまつり、三日の腰兵糧《ひょうろう》ばかりにて罷《まか》り出《い》づべし」と指令した。外濠はもう埋めてある。内濠だけの大坂城を落とすのは楽だと思ったのである。実際には落城直前の五月七日の戦闘で、松平忠直《ただなお》隊を破った真田《さなだ》幸村《ゆきむら》に本陣まで斬《き》りこまれ、旗本は四散してそばに残ったのは金地院《こんち いんすうでん》崇伝とほかならぬ本多三弥左衛門の二人だったとも、あるいは小栗《おぐり》又市ただ一人だったとも言われるきわどい勝負になるのだが、戦の帰趨《きすう》に関しては最初から楽観していたのが事実だった。

その家康にとって唯一《ゆいいつ》の気がかりは、大坂城内にいる孫の千姫のことだった。助け出して来た者に姫をやろうという言葉は、その孫かわいさの心境からぽろりと洩《も》れた口約束だったのかも知れない。

その千姫は、落城の前日の七日に、堀内主水《もんど》氏久《うじひさ》につきそわれて城を出たところを、坂崎出羽守に保護されて茶臼山《ちゃうすやま》の家康の本陣に送りとどけられたのだが、実際に姫を城から脱出させたのは大野治長《はるなが》だともいう。治長はその時期、まだ秀頼《ひでより》母子の助命をあきらめておらず、その工作の一環として千姫を外に出したものでもあろう。

さて、坂崎出羽守はその功績によって千姫を妻に迎えることが出来るものだと思っていたところが、その約束は守られず、家康は他界して千姫は十万石の化粧料つきで本多忠刻に嫁《とつ》ぐという事態に態度を硬化させたのだというのが、真相とされる理由のひとつだった。十万石の化粧料も、坂崎を気も狂わんばかりに妬《ねた》ませたかも知れない。

しかし、そうではなくて坂崎は武士の面目《めんもく》をつぶされたのを怒っているのだという説もあった。坂崎は宇喜多家につかえていたころ、京都の公家《くげ》衆とつきあいがあった。そこを将軍家に見こまれて、さる公卿《くぎょう》家に千姫を嫁入らせる話をまとめたところ、姫の反対で縁談がつぶれそうになった。そうしているうちに、本多家への輿入れが決まったと聞いて、面目をつぶされたと逆上したのだともいう。

ともあれ坂崎出羽守が千姫の輿入れを妨害しようと、手ぐすねひいて待ちかまえているのは事実で、そのことを知った大名たちは、兵変にそなえてそれぞれの屋敷に武備を固め、幕府は幕府で、坂崎説得に懸命になっているのだった。当時又右衛門と言っていた柳生宗矩が、老中の土井大炊頭利勝《おおいのかみとしかつ》に呼ばれたのは、幕府の説得を坂崎が頑として受けつけないという膠着《こうちゃく》状態のまま、季節が秋を迎えたころだった。

二

土井利勝の屋敷は大名小路の北側、そのころは土井の屋敷から名を取って大炊殿橋と呼ばれた、のちの神田橋《かんだばし》のそばにあった。使者は昨夜のうちに来て、朝飯を喰いに来るようにという口上《こうじょう》だった。

土井が朝飯にひとを招いて、席上で政策を論じているという話はそのころ有名だったので、その集まりに招かれたことはたしかだと思われたが、宗矩には思いあたることはなかった。あるいはいま手詰《てづ》まりの有様になっている坂崎の一件にかかわりがあることかも知れないと思ったのは、使者を帰してしばらく考えに沈んだあとだった。

翌朝、土井の屋敷をたずねると、客は宗矩一人だった。そのことが宗矩をわずかに緊張させた。土井の朝飯の会には、ふつう四、五人の人間がお相伴《しょうばん》するのだと聞いている。

「ま、固くならんで少し相談にのってもらいたい」

気配を察したのか、土井はにこにこ笑いながら話を切り出したが、話の中身は笑うようなことではなかった。

「例の坂崎のことだ。このままに捨ておいては将軍家のご威光《いこう》を損じるだけでなく、補佐するわれわれも鼎《かなえ》の軽重《けいちょう》を問われかねぬ有様だが、まことに頑固きわまる男でいまだに解決の兆《きざし》が見えぬ。頭の痛いことだ」

「お察し申し上げまする」

「今日そなたに来てもらったのはだ。この前坂崎の屋敷に使いしたときの模様《もよう》を、いま一度くわしく聞きたいと思い立ってな」

「いとやすいことでございます」

まだ暑かった七月の末に、宗矩は老中の命令で坂崎出羽守を説得に行っている。宗矩は幕臣だが高名な兵法者《へいほうしゃ》でもある。坂崎とは面識のある間柄だが、それでも相手方が自分を警戒することは目にみえていたので、宗矩は坂崎の屋敷に入るとすぐに家臣に刀をあずけて、丸腰になった。

意表をついたその出方が功を奏《そう》して、宗矩は首尾《しゅび》よく坂崎に会うことが出来、幕閣の意向をつたえるとともに、自分の意見ものべて説得につとめたのだが、坂崎はきかなかった。坂崎出羽守は、心も身体《からだ》も次第に石化しつつある男のようで、宗矩の言葉も情もことごとくはね返すように思われただけでなく、自身は一語も発しなかった。血走った眼だけが、終始猜疑《さいぎ》を宿したまま、宗矩を見つめていたのである。

「石か」

と土井がつぶやいた。

「はあ」

「厄介な石男め」

土井は言ったが、それで格別怒っているというふうでもなく、さらにくわしく宗矩の口から坂崎屋敷の武備の模様などを聞きただした。そして言った。

「幕府ではまだひとをやって、出羽守を説得しているが、出羽守は近ごろは塗籠《ぬりごめ》に隠れてひとに会わぬ」

「ははあ」

「閣内には、兵を出して出羽が屋敷を踏みつぶすべしという意見もあるが、なにせお膝もと、そういうわけにもいかぬ。さて、ほかに手段はあるか。意見があれば聞きたいものだ」

「それは、兵法者としての意見のことにございますか」

「そういうことである。兵法者としてはどう処置するな？」

土井はにこやかな表情を崩さずに言った。家康が四月に他界すると、後を追うようにして六月には宿老の本多正信が死去した。そのあとを引きうけて幕閣をささえるのは、土井だとひとが言う。

ほかの老中酒井備後守忠利《さかいびんごのかみただとし》は五十八、安藤対馬守重信《つしまのかみしげのぶ》は六十、酒井雅楽頭忠世《うたのかみただよ》は四十五、そして土井利勝は四十四である。宗矩より二つも若い、血色のよい童顔を持つこの人物が、幕閣の中心にいて天下を動かしているのだった。

宗矩が答えようとしたとき、土井が笑顔のまま不意に言った。

「小野次郎右衛門《おのじろうえもん》にも聞いてみた」

小野次郎右衛門忠明《ただあき》は、将軍家のもう一人の兵法指南役《しなんやく》でもあるが、土井や青山忠俊《ただとし》にも兵法を教えている。宗矩は用心ぶかく聞いた。

「次郎右衛門はいかが申しました？」

「言い分、まことに明快でな」

と言って、土井はからからと笑った。給仕をしていた小姓《こしょう》がうつむいてもらい笑いをしたほど、明けっぴろげな笑いだった。だが、宗矩は無表情に飯を噛《か》んだだけである。

「使者に仕立ててくだされば、坂崎を討ち取ってまいります、と小野は申したが……」

と言って土井は、やっと笑いやんだ眼で宗矩を見た。

「はたして、そのようなことが出来るかの」

「なかなか」

宗矩は首をかしげたが、そこでにが笑いした。

「しかし、次郎右衛門ならあるいは仕とげるかも知れません。そのかわり……」

「ん？」

「死人の山をきずくというぐあいになりましょうか。次郎右衛門自身も生還出来ますかどうか、いささか心もとのうござりましょう」

「ふむ」

土井利勝は箸《はし》をおいて、小姓の少年に白湯《さゆ》をと言った。朝食は一汁《じゅう》二菜《さい》である。

まぜもののない白い飯を心ゆくまで喰えるというだけで、粗末な食事だった。宗矩も喰い終っていて、屋敷の主人にならって白湯を所望《しょもう》した。

「では、そなたならいかがする な?」

白湯がはこばれて来ると、土井は息を吹きかけて熱い湯をひとすすりしてからたずねた。依然として口調はやわらかく、眼もとには微笑がただよっている。

「されば……」

宗矩は低頭して、それから土井の眼をまっすぐに見つめた。

「みだりにひとを殺さず、また、天下を騒がすことなく事をおさめる手段はあるものと存じます」

「ほう」

「一言にして言えば、一殺多生ということになりましょうか」

元和二年初秋のそのとき、柳生宗矩は三千石の幕臣だったが、胸の奥にいまもなお消しがたい悪夢を抱えていた。文禄《ぶんろく》三年のむかしに、秀吉の検地によって隠し田が摘発されたことから所領を没収され、父石舟斎宗厳《せきしゅうさいむねよし》とともに父祖の地柳生ノ庄《しょう》を追われたことである。

大和《やまと》の国の東北隅、笠置山《かさぎやま》の南に位置する土地を所有していた柳生家は、戦国期は筒井《つつい》と松永という対立する二大勢力の間を揺れ動く土豪に過ぎず、ある時期は筒井順慶《じゅんけい》の麾下《きか》に入り、ある時期は松永弾正《だんじょう》に与《くみ》して筒井と戦うという有様で、小豪族なるがゆえの辛酸《しんさん》をつぶさに嘗《な》めたと言ってもよい。

ことに元亀二年は、松永勢に属して筒井を攻めた和州辰市《たついち》の戦《いくさ》で、長男の新次郎巌勝《よしかつ》が深傷《ふかで》を負い、ついに終生の不具者となるという柳生家にとっては痛恨《つうこん》の年となった。そういうことも引き金になったのか、宗厳《むねよし》は天正元年に突如として柳生ノ庄に隠遁《いんとん》してしまった。宗厳はもともと新当流《しんとうりゅう》の遣《つか》い手《て》として、その刀術は畿内《きない》一と称されていた上に、永禄八年には上泉伊勢守秀綱《かみいずみいせのかみひでつな》から新陰《しんかげ》流の印可《いんか》を受けた高名な剣士でもあった。

隠遁は、武将としての栄達に見切りをつけ、剣の道に沈潜しようとしたのだとも考えられる。ともかく石舟斎宗厳は、天正元年に世間の表面から身をひいたあと、ひたすら刀術の完成と教授に力をつくし、文禄三年に京都郊外の聚落紫竹《じゅらくしちく》村で家康に兵法を指南して誓紙を取るまで、じつに二十年余にわたって柳生ノ庄に身をひそめていたのである。

だが、家康に出会って兵法の師となったことは、宗厳を、また柳生家をして前途にほのかな光を見出した気持にさせる出来事だった。天下を仕置《しお》きしているのは秀吉だったが、家康が、その秀吉と実力では隠然《いんぜん》として天下を二分すると思われていることは、知らぬ者のいない事実だったのである。家康との結びつきは、柳生家の兵法を予想もしなかった高みに引き上げる可能性があった。

　隠し田の摘発は、石舟斎宗厳がその喜びを噛みしめていた、まさにそのときに柳生家を襲った出来事だったのである。摘発は密告によるとも言われるが、ともあれ所領を取り上げられ、父祖の地を追われた石舟斎は、あとに新次郎厳勝を残して、五男の又右衛門宗矩とともに放浪の旅に出る。

　その剣術放浪は、六年後の関ケ原の役に、父子ともに家康について働いたために、旧領柳生ノ庄二千石をそっくりあたえられて終るのだが、関ケ原役の前年に、旅に疲れはてた石舟斎は妻に遺書を書いた。自分は年寄ったのでどこで行き倒れるかわからない、そのときは道具家財一切《いっさい》をそなたにあたえる。また葬式は又右衛門、徳斎と相談し、茶の湯の道具を売って費用にせよという中身である。

　郷里《きょうり》を追われたとき、石舟斎宗厳は六十六、又右衛門宗矩は二十四だった。そしてこの遺書を書いたとき、石舟斎は七十一である。放浪はまだ終らず、もはや前途に、どのような形であれ夢を思い描く齢《とし》ではなくなっていた。

　宗矩がいまも悪夢のように思い出すのは、その当時のことである。所領を根こそぎ失って、明日の糧《かて》のために剣を売る漂泊の日々には、底知れない不安があった。

慶長五年、上杉討伐の兵を起こした徳川勢の中に、又右衛門宗矩は陣場借りの浪人として加わった。それが幸いした。家康は石舟斎宗厳も、また又右衛門宗矩の名も忘れてはいなかった。石田三成《みつなり》の挙兵がはっきりしたとき、小山の本陣にひそかに宗矩を呼びつけたのがその証拠である。家康の指示は、旧領にもどって父の宗厳とともに土地の土豪たちを糾合《きゅうごう》し、伊賀の筒井家と連繋《れんけい》して背後から西軍を牽制《けんせい》する態勢をつくれというものだった。

宗矩はいそいで大和の旧領にもどって、指示どおりの工作を行ない、引き返して美《み》濃《の》に進軍して来た家康を迎えるとそのことを報告した。旧領二千石は、戦後そのときの働きをみとめられてもらったもので、そのとき宗矩ははじめて徳川の家人となったのである。翌慶長六年、秀忠の兵法指南役となり、一千石を加増されていまは三千石の幕臣だった。

宗矩は、三千石の幕臣として将軍の命令にしたがい、諸侯のもとに使者に立ったり、坂崎出羽守のような事件が起きれば説得に行ったりして、幕臣のつとめにしたがっていたが、また剣術遣《つか》いでもあった。人びとが、時にそういう眼で自分を見ることも承知していた。剣術遣いで一千石の加増を受けた男だという眼で、宗矩を見る。

いかにもおれは剣術遣いだと、宗矩は思っていた。そして、ただし同じ剣術遣いでも小野次郎右衛門とは違う、とも思っていたのである。

柳生又右衛門宗矩が、剣と禅と一味相通じ、また、その機微《きび》はいかにも政治の様相に一致することに、時おり気づいてはおどろくようになったのは、四十を過ぎたころである。宗矩は若いころの一時期、父の宗厳の言いつけで参禅の日々を送った。

その、いつ役立つとも知れなかった修行が、長い埋没《まいぼつ》の時を経て、宗矩の内部に甦《よみがえ》って来たようだった。剣はひとを殺すための一本の剣である。だが、その剣理の中に、兵略があり、政治的な駆け引きがあった。または無明《むみょう》ということ、放心《ほうしん》という言葉などが示す、広大な禅の世界がひろがっていた。小野次郎右衛門忠明は、殺法の完成者だった。その獰猛《どうもう》にして正確無比な剣技の前には、宗矩といえどもおもてをそむける。しかし次郎右衛門は、一本の剣が内包する無限の世界に気づいてはいまい。

宗矩は顔をあげて土井利勝を見た。土井はその若さで十四万二千石の佐倉藩主であり、老中を兼ねる男だった。宗矩は土井より二つ年上だが、三千石の剣術遣いにすぎなかった。そしてやがてはもっと年取り、いずれ剣も揮《ふる》えなくなる時が来るだろう。それでも柳生家三千石はつつがなくつづくのだろうか。長子の七郎三厳はまだ十歳、先のことはわからぬ。

——それならばこの機会に……。

柳生の剣がただの殺人剣でなく、兵法は兵略そのものであり、その駆け引きは政治に酷似《こくじ》するものであることを、土井に伝えるべきだと宗矩は思った。一介《いっかい》の剣術遣いでない柳生の剣が理解されれば、あるいはあたえられる役目も変り、いま少し立身が出来ぬものでもあるまい。たとえ立身が出来なくとも、剣を抱いて諸国を放浪する兵法者の悲惨とは縁を切ることが出来るだろう。いまがその機会かも知れなかった。

宗矩には、土井が聞きたがっていることが読めていた。それなら聞かせてやろうかと思った。

「権現《ごんげん》さまが、関ケ原の役にご出陣のみぎり……」

と宗矩は言った。

三

慶長五年、西上して岐阜についた家康を、ひと足先に西軍と戦っていた諸将が出迎えて、それぞれ挨拶《あいさつ》した。その中に、坂崎出羽守もまじっていた、と宗矩は言った。

「坂崎出羽守はとくに前にすすんで、このたびの戦では力をつくして手柄を立てるべき旨《むね》を申し上げたそうにござります」

それに対して家康は、ねんごろに謝辞をのべたので、あとで君側の者が苦言《くげん》を言った。坂崎はあたりまえのことを仰々《ぎょうぎょう》しく言っただけのことなのに、お上《かみ》の言葉は丁寧《ていねい》にすぎないか、というのが苦言の中身だった。坂崎の態度を出過ぎとみて、にがにがしく思ったのだろう。

「それに対して、大御所さまはあのようなる者にはこのように言っておくがよろしい、と仰《おお》せられた由《よし》にござります」

「ふむ」

土井は微笑した。しばらく口をつぐんでから言った。

「亡《な》き大御所は、坂崎をおよそこの程度の男と見切られたわけだ」

「さようにござります」

「すると今度も……」

土井は微笑をひっこめて、宗矩の眼をのぞきこんだ。

「説得は無理かの」

「ご無理かと存じます。塗籠に入ってひとに会わぬというのは、すでに狂気の沙汰《さた》にございましょう」

土井は小さいため息をついてから言った。

「一殺多生か」

「その策というものを申してみぬか」

「出羽守の家の重臣にて、牧野勘兵衛と申す男は理のわかる人物にございます。この騒ぎの渦中《かちゅう》にありましても、まだ分別を失ってはおりますまい」

「ふむ、それで？」

そこまで言えば、あとは言わずもがなのはずなのに、土井はそのあとのことも宗矩の口から聞きたがった。

「使者を屋敷に遣《つか》わし、勘兵衛に奉書をくだして、出羽守に自裁をすすめさせるのがこの際の上策にございましょうか。しかるべき者に家をつがせ、坂崎の家はつつがなく残すと約束を賜《たま》われば、勘兵衛ら重臣はお指図《さしず》にしたがうものと思われます」

「なるほど。しかし坂崎が受けいれぬときはどうするな」

「内々に処置することをお命じになればよろしゅうございましょう」

「坂崎は強力《ごうりき》の者だぞ。容易には討ち取れまい」

「かの屋敷にもひとはおります」

そう言ったあとで、小関八十郎の名前を挙《あ》げたのは、宗矩の兵法者としての本能のようなものだった。

二年前だから、大坂冬の陣があった年の春のことである。公用で青山まで行った宗矩は、帰りに溜池《ためいけ》そばでひとが争っているのに出会った。二十半ばの若い武士を、三人の浪人者が取り囲んでいた。

関ケ原役から十数年、家康が征夷《せいい》大将軍に任ぜられて江戸に幕府をひらいてからでさえ十年余の歳月が経《た》っていたが、世の中にはまだ殺伐《さつばつ》な気配がただよっていた。その殺伐さは、戦国の世を生きて来た人びとの心の中にもあったが、もっと具体的には江戸と大坂の豊臣家との緊張関係、そして巷《ちまた》にあふれる浪人たちがもたらすものでもあった。

浪人の中には、関ケ原以来という古強者《ふるつわもの》もいたが、それだけではなかった。開府した徳川政権を維持し、強固たらしめるために、幕府は次第に諸国大名に対する引き締めを強めて行ったので、咎《とが》めを受けて潰《つぶ》される大小名が少なくなかった。罪がなくとも藩主が死んで後嗣《こうし》がなければ領地を没収され、譜代、外様《とざま》を問わず、家康の血筋の者でさえその処分を免《まぬが》れることは出来なかった。

そのために浪人はまだふえつづけていて、ことに江戸のような大きな町に殺伐な空気を持ちこんでいた。江戸にあつまって来るのは仕官をもとめるためだが、目ざした仕官がかなわないときは殺伐な気配は男たちの内側から膨《ふく》れ上がって来る。

若い武士を囲んで威丈高《いたけだか》に何か言いつのっている三人も、その種の浪人者に見えた。衣服は粗末《そまつ》で、髪はまるで鳥の巣である。宗矩は馬を降りた。争論の行末を見守る気になって、場合によっては若者に手を貸してもいいと思っていた。

見守るうちに、話が決裂したとみえ、三人の浪人者がぱっと若者からはなれると、一斉《いっせい》に刀に手をやった。山犬のように敏捷《びんしょう》な動きに見えた。若者もゆっくりとうしろにさがった。そこで履物《はきもの》を脱ぎ捨てるとしっかりと足をくばった。斬り合いを避ける様子はない。

そこまで見て、宗矩は助勢などはまったく必要がないのを悟《さと》った。若い武士の身ごなしには、一流をきわめた剣士だけが持つゆとりと隙《すき》のなさがあらわれていたのである。一分の隙もなかった。

はたして斬り合いは宗矩が予想したようなものになった。浪人たちは、戦場に出たことがある男たち特有の、荒っぽく抜け目のない剣をふるって若い武士に斬りかかって行ったが、その斬り合いは長くはつづかなかった。一人また一人と倒れ、最後の一人も逃げずにおめき叫んで斬りこんだが、若い武士のあざやかな袈裟《けさ》斬りに倒れた。

その若い武士が、坂崎家の家臣小関八十郎だったのである。宗矩に問われて、小関は石田伊豆守《いずのかみ》から伝わる無明流を遣うこと、五年前までは遠州浜松城主松平左馬助忠頼《さまのすけただより》の家臣だったが、主家が所領を没収されたので坂崎家に仕官したことなどを打明けた。小関は色白で痩身《そうしん》の若者だった。

土井利勝に小関の名を告げたのは、さきに書いたように、宗矩の兵法者としての本能的な気持の動きからだった。坂崎が豪の者だと言っても、小関の剣の前にはひとたまりもあるまいと思い、そのことを土井に告げずにいられなかったのである。見方を変えれば、小関の名を挙げたのは兵法者の一種の虚栄からだとも言えた。宗矩は兵略的な、さらには政治的な解決法を暗示しながら、肝心《かんじん》のところでは、坂崎家をめぐる難問を解決する鍵《かぎ》が小関八十郎の剣であることを、土井に認識せしめたかったのである。そして、そこには小関に対する一種の身びいきの感情も含まれていたのだが、こうした気持の動き一切を宗矩はのちに痛切《つうせつ》に悔《くや》むことになるのである。

「おもしろい、じつにおもしろい」

土井利勝はうなずいた。にこにこと笑って宗矩を見た。

「兵法者の考えというものは、柳生。多分に兵略をめぐらすに似たものだの」

「まつりごとにも相似ております」

「ん？」

土井は一瞬、するどく宗矩を見た。

「それはどうかの？」

土井の様子から、宗矩は自分が言い過ぎたのを感じたが、土井の顔にはすぐにやわらかい微笑がもどった。

「や、役に立つ意見を聞いた。ごくろうであったな。どうだ、よかったら朝風呂《ぶろ》を浴びていかぬか」

風呂をことわって、宗矩は土井の屋敷を出た。馬に揺られて大名小路をすすみながら、宗矩は最後の言い過ぎをべつにすれば、今朝の会見は、土井利勝に柳生がただの剣術遣いでないことを悟らせただけでも、収穫があったというべきだと思った。

——坂崎の処分は……。

宗矩が意見をのべた程度のことは幕閣でも考えていて、一応は外の意見も聞いたということに過ぎなかろうと思った。誰が考えても、最後にとる手段はああいうぐあいになる。

そのあたりを読みこんだ答弁が出来て、小関八十郎という人物を推薦《すいせん》出来たことに、宗矩は満足していた。それにしても、小野次郎右衛門の単身で斬りこむという策はばかげている、と思いながら馬をすすめる宗矩の頰に、初秋の風が快くあたった。

坂崎出羽守の紛争は、それから半月余ほど経った九月十一日に、幕府の説得を受けた家臣が、申し合わせて主人を討ち取るという形で終った。宗矩の予想したとおりである。だが予想をはずれたことも、その事件の終結には含まれていた。幕府がそのまま坂崎家を取り潰《つぶ》してしまったことである。

宗矩は臍《ほぞ》を嚙んだ。土井利勝のにこやかな顔を思いうかべ、土井の頭の中にある政治的な解決の非情さに思い至らなかったことを悔んだのである。幕府に、坂崎の家を残す気がないことを察知していれば、土井に言う意見も形を変えたろうと思ったが、あとの祭りだった。

宗矩は、駒井右京進親直、小笠原市左衛門長房とともに、津和野城請取《うけと》りの使者を命ぜられた。すべての処理を終って帰府したときは、江戸に初冬の霜が降りていた。

数日して、城からもどった宗矩を屋敷の門前で、一人の浪人者が待っていた。編笠《あみがさ》を取った顔は、小関八十郎である。

思わず宗矩は、降りたばかりの馬を楯《たて》に取って身構《みがま》えた。八十郎の青白い顔に、嘲《あざ》けるような笑いがうかんだ。そして、自分から二歩、三歩とうしろにさがってから声をかけて来た。

「洩れうかがったところによりますと、わが坂崎家のこのたびの始末は、こなたさまの入れ智恵によるそうにござりますな」

「………」

宗矩は無言で八十郎を見た。それから手を振って従者と馬の口取りに、屋敷の中に入るようにと合図した。

異様な雰囲気を感じ取ったらしく、主人と編笠の浪人者を見まもっていた従者たちが、宗矩の身ぶりで懸念《けねん》を残しながら門の内に入ると、あとには白日の下に宗矩と八十郎だけが残った。

直接には答えずに、宗矩はべつのことを問いかけた。

「出羽守を討ち取ったのは、貴公の無明流かの?」

その詳細《しょうさい》を、宗矩は聞いていなかった。それで聞いたのだが、八十郎も宗矩の質問には答えなかった。

「今度の処分は、兵法者にあるまじき騙《だま》し討ちと存じます」

「………」

宗矩は弁解はしなかった。老中を中心に宿老たちが坂崎処分を相談したとき、本多上野介正純《こうずけのすけまさずみ》が、坂崎の重臣たちが主人に腹を切らせたときは、その家を立てさせるつもりかと聞いた。人びとの答は、「いかで謀反人《むほんにん》の家を立て給《たま》うべき」だったので、本多正純は、では、その奉書は下すべきではないと反対し、連署加判に加わらなかったと、宗矩は帰府したあとで聞いている。

坂崎家の家臣にとって、結果が騙し討ちの形になったのは、宗矩の罪ではない。宿老たちにははじめから坂崎家を存続させるつもりがなくて、出羽守処分という事実だけを欲しがったのである。

それにしても、このおれが入れ智恵したなどということを、いったい誰が小関八十郎の耳に吹きこんだのだろうか、と思ったとき、八十郎がまた一、二歩うしろにさがった。

「おそれながら、この仕返しはさせて頂きますぞ」

「待て、八十郎」

「ご油断めさるな」

と八十郎は言った。尻上《しりあ》がりにするすると三間ほどうしろにしりぞくと、編笠をかぶり背をむけてすたすたと遠ざかった。

四

宗矩は二度、小関八十郎の襲撃を受けた。一度は復讐《ふくしゅう》を宣言して八十郎が姿を消した翌年の春のことである。下城して屋敷の近くまで帰って来たとき、編笠をとばして疾風《しっぷう》が走り寄るように八十郎が襲いかかって来た。

とっさに馬の上に片足立ちに立たなかったら、宗矩は足を斬られて馬上から斬り落とされたかも知れなかった。斬り損じたと知って八十郎はそのまま姿を消したが、鞍《くら》を落とされた馬が棒立ちになり、地面に跳んだ宗矩は足を挫《くじ》いて、数日は歩行もままならないほどの目にあったのである。

二度目の襲撃が行なわれたのは、それから四年後。宗矩が大納《だいな》言《ごん》家光の兵法師範になった元和七年の春先である。その年の二月二十八日から三月一日まで、将軍家では御《お》成橋《なりばし》に能舞台を設けて、在府の諸大名、幕臣に観世《かんぜ》の勧進能《かんじんのう》を見物することを許した。

許しを受けて、大名たちはそれぞれに大がかりな桟敷《さじき》を組んだので、大勢の見物人があつまり、御成橋の界隈《かいわい》は思いがけないにぎわいになった。その混雑の中を屋敷にもどりかけた宗矩に、不意に斬りかけて来た者がいる。

とっさに宗矩は抜き合わせ、はげしく剣を打ち合わせたまま両者はすれ違った。薄《はく》暮《ぼ》の人ごみの中を、みるみる遠ざかるうしろ姿が小関八十郎だった。宗矩は羽織《はおり》の紐《ひも》を斬られ、懐《ふところ》の中の鼻紙までざくりと斬りこまれていた。だが、小関八十郎の襲撃はそれを最後にぷっつりとやみ、姿を見ることもなく十数年が過ぎたのだが、いまごろになって再び姿を現わしたわけである。

厄介な男ですなと言ったが、十兵衛は小関八十郎を見たことがなかった。ただ宗矩からその男のことは聞いていて、しかも宗矩は小関の風貌《ふうぼう》容姿、剣癖などをくわしく話して聞かせたので、柳生家に敵意を抱くその男を、十兵衛はあらましは脳裡《のうり》に思い描くことが出来る。

「また、襲って来ると思いますか」

「それはわからぬ。が、多分……」

と言ってから、宗矩は十兵衛の頭の中にある八十郎の姿を訂正してやる必要を感じた。

「八十郎は太ったぞ」

「…………」

「うむ、太って姿かたちは少々、むさくなりおった。鬢《びん》のあたりも白くなった」

言いながら宗矩は、途中の町屋の混雑の中から、こちらにむかって笑いかけて来た小関八十郎の姿を思い返していた。

八十郎は太っていた。頬に肉がついて下ぶくれたような顔になり、胸も厚く腹が出ていた。背丈《せたけ》があるので、それほど醜《みにく》く太ったという印象ではなかったが、八十郎は典型的な中年男の身体つきになっていた。とがった肩のあたりにまで剣気がただようように見えた、若いころの面影《おもかげ》はなかった。

それだけならどうということはないのだ、と宗矩は思っている。ひとはいつまでも若くはない。中年をむかえ、やがて老年に至る間に、体型も変わる。八十郎も、時がもたらす当然のその変化をたどっているにすぎない、とみることが出来ないわけではなかった。

だが、宗矩の眼は、十数年ぶりに会った小関八十郎から、ただそれだけではないものを読み取っていた。ひと言で言えば、それは八十郎を覆《おお》う一種の荒廃した感じと倦怠感《けんたいかん》のようなものだった。無精《ぶしょう》ひげがのびた下ぶくれの顔、つき出た腹をつつむ色あせた衣服に、ただ長く浪人したというだけでない、あきらかな投げやりの感じが現われていたのを、宗矩は見ている。

──武士にあるまじき……。

あの、世を抛《なげう》ってしまった気配は、いったいどこから来るのかと宗矩は怪《あや》しんでいるのである。それと、あの邪悪な感じの笑顔は、どこで結びつくのか。

「…………」

あ、と宗矩は顔をあげた。不意に八十郎の笑いの謎《なぞ》がとけたように思ったのである。

宗矩の脳裡《のうり》にうかんで来たのは、二十年前の坂崎出羽守の顔だった。この世の栄達《えいたつ》にのぞみを断ち、ただ意趣《いしゅ》返しだけがのぞみとして残った男の顔。血走った眼を宗矩に据《す》えたまま、声を立てずにうすら笑っていた坂崎の顔と、八十郎の笑いは似ていなかったろうか。

「十兵衛」

「はい」

「八十郎はやはりこの柳生家に、というよりもわしに仇《あだ》なすためにもどって来たようだぞ」

「それなら」

十兵衛は父親の切迫《せっぱく》した顔いろに衝撃をうけた様子だったが、落ちついた声で言った。

「その八十郎の住居を突きとめねばなりませんな、草の根をわけても」

「権平《ごんぺい》にあとを追わせた」

と宗矩は言った。

権平は柳生家の小者で、若いが気働《きばたら》きのすぐれた男である。宗矩は八十郎と出会った場所を何気ないそぶりで通りすぎてから、言いふくめて権平を道ばたに残して来たのだ。

「いまに、もどろう」

「しかし、そろそろ亥《い》ノ刻《こく》になりますぞ」

「家が遠ければ、そのぐらいの時はかかる」

と言ったが、宗矩もさっきからそのことを気にしていたのだった。

「ともかく、権平が八十郎の家を突きとめて参《まい》ったら、少々かの男の身辺をさぐってくれぬか。いまごろになって、なぜ突然にわしの前に現われたか、いささか気になる」

「かしこまりました」

「外に洩らしてはならぬ。そなたと内膳《ないぜん》だけではからえ」

「左門には、知らせますか」

と十兵衛が言った。異腹の弟刑部少輔友矩《ぎょうぶしょうゆうとものり》のことである。

十兵衛より六つ年下の友矩は、十年ほど前に将軍家光の小姓に上がったが、一昨年、二十二歳の若さで御徒頭《おかちがしら》となり、さらに従《じゅ》五位下刑部少輔に任ぜられて、山城国相楽《やましろのくにさがら》郡《ぐん》に二千石の土地を給されていた。

十兵衛も、家光がまだ大納言と呼ばれていた元和五年に、家光づきの小姓として城に上がったが、気性がはげし過ぎることと身持ちが放埒《ほうらつ》だったのを咎《とが》められて、寛永三年には家光のそばから遠ざけられている。友矩が家光に仕《つか》えるのは翌年で、兄と入れ替った形だが、十兵衛とは違う沈着温和な人柄と美貌、兄に劣らない秀《ひい》でた剣が家光に気に入られて異例の寵遇《ちょうぐう》を受けていた。宗矩は固辞しているが、家光は友矩をさらに大名に引き立てたがっていた。

そして、いま十兵衛が友矩の名前を出したのも、ふだんから家光の衆道《しゅどう》がらみの寵遇というものを気がかりにしていたからである。友矩の立場が柳生の中の柳生という形で孤立して行くのは好ましくないと十兵衛は考えていた。考え方は宗矩も同様で、またそのことは、友矩自身も承知していることなので、十兵衛は弟の名前を持ち出したのである。むろん友矩の剣は、いざというときの力強い助勢になる。

だが、宗矩は首を振った。

「いや、このたびは左門を加えずともよかろう」

と宗矩は言った。

「内膳を連れて行け」

「あの男は使えませんぞ、父上」

十兵衛はにが笑いして言った。

「宗冬《むねふゆ》を見ていると、十年前のわが身を見るがごとくです。少しご意見を加えられては、いかがですかな」

「まだ遊び回っているのか」

と宗矩はにがい顔をした。

のちに飛驒守《ひだのかみ》となって柳生家を継ぐことになる内膳宗冬は、その時期、十兵衛がにが笑いして指摘したように遊び呆《ほう》けていた。旗本の子弟に数人の遊び仲間がいて、徒党を組んでいかがわしい町に出没したり、誰かの屋敷に日がな一日隠れてはよからぬ遊びにふけったり、そうかと思うと吉原に繰《く》りこんだりして、家の芸である新陰流の修行には少しも身が入らなかった。

宗矩の三男だが、宗冬は齢は次兄の友矩と同年であるのに、人間の出来にはかなりの差があった。

――しかし……。

と、その夜十兵衛を外桜田の上屋敷に帰して床についてから、宗矩は思った。

十兵衛だって、自分でもそう言ったように遊所に出入りして勤仕を怠《おこた》ったり、深夜ひそかに町に出て辻斬《つじぎ》りを試みたり、一時はこの男、狂ったかと思うほどに行状が荒れたのである。だが、家光に勤仕をとめられると、自分から言い出して父祖の地柳生谷に帰った。

そして、およそ十年。柳生谷の山野を彷徨《ほうこう》し、新陰流の工夫に打ち込んで江戸にもどって来たときは、宗矩が眼をみはるほどの剣士になっていたのである。

――ほっておけ。

と宗矩は内膳宗冬のことを思った。ほっておいて自滅するような人間なら、親が手を貸したところで、いずれは潰《つぶ》れるのだ。

若い者の行状が荒れるのは、ひとつは世の変りのせいでもあろう、と宗矩は思っていた。ついこの間まで、暮らしの真中にむずと居据《いすわ》っていたのは戦《いくさ》であり、戦場の作法である。宗矩の身辺でも、長兄の厳勝《よしかつ》は松永久秀《ひさひで》の辰市攻めで重傷を負い、四兄の五郎右衛門宗俊は伯耆《ほうき》の松平家に身を寄せている間に、領国の内戦に巻きこまれて戦死、また厳勝の長男久三郎は浅野家に仕えていて、朝鮮蔚山《ウルサン》の戦いで戦死というふうに、身内の命を戦に奪われ損《そこな》われていた。

そういう、いわば日常茶飯が戦のにおいの中で営まれていた世が終りをつげ、戦のない世が到来していた。人びとはそのことを、頭では理解出来ても生理が納得しかねて、いまもまだ馴《な》れることが出来ずに血が騒ぐ。いまはそういう時代ではないかと、宗矩は大坂の陣以後のけむりも立たない二十年ほどの世をかえりみることがあった。十兵衛や内膳宗冬の気狂いに似た行状の荒れも、世のそういう戸惑《とまど》いの末端の現われと眺《なが》めることが出来ないでもない。おめき叫んで戦場を走り回った先祖の血が、彼らの体内で荒れるのだ。

——そして、好色も……。

先祖の血のせいでないとは言えないと思いながら、宗矩はそばの夜具の中に深く沈みこんでいる少女を振りむいた。縫《ぬい》、十八歳。長い髪と白い額《ひたい》が見える。かすかに寝息が聞こえた。

鞭《むち》のように撓《しな》う身体と白いなめらかな肌を六十六歳の宗矩は、つい先ほど賞味し終ったばかりである。縫の身体は、宗矩に余生が残り少ないことを忘れさせる効能があった。少女を抱いたあとは、血は勢いよく身体を駆けめぐり、肌はあたたまり、気持も若やぐような気がする。

——わが父も……。

好色のひとだった、と宗矩はぼんやり思い返している。あちこちに外妻をつくるというたちではなかったが、あの稀代《きたい》の兵法者が、若い妻にまったく頭が上がらなかったのを宗矩は見ている。内膳を、責められない。

宗矩は頭を上げた。ついで半身を起こした。権平がもどったら、刻《とき》をかまわず知らせよと表の者に言いつけておいたのだが、ついに知らせが来なかったなと思ったのである。時刻はすでに子《ね》ノ刻《こく》を回っただろう。

はっきりと不吉な想像が胸にしのびこんで来たが、あるいは権平は、八十郎の住処《すみか》をつきとめたものの、おそい時刻の夜行をはばかって、その近くで夜を明かす気になったのかも知れないとも思った。

ひと月ほど前まで宗矩は大目付を勤め、その仕事の中で、権平を二、三の探索の用に使ったことがある。権平はそれだけの才覚を持つ男だった。軒下《のきした》に野宿出来ないほどの季節ではなく、明日の早暁《そうぎょう》にはもどろう。宗矩は強《し》いてそう思い、燭台《しょくだい》の灯を消すと夜具の中にすべりこんだ。

だが、その翌朝。町奉行所の者が外桜田の柳生家をおとずれて、千駄《せんだ》木林《ぎばやし》の不寝権《ねずごん》現《げん》の近くで、ただ一刀のもとに斬り殺された権平が見つかったと知らせて来た。権平の身元がわかったのは、死骸《しがい》の懐《ふところ》に「この者柳生家の小者なり」と、達筆でしたためた紙がはさんであったからである。

五

「小関八十郎は、一昨年の二月にお取潰しになった竹中采女正《うねめのしょう》に仕えていたことが判明しました」

「………」

宗矩は無言のまま、十兵衛を見た。

「江戸にもどって来たのが、その年の五月。病妻を連れていたそうですが、その妻はつい先ごろ、夏の終りに身まかった由《よし》です」

「夫婦の間に子は？」

「子はいなかったという話です」

そうかと、宗矩は思った。それで小関八十郎が十数年ぶりに自分の前に姿を現わしたわけがわかったと思ったのである。

竹中采女正重義《しげよし》は、豊後《ぶんご》府内で二万石を領する城主だったが、さきに長崎奉行を勤めたときに不正があったのを咎められて所領を没収された。ところが幕府が竹中の家財を収公しようとしたところ、徳川家が禁忌《きんき》としている村正銘の刀が二十四腰も出て来たので、父子ともに改めて切腹を命ぜられた。

宗矩は寛永六年に叙爵《じょしゃく》して従五位下但馬守となり、寛永九年には三千石を加増されて大目付となった。大目付は芙蓉《ふよう》の間詰で、将軍の代理として役付きの旗本、大名を監察する役目である。一応は老中支配下に属するが、その老中をも監察することが出来る権威ある役職とされた。就任時の同僚は水野河内守、秋山修理亮《しゅりのすけ》、井上筑後守であり、寛永十一年に将軍家が上洛《じょうらく》したときは、宗矩は井上とともに押《おし》の役を勤めた。

在職五年、今年の八月十四日に四千石を加増され、計一万石で大名につらなるとともに、大目付を免ぜられている。

竹中家の廃絶は、たしかに宗矩が大目付だった間のことだが、采女正に私曲《しきょく》があるということは、目安箱《めやすばこ》を通じて訴え出されたことで、調べの手をのべたのは町奉行所である。その後の処分の経過には若干かかわり合ったものの、大目付である宗矩が直接に竹中家を監察、糾弾《きゅうだん》したというようなものではない。

しかし大目付というものの職掌《しょくしょう》と竹中家の処分を結びつけて、小関八十郎が宗矩に怨《うら》みを抱いたということは考えられないことではなかった。それは多分、私怨《しえん》である。

「二万石か。のう」

「は？」

「いや。三万石の坂崎が潰れて、小関は今度は二万石の家に仕えたわけだ。はるばると豊後まで参ってだ」

小関八十郎は妻帯していたという。府内藩での歳月はしあわせだったのだろうか、と宗矩は思った。消息の知れなかった十数年は、そのことを暗示しているようにも思われる。

だがその小関は、今度は持てるものすべてを失ったらしい、と宗矩は思った。小関八十郎はいま、柳生家にとってもっとも危険な人物として江戸にひそみ隠れているとみるべきだった。もっとも、その住処はもう十兵衛が押さえてある。

「やはり意趣返しだ、十兵衛」

と宗矩は言った。

「小関八十郎は、わしのためにさきには坂崎を潰され、今度は竹中を潰されたと思っている。したがって、おのが人なみのしあわせも、柳生に奪われたとな」

「危険です。討ち取るしかありません」

「うむ、討ち取るしかなかろうな」

宗矩は路上で見た、荒廃の気配がただよう小関八十郎の笑いを思い出していた。権平を斬るとき、八十郎はやはりあの笑いをうかべながら、ためらいなく斬ったようにも思われた。

「おまかせください」

と十兵衛が言った。

「それがしと左門で片づけます」

「左門は使うなと言ったはずだ」

「なぜですか、お上への遠慮ですか」

十兵衛の言葉には、友矩への厚すぎる君寵《くんちょう》に対する、日ごろの違和感がのぞいている。

「しかし、家の危難ですぞ」

かさねて十兵衛がそう言ったとき、足音がして、襖《ふすま》の外から淵上角之丞《ふちがみかくのじょう》という家臣の声がした。

「おそれながら、火急のお知らせがございます」

「よし、あけてよいぞ」

襖をあけた淵上は、礼もそこそこにあわただしく言った。

「刑部少輔さまがお手傷を負われ、ただいま桜田のお屋敷にもどられたと、使いがございました」

「八十郎だ」

十兵衛が言い、宗矩と十兵衛は同時に膝を起こした。宗矩が聞いた。

「傷は重いか」

「そこまでは、何とも」

「よし、上屋敷に参るゆえ、馬を支度《したく》させろ」

淵上がいそいで表にもどったあとで、宗矩は十兵衛を待たせたまま、手早く一人で身支度をした。

「住処が見つかったと、左門に話したのか」

「はあ」

「ばかめ」

と宗矩は言った。刀をつかんで部屋を出ながら、宗矩は十兵衛を振りむいた。

「話せば、左門が一人で斬り合いに行くことは知れておるわ」

「納得がいきませんな」

後にしたがいながら、十兵衛が固い声を出した。

「やつは、何をそう焦《あせ》っておるのですか」

「左門は、おのれも柳生の一人であることを示したかったのだ。わしらだけでなく、八十郎にも、お上にも」

「何のことかわかりませんな」

吐き出すように、十兵衛は言った。

「そんなものは、自分勝手な思いこみにすぎません。ただの無分別です」

――十兵衛には、わからぬことだ。

十兵衛の後から馬を走らせながら、宗矩はさっき思わず十兵衛を叱《しか》ったことを、後悔していた。

去年の八月はじめ、新秋のころのことである。ある夜、井上筑後守の屋敷で打ち合わせがあって、宗矩は下屋敷にもどるのがおそくなった。

玄関で、友矩が来ていることを聞いたが、その友矩は、宗矩が居間に落ちついて一服しても姿を見せなかった。そして縫も、姿を現わさなかった。

縫を妾《めかけ》にしてまだ半年も経っていなかったが、宗矩は若い妾の、固い蕾《つぼみ》のような感触を愛していた。縫は、宗矩に手折《たお》られたあともまだ蕾だった。縫と友矩、その二人をなぜ結びつけて考えたのかはわからなかったが、宗矩はほとんど直感的に、二人がいま、この屋敷のどこかに一緒にいるのを感じた。

すぐに立って廊下に出ると、端の雨戸を一枚そっとあけた。濡《ぬ》れたように濃い月の光が、家の中に這《は》いこんで来た。そして庭のどこかで、一人ではない女の笑い声がした。

草履《ぞうり》をつっかけて庭に降りると、また女たちの低い笑い声がした。木の下を歩いて行くと、池のそばの石に女が三人腰かけているのが見えて来た。笑う声はその女たちである。近づくと静かな話し声も聞こえた。

暑かった夏のころ、宗矩は下屋敷の家宰をつとめる老人を通して、奥の女たちが夜の庭に出て涼むのを許している。男たちは長屋にもどって涼むことが出来るが、奥勤めの女たちにはその自由がないことを考えてそうするのだが、おもしろいことに、ひと夏のその許しが女たちに大きな解放感をあたえたらしかった。女たちは暑気が去り、秋風が立っても月のある夜は庭に出たがって、家宰に叱られていた。毎年そうだった。池のそばにいるのは、あまりにいい月に誘われて外に出た女だろう。

だが、その中に縫の姿は見えなかった。宗矩は木の間の道に引き返し、少し登りになる道を庭の奥の方にすすんだ。そこに四阿《あずまや》があるのを頭にいれていた。道を登り切ったところで木立が終り、広い草地が現われた。この世のものとも思われない、水のように澄んだ月の光が降りそそぎ、夜目にも青い草地とその中央にある暗い四阿を照らしていた。その四阿の中に、男女二つの黒く小さい人影がならんでいるのを、宗矩は凝然と見つめた。

男が友矩で、女が縫であることはたしかめるまでもなくわかっていた。縫は本名をこぬいと言い、奥勤めの小間使いだった少女である。性格が温和で、貴公子然とした風貌を持つ友矩は、上屋敷でも下屋敷でも、女たちに人気があったから、あるいは二人は、宗矩が縫を妾にする以前からの知り合いなのかも知れなかった。

そう思ったが、宗矩は不思議にも嫉妬《しっと》めいた気持をまったくおぼえなかった。月の光があまりにきれいだったからかも知れない。と見る間に、影絵のような男の手がつと動いて、少女の肩にかかるのが見えた。

そこまで見て、宗矩は背をむけて木立に隠れた。だが背をむけた瞬間に、四阿の友矩も父に見られたことに気づいたのを悟ったが、宗矩は無表情にゆるい坂道を降《くだ》った。

――友矩が……。

単身で八十郎を襲った理由は、それしかないと宗矩は馬を走らせながら思っていた。贖罪《しょくざい》である。わが血で、父に対する罪をあがなったのだ。十兵衛に、どうしてそのことが理解出来よう。

さきほど不意の怒りに駆《か》られたのは、そういう事情も知らずに、安易に友矩に助勢をもとめた十兵衛の迂闊《うかつ》さと、いまだに、一年前のあの些細《ささい》な出来事を気に病んでいる、友矩の性格のなかにひそむ一点の脆弱《ぜいじゃく》さと、その両方に腹が立ったのである。十兵衛は無神経に過ぎ、友矩は武士にしては心情が繊細《せんさい》に過ぎると。

宗矩と十兵衛の二人が、上屋敷に駆けつけたときには、手当ては終って柳生家出入りの医師はもう帰ったあとだった。

刑部少輔友矩は横になっていたが、はたして晴ればれとした顔で、父と兄を迎えた。

「斬られたのは腿《もも》ですが、血の脈は切れておらず、十日ほど静かにしておれば快癒《かいゆ》するとのことです」

「なぜ、一人で行ったのだ、無謀な」

十兵衛は低い声で叱ったが、友矩はその叱責《しっせき》にも笑顔で詫びを言っただけで、弁解はしなかった。

「仔細《しさい》を話せ」

十兵衛にうながされて、友矩は千駄木林の北はずれで、住処にもどって来た八十郎を待ち受けて斬り合いを挑《いど》んだ詳細をくわしく話した。

金瘡《きんそう》のせいで熱が出て来たらしく、友矩は赤い顔になっていたが、最後に言った。

「小関は父上に果し合いを申しこんで来ましたぞ。その伝言をつたえるために、倒れたそれがしを介抱《かいほう》し、ひとをつけて帰したものと思われます」

「ふん」

十兵衛が鼻白んだ顔になった。

「場所は？」

「お茶の水の松原。時刻は明朝、寅《とら》の下刻《げこく》と申しておりました」

「わかった。あとはおれにまかせろ」

十兵衛が言ったとき、宗矩は待てと制した。

「ほかに伝言は？」

「………」

「どうした？　遠慮しては使いの役目がつとまらぬぞ」

「明朝、定めの場所に来る来ないは但馬守の勝手。よろしいか、父上。かの男の申したとおりに伝えますぞ」

「よし」

「来る、来ないは勝手。しかし来なければ但馬守は真の兵法者にあらず、剣を商《あきな》って大名に成り上がった世渡り上手の世間師と、巷《ちまた》に評判して回ろうと……」

十兵衛が静かに言った。

「疫病神《やくびょう》め」

「よし、その口をおれが黙らせてやるわ」

「待て、十兵衛」

と宗矩が言った。十兵衛と友矩を見た宗矩の顔に、微笑がうかんだ。

「その果し合いは、わしにまかせろ」

「しかし……。いや父上、それはなりませんぞ」

「なに、心配はいらぬ。どうやら八十郎は、わしが出向かぬことには承服出来ぬらしい。よし、よし。明日はかの男に、新陰流の真髄をおがませてやろう」

六

翌日の未明。宗矩は昨日のうちにとどけておいたとおりの時刻に、神田見附《みつけ》に現われ、門を通してもらうと馬を曳《ひ》いて神田川に架る木橋を対岸にわたった。

時刻は寅の中刻《ちゅうこく》にさしかかっていて、東の空は木苺《きいちご》の実のように明るい黄に染まりはじめていたが、日はまだのぼらず、川底には夜の名残《なご》りの霧が動いていた。水は暗くて見えなかった。

宗矩はふたたび馬に乗ると、河岸の道を西にむかって、軽く馬を走らせた。すると間もなく右手に桜の馬場が見えて来た。馬場は、以前は将軍家もここで馬を責めた場所だが、その後は手入れを怠っているのか、荒れて見えた。宗矩は枯草の中に馬を乗り入れると、馬場の端の立木の下まで行って、そこで馬を降りた。

宗矩はゆっくりと、馬を立木につないだ。それから羽織をぬいで、刀を少し抜くと目釘《めくぎ》のあたりをたしかめた。刃物の光におどろいたのか、馬が鼻を鳴らして後じさりした。宗矩は、頸《くび》をたたいて馬を静めてやった。

馬が落ちつくと、懐から紐を出して手早く襷《たすき》をかけ、額《ひたい》に鉢巻をしめた。紐は、どちらも中に濡らした和紙を縄のように縒《よ》りこんだものである。つぎに宗矩は草の中にうずくまって、足の草鞋《わらじ》の紐をもう一度しっかりとしめ直した。身支度が済むと、一度荒涼《こうりょう》としたまわりの風景を見回してから、歩いて馬場を出た。

お茶の水の松原は、馬場を出るとすぐ前の河岸から西の方にひろがっている。松林の奥に通じていると思われる道が、口をあけていた。その前でひと呼吸すると、宗矩は松林に踏みこんで行った。

林の中は、暗くも明るくもなかった。夜の暗さはもう姿を消しかけていたが、朝の光がさしこむにはまだ少し間がある時刻である。松林の中は、青白い光に満たされて、その中に太く赤黒い樹幹が折重なるように立っていた。遠い木陰のあたりには、まだうすい霧がまつわりついているのが見える。

すたすたと、宗矩は歩いて行った。油断なく左右に眼をくばっていたが、一定した足どりは変らなかった。

松林は、中に踏みこんでみるとところどころに空地があった。露出した赤土の上に、枯れた木の株が散らばっているところもあれば、うすい雑草が一面に空地を覆いかくしている場所もあった。草は多分日があたらないせいだろう、ひこばえのようにひょろ長く、淡い緑いろをしている。

今度は道の正面に、空地が見えて来た。宗矩は、赤く枯れた落葉を踏んで立ちどまった。空地の奥に、木の株に腰をかけた男がいるのに気づいたのである。あれが、小関八十郎だろう。

だが、宗矩が立ちどまったのは一瞬のことにすぎなかった。何事もなかったように、またすたすたと歩き出した。足どりは前と変りなかった。ただ、左手はもう腰の刀にかかっている。いつでも鯉口《こいぐち》を切れるように、左の拇指《おやゆび》が鍔《つば》を押さえていた。

「やあ、但馬守どの」

空地の入口に姿を現わした宗矩を見て、八十郎が声をかけて来た。声をかけてから、八十郎は、ゆっくりと立ち上がった。顔にも声音《こわね》にも喜悦《きえつ》の表情があふれている。

「おいでがなければ、いずれこちらから参上するつもりでござった。おひとりか？」

「むろん、ひとり」

と宗矩は答えた。その間にも足どりをゆるめず、八十郎に近づいて行った。

「それは重畳《ちょうじょう》……、や、や」

と八十郎は叫んだ。宗矩が一度も立ちどまらず、そのまますたすたと斬り合いの間《ま》合《あ》いに踏みこんで行ったからである。歩きながら、宗矩は刀を抜いた。

驚愕《きょうがく》の表情で、八十郎はうしろに跳んだ。その一挙動の間に刀を抜き、片手をのばして空打《からう》ちを仕かけて来たのは、八十郎の剣技が衰えていない証拠だった。すばやく、失った間合いを取りもどそうとしたのだ。とっさの空打ちは、新陰流では魔ノ太刀《たち》と呼ぶ刀法である。

だが、空地の入口に現われた宗矩を、松の木株に腰かけたまま迎えたとき、八十郎は自分から優位を失ったのである。宗矩の攻撃の方が、はるかに速かった。八十郎が空打ちしたとき、宗矩はもう刀を攻撃の横上段に構えていた。

そこから疾風の打ちこみを八十郎の左拳《こぶし》に放ち、さらに踏みこんだ同じ姿勢のまま、目にもとまらず刀を返すと、右拳を打った。宗矩の剣は八十郎の空打ちをやすやすとはじき返し、右の拳を斬り割っていた。すばやくはげしい攻撃は、遠く陰流の祖愛洲《あいす》移《い》香斎《こうさい》の猿飛に起源する燕飛六箇乃太刀のうち、月影の刀法である。

拳を割られながら、八十郎も敏捷《びんしょう》に斬り返して来た。腹の出た大きな身体が、軽々と動き、鋭い剣が宗矩の肩を襲って来る。直前に、宗矩は足を踏みかえた。ほとんど同時に踏みこんで拝《おが》み打ちの一刀を放つと、その勢いのまま足を折って折《お》り敷《し》いた。浮舟《うきふね》の刀法の残心の型をとったのである。斬り合いは短く、そこで終っていた。

八十郎の身体が、突きとばされたようにうしろによろけ、すぐにどっと尻から地に倒れた。その様子を、折り敷いて呼吸をととのえながら、宗矩はじっと見つめていた。たしかめるまでもなかった。宗矩の一撃は八十郎の頸のつけ根を斬り裂いたのである。

宗矩は立ち上がって八十郎にとどめを刺すと、刀をおさめ、襷、鉢巻を捨てて空地をあとにした。すたすたと、さっきたどって来た道をもどった。歩きながら、斬り裂かれた襟の下に手をくぐらせて見た。八十郎も尋常《じんじょう》の剣士ではなく、宗矩は胸に手傷を受けていた。にじんだ血が指に触れたが、痛みは堪《た》えられないほどではない。

——浅傷《あさで》だ。

と思った。しかし八十郎の拳が無傷だったら勝敗はどちらに転んだかわからぬ、とふと思ったが、宗矩はその考えを頭を振って捨てた。勝敗はつねに紙一重であることを承知していた。その紙一重の勝ちをつかみ取るのが、勝者というものだった。

松林を出たとき、宗矩にその日の最初の日射《ひざ》しがさしかけて来た。宗矩はあかるい朝の光の中に出た。ゆっくりと河岸の道を横切って、馬場にむかった。

七

宣教師ママコスが予言した天童、天草四郎時貞《ときさだ》を総大将にいただく島原、天草の切支丹《キリシタン》門徒三万七千人が蜂起《ほうき》して、虐政《ぎゃくせい》の領主島原藩主松倉家と天草を領有する唐津《からつ》藩主寺沢家に攻撃を仕かけたのは、寛永十四年の秋も終ろうとするころ、十月の下旬だった。

反乱軍の大部分は、虐政に堪えかねた土地の百姓たちだったが、彼らを指導するのは土地の土豪、庄屋たちで、信仰を中心にしたその動員力、統率《とうそつ》力はすばらしく、彼らが松倉家の島原城、寺沢家の富岡城の包囲を解いて、島原の原の古城に籠《こも》ったとき、天草から海をわたって原城に入った人数は一万四千人、彼らが去ったあとの天草は、さながら無人の野のようになったのである。

島原、天草の反乱の知らせが幕府にとどいたのは、月を越えた十一月八日である。幕閣では協議の末に、松倉、寺沢の藩兵だけで押さえ切れる一揆《いっき》ではないと判断し、細川、鍋島《なべしま》などの九州の藩を動かすことを決めると、全軍を指揮する追討使《ついとうし》に板倉《いたくら》内膳正重昌《しげまさ》をえらんだ。

十一月十日に、宗矩は久留米《くるめ》藩主有馬《ありま》玄蕃頭豊氏《げんばのかみとようじ》の屋敷で催された猿楽《さるがく》見物に招かれていた。招待をうけたのは宗矩だけでなく、ほかにも多数の大名が猿楽を見物し、終って屋敷の主人のもてなしで酒宴に入った。

酒宴半ばの未《ひつじ》ノ下刻(午後四時近く)ごろに、宗矩は外桜田の上屋敷から来た家臣に呼び出された。家臣は手短かに、島原、天草に耶蘇《ヤソ》門徒の一揆が起こったこと、板倉内膳正が上使を命ぜられて、さきほど出発したことを知らせた。

宗矩は、黙然《もくねん》と家臣の報告を聞き取ったが、すぐに質問した。

「一揆の人数は?」

「三万五千とも、四万ともいうそうです」

宗矩は顔を上げて、茫然《ぼうぜん》と庇《ひさし》の先にひろがる空を見た。

――まずい人選だ。

と思った。幕閣は島原、天草の一揆を甘く見ているとしか思えなかった。つぎには板倉は死ぬぞと思った。やがてそういう立場に追いこまれることは必定《ひつじょう》である。

宗矩には、それらのことは明々白々の事実に思われた。板倉を追討使にえらんだ人々に、その事実が見えていないらしいのが不思議だった。

「よし、内膳正を追いかけてみよう」

と宗矩は言った。

家臣を帰して、主人の玄蕃頭豊氏から馬を借りると、すぐに有馬の屋敷を出た。疾《しっ》駆《く》して品川まで行ったがつかまらなかった。宗矩はさらに川崎まで追いかけたが、板倉重昌はそこも通り過ぎたあとだった。日はもう暮れようとしていた。やむを得ず、宗矩は川崎から馬を返した。

宗矩は重昌を連れもどすつもりではなかった。ひきとめるのも、連れもどすのも越権行為である。だが、いそがずにゆるゆると西上するようにと忠告することは出来る。重昌が九州に着く前に、将軍に直接意見をのべ、上使内膳正という人選に再考をうながして、命令を変更することは出来ないことではない、と思ったのである。だが、律《りち》儀《ぎ》な重昌は、つねにも増して西下の足をいそがせて去ってしまったようだった。

宗矩は江戸にもどると、その足で登城した。もはや夜だったが、申し上げたいことがあると将軍家光に謁見《えっけん》を申しこんだ。

何事が起きたかと不審《ふしん》に思ったのだろう。家光はすぐに表に出て来て、宗矩を呼んだ。宗矩は板倉重昌を追って川崎まで行って来たことを言上し、家光が何のためかと聞くのに対して、考えて来たことをそのまま述べ立てた。

「上様は、ただの土民、百姓の反乱とみて、追討のお使いを軽く扱われたかに拝察いたしますが、総じて宗門の起こすいくさは大事のものにて、ひと筋縄では片づきませぬ。このままでは重昌は必ず討死つかまつるべしと考え、いかにもして足を止めばやと追いかけましてござります」

「不吉なことを言う」

家光はみるみる不機嫌な顔になった。

「それは但馬守一人の考えだろう。内膳正の派遣《はけん》は閣老協議の上で決めたものだ。内膳正は器量人だ。人選に誤りはない。横からの差し出口はつつしめ」

荒々しく叱りつけると、家光はそのまま席を立って奥に入ってしまった。

しかし宗矩は、つぎの間にひきさがったものの、城をさがろうとはしなかった。夜が更《ふ》けると、川崎まで長駆してもどり、その後夜食もとっていない宗矩は、顔に憔悴《しょうすい》のいろが現われて来た。宿直《とのい》の者が心配して、薬湯《やくとう》でも持参しようかと聞いたが、宗矩はことわった。凝然《ぎょうぜん》と坐りつづけた。

——ここが境い目だぞ。

と宗矩は思っていた。剣はただの殺人の具ではなく、兵略であり、まつりごとであること、剣の条理は兵法に通じるだけでなく、一国をおさめ、天下を平穏《へいおん》におさめることにも通じることを、将軍に認めさせる絶好の機会だった。

——それが出来れば……。

柳生家の行末は安泰だとも思った。このまま下城してしまい、剣の理が予見したことを言わずにしまえば、柳生の剣はただの、一人の勝敗にかかわるだけの剣技にもどってしまうだろう。

夜が更けても、下城する気配のない宗矩を見かねて、近侍《きんじ》の者が将軍にそのことを伝えたのだろう。家光はふたたび奥から出て来て、宗矩をそばに呼んだ。

いくらか穏《おだ》やかな顔になって、家光が言った。

「なぜ、重昌が死ぬと思うのか、申してみよ」

「されば……」

三軍の兵ことごとくに、死をもおそれさせないことは、名将といえども出来がたいことだが、法を深く信じて戦う者は、下愚《かぐ》の者といえども死をおそれず、むしろ死ぬことを以《もっ》てよろこびとする。ゆえに信仰の兵は、百千の衆がことごとく必死の勇士となるのですと宗矩は言い、家康、信長が一向一揆に手を焼いたことを例に挙げた。

「内膳正は、年若くして数十万騎の中からただ一人選び出されて、先の大坂の役の上使をつとめた英才にござりますが、むつかしい戦にのぞみ、西国の兵を指揮するには、禄《ろく》はわずか一万石、位もまた世の評判も不足しております。はじめはともあれ、耶蘇の徒を攻めあぐむときは、各藩それぞれの思惑《おもわく》が百出して、内膳正の下知《げち》に従わぬものが出てまいりましょう」

そのときは、幕府は将軍家の一門か、あるいは宿老の中からひとを選んで、重ねて使いを派遣せざるを得なくなるだろう。重昌、何の面目あってか、生きてふたたび関東に帰って見参に入り候べき、と宗矩は言った。

「あたら御家人《ごけにん》を失うことも惜しいことにござりますが、それよりも将軍家の上使を、土民、百姓のために討たせては永き天下の恥辱《ちじょく》。それがしにご命令をくだされば、これより改めて追いかけて、内膳正を連れもどしてまいりまするが、いかが思《おぼ》し召されますか」

家光の顔に、ありありと後悔のいろがうかんだ。家光は低い声で言った。

「柳生の兵法は、そう見通したか」

「仰《おお》せのごとくにござります」

「なるほど」

家光はうつむいて長い考えにふけった。しかし顔を上げると、小さく首を振った。

「夜も更けた。但馬守、屋敷に帰って休め」

島原の一揆は、宗矩が言ったようなものになった。幕府は板倉重昌が、一揆を鎮圧出来ないのを知ると、重ねて老中松平信綱《のぶつな》を派遣することを決めたが、重昌は信綱が到着する四日前の寛永十五年正月元旦《がんたん》、原城に総攻撃をかけて戦死した。

その総攻撃は、柳川《やながわ》の立花勢はほかの隊に対する私怨から参加せず、久留米の有馬勢は勝手に抜け駆けして破れ、その統率のない包囲軍の中で、重昌はわずかの手勢をひきいて城壁をよじのぼり、城内に入ったところで戦死したのである。損害は包囲四千余人に対し、一揆方はわずかに百名足らずだった。

代《かわ》って指揮者の位置についた松平信綱は、新たに細川、黒田と藩兵を加え、十二万余の軍勢で一孤城を囲んだが、攻め落としたのはそれからおよそ二月後、二月二十八日だった。包囲軍は二月二十七、二十八日の両日総攻撃をかけてついに城を落としたのだが、その二日だけで包囲軍の戦死は千百五十一人、負傷六千七百四十三人にのぼった。

将軍家光は、晩年の宗矩を深く信頼し、たびたび宗矩の屋敷をたずねた。正保《しょうほう》三年の春、宗矩が病気で倒れたときも見舞いにおとずれ、三月二十六日に宗矩が七十六歳で死去したあとも、折りにふれて、宗矩が生きていたらこのことをどう処置するかたずねてみたいところだと、あたりの者に洩らすことが多かった。

師《し》弟《てい》剣《けん》（諸岡一羽斎《もろおかいっぱさい》と弟子《でし》たち）

一

霞ケ浦《かすみがうら》のそば近くまで行くと、土子泥之助《ひじこどろのすけ》はいつも水がにおうように思う。湖面が見えて来る前に、前方から水がにおって来る。

そう言うと、根岸兎角《ねぎしとかく》はあざ笑った。

「水がにおうわけはなかっぺよ。気のせいだろう。おれはにおわん」

「そうか。気のせいかい」

泥之助は、ならんで歩いている兎角をちらと見た。眼尻《めじり》が鋭く切れ上がった眼と途中に段がついている高い鼻、大きな口といった造作《ぞうさく》を持つ兎角の顔は、男らしくてりっぱだとも言えるが、いかにも我《が》が強そうで、しかも胸中にただごとでない不満を隠しているようにも見える。

その不満がどういう中身のものなのかは、泥之助にもおよその見当はつく。香取《かとり》の飯篠長威斎《いいざさちょういさい》から伝わる天真正伝神道流《てんしんしょうでんしんとう》と、鹿島《かしま》の太刀《たち》の流れに神道流の精髄を取りこんで塚原卜伝《つかはらぼくでん》が新たに興《おこ》した新当流《しんとう》。この鹿島、香取の刀術の流れをきわめたうえで、諸岡一羽斎《もろおかいっぱさい》はべつに精妙、不可思議な剣を編《あ》み出した。一羽斎はその剣を一羽流と名づけていた。

泥之助ともう一人の、やはり高弟の一人に数えられる岩間小熊《いわまこぐま》は土地者だが、兎角は一羽斎の剣名を慕《した》って、下総《しもうさ》の方から利根川をわたって来た男だった。素姓《すじょう》は北下総の郷士《ごうし》の倅《せがれ》だと言い触らしていたが、はたしてそうなのかははっきりしなかった。兎角はそのまま諸岡屋敷に寄食《きしょく》し、奉公人にまじって畑仕事もしながら一羽流を習って来たのである。諸岡家は古渡《ふっと》の郷士で、二、三人の門弟を養って日々の糧《かて》をあたえることを苦にしなかった。

諸岡屋敷には、江戸崎城下に住む土岐《とき》家の家臣、近郷の郷士たち、志ある百姓などが、剣を習いにかよって来る。その中で、泥之助と兎角、岩間小熊は次第に頭角をあらわし、いつの間にか三本指に数えられる高弟になっていた。

そういう剣ひとすじのおだやかな暮らしが、一撃にして打ち砕かれてしまったのが、一年前のことである。天正十八年の春、江戸崎城に突然襲って来た北方の佐竹勢と領国をこぞって戦闘状態に入り、四月には江戸崎城が落ちて城主の土岐治綱は戦死してしまった。

その後も、治綱の弟胤倫《たねとも》を主将にいただく土岐家の家臣たちは、領内を転々としながら佐竹勢に反撃を繰《く》り返したが、次第に追いつめられて胤倫は竜ケ崎にひそみ隠れ、家臣は四散して土岐家の江戸崎城支配は終ったのである。

その戦闘がある前年の天正十七年八月、常陸太田《ひたちおおた》の城主佐竹義重《よししげ》、常陸下妻の城主多賀谷《たがや》重経《しげつね》、下館《しもだて》の城主水谷勝俊《みずのやかつとし》らは、秀吉に手紙をやって北条攻めを催促した。佐竹、多賀谷たち常陸北方の豪族たちは、長い間南方から迫る北条の圧力に悩まされて来たが、天正十六年に至って、今度は伊達《だて》政宗《まさむね》の北からの脅威《きょうい》に直面することになった。

伊達の脅威は、会津《あいづ》の芦名《あしな》家を継いだ義重の子芦名盛重《もりしげ》が、天正十七年六月、摺上《すりあげ》ケ原《はら》の一戦に伊達勢にやぶれ、黒川城を逐《お》われて常陸に逃げもどると深刻化した。佐竹家はさらに南下の気配をみせる伊達勢の阻止に全力をそそがざるを得ない形勢となったので、背後の脅威である北条攻めを秀吉に催促したのであった。むろん秀吉の北条攻めが、秀吉の全国制覇の日程の中に組み込まれていることを知悉《ちしつ》していたのである。

秀吉が実際に北条攻めの兵を動かしたのは、年を越えた天正十八年の三月だった。

秀吉は実質二十万におよぶ大軍を動かして、小田原城攻撃にとりかかりながら、一方で関東、東北に蟠踞《ばんきょ》する諸豪族に参陣を促《うなが》した。参陣の催促は北条攻めへの参加を促すというよりは、秀吉自身に対する諸豪族の向背《こうはい》をたしかめるものだった。

当然佐竹家にも参陣の催促があって、それは前年の十一月には到着していたのだが、家督をついだ佐竹義宣《よしのぶ》は当時陸奥《むつ》南郷《なんごう》で伊達勢とにらみ合っていて動きがとれなかった。しかし秀吉の小田原攻めが本格化すると、伊達勢との戦闘に固執《こしゅう》しているわけにもいかず、義宣は太田城にもどって小田原出陣の用意をととのえ、一万余の軍勢を引き連れて南下した。四月である。

その南下の途中、義宣は北条方である下野《しもつけ》の壬生《みぶ》城、鹿沼《かぬま》城を落とし、さらに一隊を江戸崎城にさしむけて土岐家を亡《ほろぼ》したのであった。

佐竹家はその功と参陣後の転戦を認められて、戦後は本領を安堵《あんど》されると同時に、常陸の旗頭《はたがしら》となることを許されたのである。そして江戸崎城の新しい城主となったのも、会津を追われた義宣の弟芦名盛重だった。土岐の旧家臣に対する新領主の扱いはひややかで、江戸崎の東、古渡の郷士である諸岡家の暮らしは一変した。広大な田畑はすべて取り上げられて、残ったのは大きいが古い家屋敷と、ひとつかみほどの屋敷畑だけだった。

江戸崎城に芦名盛重が入ってから、三月ほど経《た》って、佐竹義宣は土岐氏とならんで北条勢の先駆《せんく》だった水戸城の江戸氏、府中城の名門大掾《だいじょう》氏を攻め、江戸氏を逐い落とし、大掾清幹《きよもと》を自殺せしめて年が越えないうちに常陸の主要拠点《きょてん》を押さえてしまったのである。

「もっと、先に行ってみるか」

振りむいた兎角が、立ちどまってそう言ったので、泥之助は顔を上げた。

枯れ葦原《あしはら》がつづいていた湿地帯が途切れて、眼の前に青い湖がひろがっている。海のように岸辺を洗う波の音が聞こえて来た。北の入江に帰るらしい帆舟《ほぶね》が二艘《そう》、動くとも見えないほどにゆっくりと湖面をすべって行く。その帆がうすい朱のいろを帯びはじめている。間もなく日が落ちるのだ。

泥之助は背後の空を振りあおいだ。こまかなうろこ雲が空にかかる川のように、西から東北にかけて斜めに空を横切り、日はまだその下にあった。しかし力なく赤らんでいる秋の日は、じきに二人が出て来た古渡の村の木立の陰に落ちるだろう。

「行かなきゃ、見つからんだろう」

「はたしてこっちに来たかどうかと、聞いているのだ」

いら立たしげに兎角が言った。二人は小手《こて》をかざして湖の東の方の岸を眺《なが》めた。一羽斎が小舟で川をわたり、そっちに行った懸念《けねん》がないわけではない。二人は昼すぎから釣りに出たままもどらない一羽斎をさがしているのである。

暗くならぬうちに連れもどせと、おまんさまがただならない形相《ぎょうそう》で言う。釣りに出た一羽斎が、日が傾いても帰らないときは、いつもそうである。

しかしおまんさまは、伯父《おじ》の一羽斎が釣りに出るのを嫌っているのではなかった。釣竿《つりざお》とびくを持って朝から出かけるときなども、昼の飯を持たせて機嫌《きげん》よく送り出す。なぜ、日暮れ刻《どき》が迫ると帰りを案じて異様《いよう》にさわぎ立てるのか、泥之助には解《げ》せない。

おまんさまは二十である。孤児だったのを伯父の家に養われて娘となったと泥之助は聞いている。だが、諸岡家の暮らしが一変したあと、雇人は四散し、家人もまた貧しさに堪《た》えかねて竜ケ崎にいる血縁に身を寄せてしまうと一羽斎がひとり取り残され、おまんさまが伯父を扶養《ふよう》することになった。身の回りの世話をするだけでなく、おまんさまは自身で屋敷畑も打つからまさしく一羽斎を扶養しているのである。そしておまんさまの娘ざかりが過ぎようとしていた。

小手をかざしたが、対岸には一羽斎らしい人影は見あたらなかった。

「稲荷《いなり》の鼻が見えるあたりまで行くか」

と泥之助が言うと、兎角はむっつりした顔のままでうなずいた。二人はまた湖のそばに寄ったりはなれたり、ところによっては谷間のような枯れ葦原の中に隠れたりする道を、注意深く眼をくばりながら、先にすすんだ。

道が狭く、兎角が先に立って泥之助がそのあとにつづく形になると、泥之助の眼にはいやでも兎角の大きな背が映る。人なみすぐれて丈《たけ》も幅もある兎角の身体《からだ》も、鬱屈《うっくつ》した大きな不満を隠しているように見えないでもない。

――いまの境遇に……。

そんなに不満があるのなら、師匠に言ってどこへでも去《い》ねばいいではないか。師匠はとめはすまい、と泥之助は思う。

諸岡家が没落して、食客の兎角は自分の口を自分で養うだけでなく、師の一羽斎とおまんさまの暮らしにも眼をくばらざるを得なくなった。しかし、さいわいに古渡の西の佐倉《さくら》に諸岡家と親しかった富農がいて、窮状《きゅうじょう》を見かねてときどき兎角に仕事と報酬《ほうしゅう》をくれた。

兎角はその家で喰べ、米や粟《あわ》で支払われる報酬を一羽斎の家にはこび、おまんさまを手伝って屋敷畑にもおりる。

――だが、それは……。

当然のことではないかと、泥之助は考える。土岐家の家士の倅だった泥之助も、百姓から出て土岐家の家臣の家に下男奉公をしていた小熊も、土岐家の滅亡で何もかも失ってしまった人間である。

しかしいまは二人ともに、一羽斎の家からさほど遠くない百姓家に住みこんで働き、もらう衣食の手当てに少しでも余りが出れば、おまんさまにとどけて師を養っているのである。兎角は二人にくらべて、長い間諸岡家に養われた人間である。恩返しに師のために働くのは当然ではないか。

――それに……。

一羽流の稽古《けいこ》のことがある、と泥之助は思っている。新しい城主をはばかって、一羽斎をたずねて稽古を乞《こ》う者の姿はぱたりと絶えた。いまは泥之助たち三人の弟子だけが存分に稽古を受けている。そうなってから、泥之助はいささか技がすすんだように思い、兎角の不満をいよいよ解せないもののように感じるのである。

――もっとも……。

兎角の考えるところは、おれや小熊のような土地者とは、いくらか異《こと》なるところがあるかも知れぬ、と泥之助は思うことがある。

兎角はしゃれ者である。垢《あか》もつかぬ着物と袴《はかま》を持っていて、野の仕事がない日は衣服を着換えて刀を帯び、小野川のほとりを歩いたりすることがある。体軀《たいく》がりっぱなだけに、そうして構《かま》えると兎角の風采《ふうさい》はなかなかのものだった。

――あれは……。

村の娘たちの眼を惹《ひ》くためばかりでなく、一羽流をおさめたあと、いつの日かもっと広い外の世界に、栄達をもとめて出て行くという意味だったかも知れぬ、と泥之助は考える。一羽流が栄達と結びつくものならばである。

いずれ兎角はこの土地から出て行く人間だろう。それなら不満顔もあらわに、我慢してこの土地にいることはないのだ。あとはおまんさまが何とかするだろう。おれと小熊も助ける。

それにしても、と泥之助は不審でならない。

「兎角」

「………」

兎角は振りむいたが、返事もしなかった。

「おまんさまのことだが、なぜ日暮れになると、ああもせわしなくさわぎ立てるのだ？」

「おぬしは知らんのか」

立ちどまった兎角が、訝《いぶか》しそうに言った。

「おまんさまに聞いておらんのか」

「何をだ？」

「旦那《だんな》は病気だ」

と兎角は一羽斎のことを言った。

「暗くなると、物が見えなくなる」

二

兎角の言葉は、泥之助の胸を一撃した。衝撃をやりすごしてから、泥之助は聞いた。

「いつからだ？」

「さて、もう三月《みつき》ほどにはなろうさ」

「病気は何かわかっておるのか？」

「ひとには言うなよ」

兎角は声をひそめた。泥之助は返事をしなかった。ひとに言ってならない病気なら、おれが洩《も》らすはずはないではないかと思った。

「おれのみるところ、旦那の病いは癩風《らいふう》だ」

「………」

「おればかりじゃない。屋敷のひとにはみなわかっておった。お身内《みうち》が竜ケ崎に移られたのも、喰えぬばかりが理由ではないわ」

「………」

「貴様、気づかなんだか。うとい男だ」

兎角はあざけるように言った。

「旦那をみれば、顔にも手にも病気は出ているぞ」

「兎角」

泥之助は鋭い声を出した。兎角の不満の正体に思いあたったのである。

「それでおぬし、近ごろ落ちつかなげなふうをしておるのだな？」

「何を言うか」

兎角は口をとがらせた。だが、顔にうかんだ狼狽《ろうばい》のいろは隠せなかった。

「おれは落ちついておる」

「いいや、違うな」

泥之助はきっぱりと言った。

「いかにもいまの暮らしに不満ありげで、隙《すき》あらば旦那の家を飛び出したいというように見えた」

「…………」

「そのわけは、いま読めた。旦那に寝つかれれば看病せねばならぬ。いまのうちに逐《ちく》電《でん》しようという考えだろう」

「ばかを言え」

と兎角は言った。もう立ち直ったらしく、ふてぶてしい表情がもどっている。

「そんな考えは毛頭ないぞ。そりゃあ泥之助、おぬしの考え過ぎだ」

「そうか。貴様がそう言ったのをおぼえておくぞ」

と泥之助は言った。

「いまの暮らしがそれほど気に入らぬのなら、どこへなりとさっさと去ねばよかろうと思ったが、旦那が病気と聞いては考えが変った。病人を見捨てたらただでは済まさぬ」

「ふん」

兎角は鼻を鳴らした。そして、おれはそれほどの恩知らずではないわ、とつぶやき、今度は小手をかざして稲荷の鼻の方を見た。

「見えんな」

「…………」

泥之助も、湖中に小さく突き出ている遠い岬《みさき》を見た。そこまではゆるやかに彎曲《わんきょく》する水際《みずぎわ》がつづく場所で、途中の舟着き場に小舟がつながれているのが見えるばかりだった。人影は見あたらなかった。

「鼻の先まで行ったとは思えぬ」

と兎角が言った。泥之助も同感だった。一羽斎の釣りは、魚獲をもとめるものではなかったのだ。
二、三度迎えに行って、泥之助は釣り糸を垂れている一羽斎を見たことがあるが、姿は石像のように動かず、眼は放心したように遠い湖面を眺めているばかりで、手もとの釣竿に気持がくばられているとは思えなかったのである。
だが、兎角の話を聞いたあとでは、日に日に寡黙《かもく》になって行くようだった師の姿も、たまに一羽斎が釣り上げた魚を持ち帰ると、大げさなほどに喜んでみせたおまんさまの姿も、いまにしてようやくその意味があきらかになって来るようだった。

もどるかと兎角が言い、泥之助がうなずいて、二人は歩いて来た湖岸の道を引き返した。見ると、日は古渡の村落の木立の間に沈むところだった。その最後のかがやきが、空に斜めにかかるうろこ雲を赤く染めはじめていたが、湖面はさっきより暗くなっていた。

振りむいたが、さっき湖のほとりに出たときに見た帆舟は、もう姿を消していた。泥之助は胸の中に、不吉な胸さわぎがひろがるのを感じた。

二人が、古渡の村落の家々が見えるところまで来たとき、枯れ葦原をかきわけて、村の漁師が二人、道に上がって来た。葦原の先にある舟着き場から来たのだろう。一人は網を肩にかけ、一人は両手にびくを提《さ》げていた。

「おい」

兎角が声をかけた。

「諸岡の旦那を見かけなかったか」

二人の漁師は顔を見合わせ、小声でささやき合ったり、首をかしげたりしたが、すぐに兎角にむき直った。

「さっき、大坪《おおつぼ》の先を歩いているのを見かけたような気もすっけど」

「舟で帰るときか」

「いや、出かけるときだ」

兎角は泥之助を振りむいて舌打ちした。

「見当違いだった。向うにわたったのだ」

泥之助は深く切れ込んでいる入江の対岸を見た。そして、そこに暮色がただよって いるのに気づいて背筋に寒気が走るのを感じた。一羽斎は、暗くなると物が見えなく なると言った、兎角の言葉を思い出したのである。

兎角もあわてているようだった。

「渡し場に行くぞ」

ひとこと言うと走り出した。泥之助もそのあとにつづいた。二人は古渡の村を右に見ながら、湖の岸を小野川の落ち口目がけて走った。落ち口の少し上手に、古渡から対岸の大坪、飯出、馬渡《まわたり》などの村々にひとをわたす渡し舟がある。

だが、渡し場に着く前に、兎角がまず気づいて、「お、お」と言った。泥之助もすぐに気づいた。

渡し場から一町半ほども川上に遡《さかのぼ》った小野川の向う岸に、数人の男がいた。その男たちに気づいたのは、折からその岸辺にさしかかる夕日の中に、白刃《はくじん》が光ったからである。一人の男を数人が囲む斬《き》り合いだった。囲まれているのは、一羽斎だとわかった。まぶしく赤い光の中に佇《たたず》む、痩身《そうしん》の立ち姿は紛《まぎ》れようがなかった。

渡し場の船頭は、向う岸にいた。川上で行なわれている斬り合いには気づかないらしく、焚火《たきび》に手をかざしてうずくまっている。

「よし、船頭を呼ぼう」

泥之助が言ったのを、兎角は手をあげて制した。

「相手はわかっている」

と兎角は言った。

「五日前に来た連中だ」

「あれがそうか」

と泥之助は言った。念流《ねんりゅう》の流れを汲《く》む兵法修行の者という触れ込みで、門弟五人を連れた新野目播磨《にいのめはりま》という者が一羽斎をおとずれ、試合を挑《いど》んで一撃のもとに打破られて退散したことは、兎角から聞いていた。

兎角もそのとき、新野目の門弟二人と立ち合い、一人に勝ち、一人と分けたという。そういうことはめずらしいことではないが、その男たちが白刃を抜いて一羽斎を取り囲んでいるところをみると、男たちはその試合に怨《うら》みを含んだものと思われた。

「試合に負けたのを怨んだかな」

「いや、違うだろう」

兎角が、めずらしく憂鬱《ゆううつ》そうな声を出した。

「飯を出さなかったからだ」

「ほう」

泥之助の胸も、暗くふさがった。男たちは一羽斎の剣名と諸岡家の構えからみて、試合の勝敗はともかく、一食の馳走《ちそう》にありつけると踏んだものに違いない。だが完膚《かんぷ》なきまでに負けた上に、あてにした飯が出なかったので怨みを抱いたのだろう、と兎角は言っているのだ。

だが一羽斎は、ことさら男たちをつめたく扱ったわけではなかろう。ただ供すべき飯がなかったというにすぎない。以前の諸岡家なら、考えられないことである。

「事情はわかった。ともかく向うへ渡ろう」

「いや、待て」

強く兎角がとめた。兎角の眼は粘りつくように対岸の人影に吸いついたままである。

「助太刀《すけだち》など無用よ。やつらは旦那の敵ではない」

「しかし、相手は大勢だ。万一ということがあってはならぬ」

「心配するな。それに、見ろ」

兎角はささやいた。

「もう、間に合わぬ」

地上六尺ほどのところを、嘗《な》めるように横切る赤い光の中で、影絵に似た小さく黒い人影が動いた。一人が一羽斎に斬りかかり、一羽斎がわずかに体を転じて相手を斃《たお》したところだった。

「こっちへ来い」

兎角は言うと、川岸を上流に走った。泥之助もそのあとにつづいた。

「一羽流の神髄《しんずい》がおがめるぞ」

喘《あえ》ぎ走りながら、兎角が言った。二人は、小野川に流れこむ一間ほどの小流れの手前で立ちどまった。そこは斬り合いが行なわれている対岸まで、半町ほどの距離に近づいた場所だった。

一羽斎の顔も、白刃をにぎって取り囲んでいる男たちの顔も見えた。だが、二人がひそんだ枯れ葦のそばには大きな砂洲《さす》があって、その先端の瀬に鳴る高い水音のために、斬り合いの物音は聞こえなかった。男たちのうちの一人が、口を大きくひらいて何か叫んだのが見えたが、その声もとどかなかった。

落日の光は、江戸崎城がある小丘の肩口から、斬り合いが行なわれている対岸の一帯に流れ込んでいるだけで、二人がひそんでいるこちら岸には、はやくも薄暮《はくぼ》の白い闇《やみ》が這《は》い寄って来ていた。

また、今度は二人の男が同時に一羽斎に斬りかかった。一羽斎は一方の剣をはね上げながら、くるりと体を回して一人を斬った。そしてふたたび斬り込んで来た敵と斬り合ったときには、ほとんど相討《あいう》ちのように見えながら、一瞬早く相手を斬り落としていた。

赤い光の中に、一羽斎が足もとに倒れ込んで来た敵にも、なおも迫って来る三本の白刃にも眼もくれず、残心の構えから静かに足を引いて、構えを青眼《せいがん》にもどすのが見えた。その渋滞《じゅうたい》のない静かな動きを、一連の舞いに似ている、と泥之助は思った。物音が聞こえないので、よけいにそう見えるのだろう。

だが、泥之助は突然に、また兎角から聞いた話を思い出し、狼狽して兎角の腰をついた。

「しまったぞ、おい」

「何だ？」

「日が落ちると、師匠は物が見えなくなると言ったではないか」

「あわてることはない」

さっき一度はあわてたのに、兎角は今度は平気な顔で言った。

「見えないときは見えないときの工夫があるさ。それに、ほら見ろ」

兎角は嘆声を洩らすような口調で言った。

「もう、けりがつくところだ」

踏みこんで来た敵をかわした一羽斎の剣が、高く上がった。つぎの剣の走りは鋭くて、泥之助の眼には一瞬の光芒《こうぼう》としか見えなかった。一羽斎はうねるようなかたちに足をはこび、囲みを斬り破った。刀身が二度光り、二人の敵が地面に崩れ落ちた。最後に残った一人が、屈せずに剣を構えて一羽斎の正面に回るのが見えたが、その男が一羽斎の敵でないことは、泥之助にももうわかっていた。

三

その斬り合いを思い出し、あのときは師匠の一羽斎もおれも、兎角の罠《わな》にはまったのではなかったかと泥之助が思ったのは、兎角がついに病いの床に臥《ふ》すようになった一羽斎を見捨てて、出奔《しゅっぽん》したあとだった。

そう言うと、小熊が怪訝《けげん》な顔をした。

「どういう罠じゃ？」

「つまり……」

「待て、待て」

小熊は驚愕《きょうがく》の眼をみはった。

「まさか兎角が、その播磨とかいう男をそそのかしたというのじゃあるまいな」

「いや、そうじゃない」

泥之助は手を振った。

「兎角も、そこまで悪辣《あくらつ》ではあるまい。そうではなくて……」

泥之助は、そのときの状況をもう一度くわしく小熊に話して聞かせた。

「つまり、言うをはばかることだが……」

「…………」

「あのとき兎角めは、師匠の死をねがったのではあるまいかという疑いが消えぬ」

「まさか」

「…………」

「では、なぜ助太刀しようというおれをとめたのだ?」

「おまんさまをそそのかして連れ出した男だ。何を考えついたか、知れたものではあるまい」

「おまんさまがおらぬと、この家もさびしいものじゃな」
と小熊が言った。まだ三十にならないというのに、小熊の髪ははやうすくなってい
る。そして無用の頬《ほお》ひげ、あごひげばかりが濃く、剃《そ》るのを怠《おこた》ればすぐにふさふさと
のびる。そして眼はまるく、童子のようだった。
その眼に、小熊は真実さびしそうないろをうかべて、膝《ひざ》わきの粗朶《そだ》を折るといろり
の火に投げ入れた。勢いよく火が燃え上がり、鍋《なべ》の粟飯《あわめし》が煮え立った。
「まことじゃな」
と泥之助も言った。外の闇に雨の音がしている。背中がしきりに冷えるのは、ある
いは雨がみぞれに変るのかも知れなかった。泥之助は兎角とおまんさまの姿が、諸岡
屋敷から掻《か》き消えた日のおどろきを思い出している。
その日の日暮れに、いつものように屋敷に来てみると、家の中が暗かった。暗いだ
けでなく、家の中は火の気配ひとつなく冷えびえとしている。おまんさまを呼んだが、
答えはなかった。泥之助は訝《いぶか》って台所に上がると手燭《てしょく》をともし、一羽斎の寝部屋を窺《うかが》
ってみた。一羽斎は熟睡していた。
しかし訝しさはかえって増して、泥之助は今度は勝手知った兎角の泊り部屋を見に
行った。すると、部屋の中はからだった。何もなかった。泥之助が、つぎにおまんさ

まの部屋をのぞき見る気になったのは、ひょっとした勘というものでしかなかったのだが、のぞいた部屋も、からというのではないにしても、あきらかに部屋の主の不在を語っていた。このとき泥之助は、ここ一年ほどの間に何となく心の底で気になっていたことが、にわかに謎《なぞ》がとけてあきらかになったように思ったのである。

そのあと、泥之助は江戸崎のはずれまで走り、そこの百姓家に住みこんでいる小熊を呼び出して諸岡屋敷までもどると、善後策を相談した。善後策と言っても、何はともあれ二人が力を合わせて師の一羽斎を養うことが先決問題だった。もうひとつは、一羽斎を見捨てて逃げた二人を追うかどうかの相談だった。

だが、この議論は容易に片づかなかった。二人とも激昂《げっこう》していたが、逃げた二人を追いかけるには旅の支度《したく》も必要なら、路銀も必要だった。急には間に合わなかった。

一羽斎の夜食を煮ながら、二人は長々と議論をかわした。

すると、その声を聞きつけたらしい一羽斎が、起き上がって来て言った。

「二人を追うこと、固く無用じゃ」

そしてしばらく口をつぐんでから、もうひとことつけ加えた。

「おまんは、いまにもどって来るわい」

だが、おまんさまはもどって来なかった。泥之助は、いまもあのときに二人を追わなかったことを悔《くや》むことがある。追えば、おまんさまだけは取りもどせたかも知れぬ、と思うのだ。

その後悔は、小熊の胸にもあるのかも知れなかった。粗朶を折っていた手をとめて、不意に言った。

「しかし、おまんさまのようなかしこいひとでも、男にだまされるということはあるものじゃな」

「………」

泥之助は、小熊にも話したことのない、ある光景を思い出している。

暑い夏の日が、やっと西空に落ちた時刻に諸岡家の長屋門をくぐった泥之助は、いつものように背戸口《せどぐち》に回った。泥之助も小熊も、諸岡家をたずねるときはいつも背戸口に回って、そこからおまんさまに声をかけて家の中に入れてもらうのである。

ところがその日は、裏に回ったところで出会いがしらに裸のおまんさまにぶつかった。と言っても、泥之助は詳細《しょうさい》を見たわけではない。泥之助が家の角を曲ると同時に、木陰から立ち上がった白いものが、ゆっくりと近づき眼の前を横切って家の中に消えたのを、茫然《ぼうぜん》と見送っただけである。

日は落ちたものの、空にはまだ余光がただよっていた。その明るみの中で白い肌が濡《ぬ》れ光っていたとか、背に垂れた黒髪が揺れて通りすぎたとかいう細部が眼に甦《よみがえ》って来たのは、おまんさまの姿が家の中に消えたあとである。わけても泥之助の眼を奪ったのは、高い胸だった。

おまんさまは、軽く前と胸をおさえただけで、顔を赤らめるでもなく、いつもの愛想のない顔をちらと泥之助にむけたまま通りすぎて行ったのだが、その胸は掌《て》でおさえ切れないほど高く前に張り出していたのである。

おまんさまは、色白ではあるが口がとがり気味の狐《きつね》顔で、器量よしとは言えない。そして着物を着ているときは、瘦《や》せて骨ばって見えるほどのひとである。だがその着物の下に、おまんさまはかがやくほどに白く、豊かな胸を隠し持っていたのだった。男たちが留守で、暑気に堪《た》えかねたおまんさまが早めに行水《ぎょうずい》を使ったらしいと納得《なっとく》が行ったのは、そのまま茫然と、長屋門から屋敷の外に出たあとのことである。

そのときのことを、泥之助は思い出していた。

「なんの、おまんさまもただの女子《おなご》じゃ」

と泥之助は小熊に言った。そして少しもやまず降りつづける外の雨に、また耳を傾けた。

四

そのおまんさまが、突然に古渡《ふっと》の屋敷にもどって来たのは一年がたち、さらにもうひとつの冬が過ぎてむかえた二年目の春だった。

屋敷の中の畑を打っていた泥之助は、おまんさまを迎えるとすぐに、小熊が働いている江戸崎のはずれの百姓家まで走った。そして小熊を小野川の岸べまで連れ出すと、そのことを知らせた。

「はちまん」

感情の動きの大きい小熊は、のべた掌を空中で合わせると、神に感謝する声をはなった。

「どんなぐあいじゃ」

小熊は声をひそめた。

「むかしと変ったか？」

「いや、変らぬ」

おまんさまは黙って門を入って来た。そして畑を打っていた泥之助を見つけると、ちょっと立ちどまったがそれだけだった。声をかけるでもなく、すたすたと家に入って行った。

そのまま、家の中からは何の物音も聞こえて来なかったが、鍬《くわ》を置いた泥之助が背戸口に回り、台所をのぞいたときには、おまんさまはもう、昨日も今日もそこにいたひとのように、家の中の塵を外に掃き出していたのである。

「少し、窶《やつ》れたかも知れぬ」

「ふむ」

小熊は吐息《といき》を洩らした。

「それだけか」

「それだけじゃ。あとはどこも変らぬ。いまは家の中を掃いてござる」

岸べの葦は、枯れた枝の間から角のように白い芽をのぞかせていた。その間を流れる水に真昼の日が射《さ》しかけて、水はまぶしい光をまき散らしていた。

その水にむけた小熊の眼に、みるみる涙が盛り上がった。

「そうか。家の中を掃いてござるか」

「師匠も、これで安心じゃ」

「ふむ、安心じゃな」

小熊は眼をしばたたくと、笑顔になった。一羽斎の病いは、寝込むようになってからにわかに悪化して、いまは瀕死《ひんし》の床についていた。おまんさまの帰宅が、どうやら一羽斎の死期に間に合ったらしいのを、二人は感じ取っているのである。

「ところで……」

小熊は、また声をひそめた。

「何か話したか」

「おまんさまとか」

「そうよ」

「いや」

泥之助は首を振った。今度は泥之助が微笑した。

「どこも変らぬと言ったろう。おまんさまは口数の少ないおひとじゃ。帰って来たとも言わなんだぞや」

「それは……」

と言って、小熊は陽気に吹き出した。

「いっそりっぱじゃ」

「そうよ。りっぱなものじゃ」

「しかし……」

笑顔をひっこめた小熊が言った。

「おまんさまは捨てられて、もどってござったのかの」

「おそらくな」

「兎角め」

小熊は横をむいて唾《つば》を吐き捨てた。

「ますます許しがたい男じゃ」

「ま、あわてることはあるまい、小熊」

「そうだ。あわてることはない」

小熊もうなずいた。

思いがけなく兎角の消息がもたらされたのが、昨年の暮である。消息を聞かせたのは、小熊の顔見知りの江戸崎の商人《あきんど》で、商用で行った江戸で評判の根岸兎角という剣客が、諸岡屋敷にいた兎角であることにはたと気づき、帰国するとすぐに、小熊にその話を聞かせたのである。

男の話によると、兎角ははじめ相州《そうしゅう》小田原に現われ、天下無双の名人と言い触らしてあまたの弟子を取ったという。そのころの兎角は、髪を山伏《やまぶし》のように長く垂れ、顔《がん》貌《ぼう》鋭く、夜の臥所《ふしど》を誰にも見せないと言われた。愛宕山《あたごやま》の太郎坊が、夜な夜な来てわれに兵法の秘術を授けるのだと称して魔法のような剣を遣《つか》い、その剣を天狗《てんぐ》の変化《へんげ》と名づけていた。

いまは江戸に出て道場をひらき、大名小名から数百人の弟子を取って、上見ぬ鷲《わし》のように傲《おご》っている。そして教える刀術を、兎角は微塵流《みじんりゅう》と呼んでいる、とも男は語った。

「微塵流だと？」

小熊からその話をまた聞きした泥之助は、眼を光らせた。

「兎角は、一羽流の名乗りを捨てたのか」

「流名を私に曲げて、そう偽称しているのだ」

小熊ははげしく言った。

「先には死病の師を捨て、今度は流派の名を偽る。許しがたい男だ」

「はかるはわが身の繁昌《はんじょう》のみだな」

「そうよ。はかるはわが身の繁昌ひとつ」

「いずれ、この決着はつけねばなるまいよ。小熊」

「さようさ。人間の心を持たぬ増上慢《ぞうじょうまん》め。いまに思い知らせてやっぺよ」

泥之助と小熊は、さきにひそかにそう言いかわしていたのである。おまんさまがもどって来たので、兎角と決着をつける場合のただひとつの気がかりものぞかれた。二人は今度は、いつでも心おきなく兎角と対決出来ることになったのを感じたが、まだその時期ではなかった。二人は依然として垂死《すいし》の一羽斎に縛《しば》りつけられているうえに、今日からはもどって来たおまんさまの口も養わねばならないのである。

しかしその苦労がさほど重荷にも感じられないのは、おれが若く、水が光り葦の芽は白い春にまだ心が躍るからか、それとも二度と会えないものと思っていたおまんさまが突然に帰って来たせいか、と泥之助は思った。

泥之助は、はずむ気分を押さえきれないままに言った。

「小熊、今夜は少し早めにお屋敷へ来い。おれはこれから湖に出て魚を獲《と》って来る。おまんさまに魚の料理を頼んで、みんなで夜食を喰おうではないか。師匠にも真白な粥《かゆ》をさし上げよう。おまんさまが無事にもどられたお祝いをするのだ」

「わかった」

小熊もはじけるような笑顔になった。

「それならおれも、こちらの旦那から白い米を借りて行くとするか。おまんさまに、たっぷりと白い飯を喰ってもらおう」

五

諸岡一羽斎はその年の秋、朝夕急に涼しさをおぼえるようになった文禄《ぶんろく》二年の九月八日に歿《ぼっ》した。過ぎた夏のことさらな炎暑が、臥し切りの病人から最後の気力と体力を奪い去ったようにも見え、静かな終焉《しゅうえん》だった。

おまんさまの使いを受けて、竜ケ崎から身内《みうち》が来てひっそりと葬儀を済ませた。しかし一羽斎の身内は、城下の北にある大念寺の裏山の墓地に死者を葬《ほうむ》ると、癩者の住んだ家を忌《い》むかのように、古渡の屋敷にはひと晩も泊らずに竜ケ崎に帰って行った。古渡の屋敷には、おまんさまと一羽斎の弟子二人だけが残った。

「世が世ならばな」

その夜、おまんさまに遅い夜食を喰わせてもらってから、泥之助は小熊に言った。

「さびしい弔《とむら》いじゃった」

江戸崎の城主が芦名に変ってから三年たったが、領内に散在する旧土岐家の家臣たちは、いまだに新領主をはばかって、何事も目立たぬように気をくばりながら隠れ住むようにしていた。

単純に土岐家が亡びて、かわりに別の領主が外から入りこんで来たというのであれば、事情はいま少し異ったかも知れない。しかし、佐竹、芦名は土岐家を亡ぼした当の敵である。支配する者とされる者の間に生じた緊張感は、容易に消え失《う》せる性質のものではなかった。そういう事情から、江戸崎城にそのひとありと言われた一羽斎の葬儀にも、わずかに近くの阿波崎、高田、芳賀《はが》の村々から、根本、岡沢、臼田《うすた》といった旧家臣が、こっそりと顔を見せたにすぎなかったのである。

「………」

小熊は答えなかった。小熊はいろりのそばから、丸い眼をみはるようにして灯明《とうみょう》に照らされる仏壇を見ていて、何かべつのことを考えている顔つきだった。

仏壇におさまっている白木《しらき》の位牌《いはい》は、大念寺の住持に頼んで、竜ケ崎に持ち帰るのとはべつに造ってもらったものである。

「弔いは、もう済んだことじゃ」

振りむいた小熊は、一度台所にいるおまんさまの気配を窺うように首をのばしてから言った。

「それよりも泥之助。いよいよ時が来たぞや」

「おお、そのことだ」

泥之助も一瞬にして感傷から立ち直った。

「さて、あの男をどう始末《しまつ》してくれようか」

「いま、位牌を見ながら考えた」

小熊がささやくように声を落としたので、栗《くり》の実をゆでて煮え立っているいろりの鍋が、急に音高くぐつぐつと鳴った。

「病いに倒れたところを見捨てられ、つぎには一羽流の名を偽られて、師匠はやっぱり、兎角に怨みを残されたろうとな」

「怨みが残ったと？」

泥之助も仏壇を見た。きらめく灯明の光に白木の位牌がひっそりと立っているのが見える。

「小熊、めったなことを言うなよ。そうなればとても尋常《じんじょう》のことでは済まされんぞ」

「おうさ、尋常のことでは済まなかっぺ」

「打ち殺すのか」

「打ち殺して屍《しかばね》を路頭に晒《さら》し、やつに辱《はずか》しめをあたえねばおさまるまいよ」

腕をこまねいてしばらく考えてから、泥之助は顔を上げてよしわかったと言った。

小熊がそう思い込んでいるなら、とめることは出来ないと思ったのである。

「それで、江戸にはいつ行くのか」

「明日にも立とうじゃないか。怨みを晴らすのは一日でも早い方がいい」

と言ってから、小熊は不敵な笑いを洩らした。

「しかし、やつを打ち殺すのに二人も連れ立って行くことはない。一人で十分じゃ」

「そうか」

泥之助は、小熊をじっと見た。泥之助には、兎角と互角の勝負をする自信があった。だが、小熊はどうだろうかと思ったのだ。技のことではなく、兎角にくらべてあきらかに見劣りする、太って背が低い小熊の身体を案じたのである。

「しかし、兎角は油断が出来ぬ男だぞ。弟子も大勢いる。二人で行って、一人は試合い一人は介添《かいぞ》えにつくというのはどうだ」

「泥之助、それはいかぬ」

小熊は首を振った。

「おれにしろ、おまえにしろ、江戸に行く者は一羽流の名を背負って行くのだ。兎角一人を始末するのに一羽流が二人で来たと言われては、世間の聞こえがわるかんべい」

「…………」

「よしんば負けても、一羽流の名前で見事に試合すれば、それはそれでよい」

「わかったぞ、小熊。よく言った」

と泥之助は言った。

小熊は、一羽流を名乗って堂々と戦えば、たとえ敗れても兎角に踏みにじられた一羽流の名を天下に示すことが出来、師匠の怨みはそれで晴らすことが出来ると考えているのだった。小熊がそこまで考えているなら、何も言うことはないと泥之助は思った。

「いかさまの兎角に負けることは、十にひとつもあるまいが、もし先の者が負けたときは、残った者は即座に江戸に駆けつけて、兎角に勝負を挑むこととするか」

「それでよかろう」

と小熊は言い、さらに声をひそめた。

「では、どちらが先に行くか、籤《くじ》を引いて決めよう」

小熊がそう言ったとき、台所からおまんさまが入って来たので二人は口をつぐんだ。おまんさまは鍋の蓋《ふた》を取り、火箸《ひばし》で栗の実をひとつ取ると、狐顔の口をとがらせてふうふうと吹いた。そして皮を剝《む》きはじめた。

栗の実がゆで上がったらしく、おまんさまが鍋を持って台所に去ると、小熊は立って茶の間から暗い土間に出て行った。そしてもどって来たときには、手の中に二本の藁《わら》しべを握っていた。

「泥之助、こっちに来い」

小熊は仏壇の前に坐《すわ》って言った。泥之助がその前に坐ると、小熊は藁しべを隠したこぶしを前に出した。

「さあ、一本ひけ。長い方を引いた者が、先に江戸に行くのじゃ」

「…………」

泥之助は黙って小熊のこぶしから出ている藁しべを見つめたが、やがて、よしと言うと一本を抜き取った。手をひらいた小熊の藁しべと合わせてみると、小熊の手に残っていた方が長かった。

「おれの方が先じゃ」

小熊がうれしそうに笑って、仏壇の位牌を振り仰いだ。

そのとき泥之助は、ひとの気配を感じて部屋の入口を振りむいた。すると、台所との境い口におまんさまが立っていた。籤を引いたところを見られたかどうかはわからなかった。小熊の膝をつつくと、小熊も気づいて口をつぐみ、二人は口ぐちに咳《せき》ばらいしながらいろりばたにもどった。

するとゆで上がった栗を盛った木鉢を抱えたおまんさまがそばに来て、二人の間に鉢を置いた。喰べるようにといつものように無言の身ぶりをしたから、そのまま行くのかと思ったら、おまんさまは二人のうしろに坐って、めずらしく声を出した。泥之助、小熊と二人の名を呼んだ。

「二人にここまで看取《みと》ってもらえば……」

おまんさまはしめやかな声音《こわね》で言った。

「伯父も満足。さぞや、思い残すことなく行かれたことでありましょうよ」

「滅相《めっそう》もございませぬ、おまんさま」

と泥之助は言った。

「至らぬことばかりでございました」

「………」

おまんさまは黙って首を振った。それから栗の実をひとつかみ鉢から取ると、つと立って仏壇にそなえた。そして部屋の出口まで行ってから、おまんさまはまた二人を振りむいた。

「臼田さまから頂いた濁り酒がある」

「さかなは夜食の残りの山の芋《いも》しかないが、喰べるかえ」

「もったいないことにござります」

泥之助と小熊が頭をさげると、おまんさまはまた台所に姿を消した。

「おまんさまのお言葉だが……」

「………」

「このことを感づいて、あのように言われたかな」

泥之助が籤を引く手つきをまねてささやくと、小熊は首をかしげた。そして、いや
そうではあるまいと言った。

「おぬしには言わなかったが、おれは江戸崎の古手屋《ふるてや》に綿入れを売っているところを、
おまんさまに見られている」

「そうか。かしこいおひとだからな」

泥之助は言って、栗の実をつまむと皮を剝きはじめた。

「おれたちの身の回りから物が消えるのを、黙って見ておいでだったかも知れぬ」

「そのことさ」

と小熊は言って微笑した。

「………」

二人は一羽斎とおまんさまの口を養うだけでなく、府中の医者から病人の薬をもらわなければならなかったので、ひとに雇われている合間にもあらゆる駄賃仕事に手を出した。馬も曳《ひ》けば石もかついだ。

それでも薬代に足りないときは、身の回りの物を売って金をつくった。小熊は綿入れを売り、泥之助は大事の脇差《わきざし》を手放した。身の回りの売れる物は売りつくしたと言ってもよい。考えてみれば、二人は夜はかわるがわる諸岡屋敷の奉公人部屋に泊っていたので、そういうことにおまんさまが気づかないはずはなかった。

「しかし、おまんさまは女子《おなご》じゃ。そのことには気づいても、一羽流の恥辱には気づくまい」

小熊は笑いを消した。一瞬、眼にすさまじい光を浮かべて、明日は朝はやく江戸に立つぞと言った。

六

一羽斎を葬った日と小熊が江戸に行った昨日と、空には二日の間重苦しく雲が垂れこめていたが、今朝は起きてみるとまぶしいほどに日がかがやく晴天だった。

泥之助は屋敷畑の黒豆をひき終ると、井戸水で手足を洗い、台所に入って朝飯を喰った。そして下男部屋にもどると出かける支度をした。藍無地《あいむじ》の袷《あわせ》に伊賀袴《いがばかま》をはき、背におまんさまにもらった炒《い》り米と昨夜遅くまでかかって書き上げた願文、そして鹿島の宮にそなえる米と粟をおさめた打飼《うちがい》を背負った。

土間に降りて藁はばきと草鞋《わらじ》をつけていると、茶の間の入口におまんさまが姿を見せた。おまんさまはそのまま泥之助が足ごしらえするのを見守り、泥之助が一礼して外に出ると、自分もあとについて来た。

そして突然に言った。

「小熊はどこに行ったのじゃ、泥之助」

「…………」

「おまえは鹿島に、何を頼みに行くのじゃ」

昨夜鹿島の宮に参詣《さんけい》に行くと言ったときは、おまんさまは何も言わずに炒り米をつくってくれ、今朝起きたときも、さっき泥之助が朝飯を喰う間にも黙っていたのに、いまそう聞いた声には、詰《なじ》るようなひびきがあった。

「小熊と、何かしらこそこそと相談していたのは知っていたぞや。小熊はどこに行ったぞ」

「江戸です、おまんさま」

と泥之助は言った。聞かれれば答えないわけにはいかない事柄《ことがら》だった。

「小熊は兎角と試合するために行きました。兵法者のさだめゆえ、ぜひもございませぬ」

「………」

おまんさまの色白でなめらかな頬が、日が翳《かげ》ったようにすっと青ざめたのが見えた。だがそれだけで、おまんさまは黙然《もくねん》と泥之助を見つめている。

「鹿島の宮には、小熊の武運を頼みに行ってまいります。日暮れにはもどりまする」

おまんさまはうなずいた。そして背をむけると、うなだれて家の中にもどって行った。

泥之助は諸岡屋敷を出ると、走って漁師の又助の家に行った。そして又助がもう舟着き場にむかったのをたしかめると、また古渡の村を抜けて入江の舟着き場まで走った。走りながら、泥之助は青い湖面が次第に視野いっぱいにひろがって来るのを見、同時に胸の奥に水の香が入りこんで来るのを感じた。

──やっぱり、水はにおうぞ。

と思った。野には野のにおい、湖には湖のにおいがあるのだと思った。舟着き場に行くと、舟底にうずくまった又助が、所在なげに炒り豆を噛《か》んでいた。

「遅れてわるかったな、又助」

「なんの、ちょっとの間じゃ」

又助は炒り豆を箱にしまうと、駆けこんだ泥之助に坐る場所を指さし、竿を使って舟を岸からはなした。そして舟が深みに出ると、はげしく身体を動かして帆を張った。

舟はゆっくりと堂崎の鼻を回り、そこで又助がいっぱいに帆を張ると、今度はすべるような速さで東にむかった。又助は今日、江戸崎から東岸の麻生《あそう》までとどける荷をはこび、帰りは浮島の沖で漁をしてもどるのである。金のない泥之助が便乗《びんじょう》を頼みこむと、又助は快く承知した。

又助は小柄だが、毛深くて筋骨たくましく、小熊に似たところがある。わずかに鬢《びん》のあたりに白いものがまじっているが、齢《とし》はまだ五十前だろう。帆をあやつりながら、又助は湖の魚も逃げ出すほどの調子はずれの胴間声《どうまごえ》で、鄙歌《ひなうた》を歌った。

陸も湖も気持よく晴れわたり、日の光が銀いろに砕ける湖上には、帆をひらいた漁舟が点々と群れている。通りすぎる右岸の飯出、馬渡の村々には、藁か落葉を焼くとみえる煙がいくすじも立ちのぼり、青い空に吸いこまれるのが見えた。湖には西風が吹いていたが、風はおだやかで寒くはなかった。

これでは又助も歌いたくなるだろうと、泥之助が思っていると、不意にぴたりと歌をやめた又助が言った。

「おまんさまと夫婦《めおと》になるのは、おまえさまかい。それとも小熊かい」

「何のことじゃ」

泥之助はおどろいて聞き返した。日焼けした顔をゆるめて、又助はにたにた笑っている。

「村の者がそううわさしておる。どっちがおまんさまのご亭主になるんじゃとな」

「…………」

泥之助は顔を赤くした。

「おれたちがお屋敷に寝泊りしたのは、師匠とおまんさまを養うためじゃ」

「それはみんなが知っとるわい」

「それじゃいまのことか」

泥之助は少し腹が立って来た。鋭く又助を見返した。

「師匠が死なれたからと言って、急に広いお屋敷に女子一人を残して去《い》ぬるわけにはいかぬ。それだけのことよ。夫婦などとは、おまんさまにとって至極《しごく》の迷惑。無用のうわさを申すなと、村の衆に言っておけ」

「しかし、若い男と女子がひとつ屋根の下に住むのじゃ」

又助は不満そうに口をとがらせた。

「どうともならねば、かえっておかしいわい」

泥之助は、また顔が赤くなるのを感じた。又助にはとり合わずに、泥之助は顔を陸地の方にむけた。

麻生で舟を降りて、又助が江戸崎の荷をおろすのを手伝ってから、泥之助は行方《なめがた》郡南端の台地の間を、縫うように横切って延方《のぶかた》に出、そこで舟を雇って北浦を大船津に渡った。そこはもう鹿島郡で、鹿島の神宮はそこから指呼《しこ》の距離にある。

行方郡、鹿島郡は、府中の城主大掾氏の一族が散在して砦《とりで》を構えた土地だが、南方三十三館と呼ばれた館主たちは、江戸氏、大掾氏が亡びた翌年の二月九日に、会盟と称して佐竹義宣に太田城下に誘い出され、酒宴中に一挙に殺害されてしまった。以来行方、鹿島両郡は信太《しだ》郡同様に、佐竹の支配下に入ったのである。

だが、大船津から鹿島の台地の間に分け行って歩く泥之助の頭にうかんでいるのは、南方三十三館の館主たちの悲運のことではなかった。又助のおしゃべりが呼び起こした、一人の女人の裸身の記憶だった。ただよう九月の光の中に、泥之助は記憶の中の裸身が、幻のようにうかんでは消えるのを感じた。

だが、その幻は鹿島の宮がある丘の下に着いたときに、みるみるうちに掻《か》き消えた。泥之助はひとつ息をついてから、足早に丘の上に通じる参道をのぼった。そして丘をのぼりつめると、そこで木立が切れて、前方に古びた大きな鳥居が見えて来た。

泥之助は静かに鳥居に歩み寄ると、境内《けいだい》に踏みこんで行った。そしてしばらく歩くうちに、泥之助は昼なお暗い深山の中を歩いている気持になった。

そこはまさしく深山だった。椎《しい》、樫《かし》、杉、欅《けやき》の巨木が空を隠してそびえ、樹皮は厚く苔《こけ》に覆《おお》われて、木によってははがれた樹皮が破れた衣のように垂れさがっていた。参道を覆いかくす木々の高い枝のために、道はほの暗く、空気は冷えていたが、歩いて行くうちに、ところによっては紅葉した木の葉が落ち、そこから林の中に、一直線に日が射しこんでいるのを見ることが出来た。ときどき、落葉が泥之助の肩を打った。

まっすぐにつづく長い道を歩いて、泥之助はついに古びた社殿の前に立った。神武のむかしに造営されたと伝わる、そこが鹿島神宮だった。祭神は、武の神と呼ばれる武甕槌大神《たけみかづち》である。

泥之助は打飼をひらいて、米と粟を出すと社前にそなえ、拝跪《はいき》してから捧《ささ》げるべき願文をひらくと低い声で読みくだした。

敬白願書奉納鹿島大明神御宝前

右心ざしの趣《おもむき》は、それがし土子泥之助兵法の師匠諸岡一羽の亡霊に、敵対の弟子有り。根岸兎角と名付く。此《こ》の者、師の恩を讐《あだ》を以《もつ》て報ぜんとす。今武州江戸に有りて、私曲をおこなひ、逆威を振ひ畢《をは》んぬ。是《これ》に依《よ》りて彼を討たむ為《ため》、それがしの相弟子岩間小熊、江戸へ馳《は》せ参じたり、仰ぎ願はくは、神力を守り奉《たてまつ》る所なり。此の望たんぬに於《おい》ては、二人兵法の威力を以て、日本国中を勧進し当社破損を建立《こんりふ》し奉るべし。若《も》し小熊利を失ふに於ては、それがしまた彼と雌雄《しゆう》を決すべし。千に一つそれがしまくるに至りては、生きて当社へ帰参し、神前にて腹十文字に切り、はらわたをくり出し、悪血を以て神柱をことごとくあけにそめ、悪霊《あくりやう》となりて、未来永劫《えいごふ》、当社の庭を草野となし、野干《やかん》の栖《すみか》となすべし。すべて此の願望、毛頭私欲にあらず。師の恩を謝せん為なり。いかでか神明の御憐《あはれ》み御たすけなからむ。仍《よつ》て件《くだん》の如《ごと》し。

文禄二年　癸巳《みずのとみ》九月吉日　土子泥之助

泥之助は願文を折り畳《たた》んで、奉書紙にもどした。だがすぐには立ち上がらずに、願文をつかんだ手を膝に据えながら、放心の眼を社殿に投げた。

——小熊、小熊……。

泥之助は、小熊が江戸に去ったあとに、波のように押し寄せて来た不吉な不安と後悔が、神に祈りをささげたあともまだ心から去らないのを感じていた。

泥之助の心配の種はやはり、兎角に立ちむかうには小熊の身体は小柄に過ぎないかということだった。

小熊が江戸にむかった日、泥之助は小熊を江戸崎の南、君山のはずれまで見送った。その上流で乙戸川と合流した小野川は、君山の渡し場を過ぎたあたりから、霞ケ浦にむかうべく流れを大きく北東に変え、川幅もやや広くなる。川を対岸の伊佐津《いさつ》にわたって低い丘をひとつ越えれば、竜ケ崎にむかう街道に出る。

小熊は舟を降りて、こちら岸で見送る泥之助に軽く手を上げると、あとは見むきもせずに取入れが終った野を横切り、丘のふもとに見える伊佐津の村の方に姿を消した。いまにも雨が落ちて来るかと思うほどに空は厚い雲に覆われ、その雲はゆっくりと動いているのでときどきわずかに明るい白い雲がどこかに顔をのぞかせはするものの、空はつぎにはいっそう黒い雲にいちめんに塗りつぶされてしまうのだった。そのために野も村もうす暗く見え、遠ざかる小熊の姿は頼りないほどに小さかった。

小熊は兎角に勝てまい。その不安が泥之助をわしづかみにしたのは、ほの暗い丘の陰に消える小熊を見送って、江戸崎にもどる道を半ばまで来たときである。一羽流の技は三者ほぼ互角である。稽古では、小熊は兎角に勝ったり負けたりしていた。だが命をやりとりする絶体絶命の立場に追いこまれたとき、小熊の丈《たけ》にめぐまれない身体は、小熊に不利をもたらさないだろうか。

小熊を説いておれが先に行くべきだったのだと、泥之助は悔んだ。泥之助自身の体軀も、兎角にくらべれば見劣りするだろう。だが、泥之助は中肉中背で、人なみの身体を持っていた。小熊のように人より劣るというわけではない。そして人なみの身体は、ときに大兵《だいひょう》の男より動きにまさることがあっても、それがひけ目になることはまずない。事実、泥之助は兎角を少しも恐れてはいなかった。稽古で兎角に勝ったときの太刀筋がひとつひとつ思い出されて、泥之助はやはりおれが行くべきだったと、後悔に苛《さいな》まれながらいつまでも道の上に立ち竦《すく》んだのである。

しかしそう思いながら、結局小熊を追わなかったのは、追ってはたして追いつけるかどうかも疑問だったが、たとえ追いついても、説得を受けいれて小熊が泥之助に先を譲ることはあり得ないだろうと思われたからだった。籤で先頭を引きあてたのは、小熊の名誉だったのである。

だが、そうあきらめてそれで不安と後悔が静まったわけではなかった。むしろ心中の動揺はさらに高まって、泥之助に鹿島の神にささげる願文を書かせたのである。

——小熊を勝たせたまえ。

櫓《やぐら》はゆがみ、柱も階《きざはし》も古びて破れ、つくろったところにまた痛みが来ている社殿を見つめながら、泥之助はそう思った。

鹿島神宮は、およそ三百五十年前の仁治《にんじ》二年に、眼の前の本殿、奥殿を残して炎上焼失した。以来、長い戦乱の世を経《へ》て、社殿はわずかに修覆の手が加わっただけで、新たな造営をみることなく今日まで来ていた。

だが、もし小熊を勝たせる神がいるとすれば、その神は古び痛んだ社殿の奥にじっとうずくまっているはずだった。願文には、その神の襟《えり》をつかんでゆさぶり立てるだけの力があったろうかと思いながら、泥之助は立って願文を納めるために横手の宝物殿の方に歩いて行った。

社殿のあるその一角だけ、頭上には青い井戸のような空がひろがり、斜めにさしこむ日射しが社殿の屋根と背後の杉林をそめていた。わずかに風があるとみえて、杉林の間にそびえている欅の巨木から、黄葉した落葉が降って来て社殿のまわりにかすかな音を立てたが泥之助が祈りをささげて宝物殿に願文をおさめる間、社殿のあたりは無人のように静かだった。一人の人影も見なかった。

七

小熊は、肩に白木の立札をかつぎながら江戸の町を歩いていた。小熊はねずみいろの袷にくたびれた浅黄《あさぎ》の木綿袴《もめんばかま》をつけ、足には藁づくりの足半《あしなか》をはいていた。粗末な衣服をつけ、毛深くて背が低く小太りの男が、自分の身の丈ほどもある立札をかついで行くのを見て、何事かとひとが振りかえる。小熊はそのたびに愛想のいい笑顔をむけて、会釈《えしゃく》しながら通りすぎた。

小熊が足を止めたのは、江戸城の大手前を流れる平川のそば、常盤橋《ときわばし》の袂《たもと》である。小熊は橋のそばに札を立てた。

徳川家康が江戸城に入ったのは、三年前の天正十八年八月朔日《ついたち》である。江戸城はそれまで、北条方の武将遠山景政が城代をしていた城だったが、構えは道灌《どうかん》の孫太田源六郎資高《すけたか》が北条氏に敗れた二十数年前とほとんど変わりなく、古びた城は屋根が腐って雨が漏《も》り、畳や敷物も腐って使いものにならなかった。しかも城の玄関には板の間さえなく、城に入るのに土間から畳の部屋までわたした舟板二枚を踏んで通るという有様だった。

石垣はなく、城のまわりは土居《どい》で、その土居には木や竹が繁《しげ》っていた。城そのものがそういう建物だったので、城の周辺もさほどにはひらけていなかった。城を中心に本丸台地の下に百戸ほどの根小屋村、また小石川から城の前面の海に流れくだる平川ぞいに、上平川村、下平川村、北岸に芝崎村があるという地勢で、城のそばまで入りこんでいる日比谷《ひびや》の入江には、千代田、宝田、神田などの漁村が散在していた。

そうした中で、城の大手にあたる平川の河口にあった港のあたりは、ただ一ヵ所城下の町屋らしいにぎわいをみせていた場所で、その港町を中心にした芝崎村、上平川村、下平川村の一帯が江戸宿と呼ばれていたのである。

江戸入府後、家康は城に最小限度の修理をほどこすにとどめ、余力をもっぱら新しい町づくりに傾けた。ひとつは家臣の屋敷割りで城の防衛を兼ねる屋敷割りは、城の西方の台地に広大な屋敷町を現出させた。

一方家康は、平川の下流から江戸城の下まで、道三堀《どうさんぼり》という舟入り堀を掘らせ、港から城まで直接に米や塩などをはこび込むことが出来るようにした。むろん軍事物資の輸送を兼ねる水路を確保したのである。この道三堀に沿って材木屋が集まる材木町、船問屋が並ぶ舟町、市の四日市町、遊女屋をあつめた柳町などの新しい町人町が出来た。そして道三堀の開鑿《かいさく》で出た土で、城の前面の低湿地帯も少しずつ埋め立てられて行った。

入府四年目のその年には、御隠居御城と呼ばれる西丸の建設にも取りかかり、八月ごろまでに終わったその工事で大量の堀の揚げ土が出たので、いまはその余土を使って日比谷の入江を埋め立てていた。いずれそこにも町人町が出来るだろうとうわさされ、江戸の町は急速に膨張《ぼうちょう》する兆《きざ》しをみせていた。

一方にそういう新しい町をつくりながら、家康はまた、港をふくむ城の大手筋、旧江戸宿から東にのびる一帯にも新たな町割りを行なおうとしていて、岩間小熊が立札を立てた常盤橋は、港からほど近い位置にある、いわば当時の江戸の繁華《はんか》街ともいうべき場所だったのである。小熊が札を立てると、往来のひとが立ちどまって、当時は高橋と呼ばれた常盤橋の袂は、たちまち黒山の人だかりになった。

その人びとにむかって、小熊は立札の文字を指で示し、にこにこ笑った。立札に記された文面は、兵法望みの人あるにおいては、その人と勝負を決し、師弟の約を定むべしといった趣旨で、末尾に「文禄二年癸巳九月十五日日本無双岩間小熊」と記していた。

江戸に着いた小熊は、じきに兎角の道場をさぐりあて、また兎角が弟子を連れて名ある武家屋敷に稽古に行くことも突きとめたが、うかつにはかかれないと思った。小熊が江戸に出てきた目的を察知すれば、兎角は大勢の弟子を使ってなぶり殺しにしようと謀《はか》るかも知れなかったし、それを恐れて兎角を暗殺したりすれば、怨みの半分は晴らせても一羽流の恥をそそぐことにはならなかった。

道場をたずねるのも危険なら、路上で兎角を襲うことも趣旨にはずれることになるのである。考えた末に、小熊が思いついたのが、江戸のもっともにぎやかな場所に立札することだった。

日本無双というのは、微塵流をとなえて江戸一番の剣客と自負している兎角に対する挑発である。これで兎角は試合せざるを得なくなるだろうと小熊は思っていた。そして公《おおや》けの試合で兎角を破れば、その瞬間に一羽流は名誉をとりもどし、師の怨みはとけることになろう。

「日本無双というのは、そなたのことか」

あつまった人びとの中から、そう声をかけて来た武士がいた。徳川の家中とみえる身なりの立派な四十前後の男だった。

小熊はにこにこ笑いながら答えた。

「そうじゃ」

「岩間小熊か。ふむ」

武士は小熊の風体《ふうてい》をじろじろと検分するように見た。そして悪気のない微笑をうかべて言った。

「なるほど。どうやら熊の仔《こ》に似ておるようでもある」

その言葉で人びとがどっと笑った。それまでこらえていたという感じの笑い声だったが、小熊はそれにもにこにこと愛嬌《あいきょう》をふりまいた。

「そなた、流儀は何と申すか」

「一羽流。師匠は江戸崎のひと諸岡一羽斎にござる」

小熊は昂然《こうぜん》と胸を張った。小柄だが、ぶ厚い胸だった。

経過は、小熊のもくろみ通りにすすんだ。小熊が立てた札と一羽流のことは、その日のうちに兎角の門弟に伝わり、兎角の耳に入った。いちはやく常盤橋まで行って立札を見て来た者もいて、道場にあつまった門弟たちは、立札を割れ、小熊を打ち殺せとさわぎ立てた。

しかし、兎角はそのさわぎを静めて、即座に町奉行所に小熊との試合の許しをもとめる願いを上げた。弟子たちには、小熊こそ飛んで火に入る虫よ、ひと打ちに打ち殺してどちらが日本無双か諸人に見せてやるわと言った。事実兎角は、小熊に負ける気は少しもしなかったのである。ただ小熊が試合を挑んで来た理由はよくわかっていて、なぜ来たのが小熊一人で泥之助は来なかったのかと、そのことをわずかに不審に思っただけだった。

兎角が提出した願いを受けて小熊を呼び出して事情を聞いた奉行所では、やがて町奉行の彦坂小刑部《こぎょうぶ》の名で許可を出した。小熊と兎角は、徳川の家中、江戸市民の見守る中で、生死を賭《か》ける試合にのぞむことになったのである。

その日小熊が、試合場所と定められた常盤橋に行くと、橋の両袂には弓、槍《やり》を持つ奉行所の人数が警固につき、その人数を遠巻きにして、平川の両岸にはおびただしい見物人がひしめき合っていた。橋からさほど遠くない城の土居の上にも、今日の試合を見守る城内の人びとの姿が点々と見えて、城の大手一帯は物々しい空気につつまれていた。

「岩間小熊、これへ」

小熊が見物人をかきわけて西の橋詰に近づくと、指揮者と思われる武士が、すばやく見とがめて小熊をさし招いた。

「太刀を預る」

小熊は無言で刀をはずして渡した。試合は木刀で行なうことが言い渡されていて、小熊はべつに木刀を持って来ている。

「むこうはまだのようじゃ。少し待て」

「かしこまりました」

小熊は木刀をさげたまま、対岸を見た。兎角の姿は見えなかったが、岸辺には見物人がぎっしりと詰めかけて、その人数はまだふえつづけているようである。小熊の胸に誇らしい気持があふれた。この大勢の見物人に、一羽流の太刀の冴《さ》えを見せてやるのだ、と思った。

ふり仰ぐと、日は空の真南に近づくところだった。その日射しが、平川の下流に落ちてきらきらと砕け散っているのが見える。眼を橋の東詰にもどすと、今度は兎角の姿が見えた。目立つ服装に、目がさめるほどに白い襷《たすき》をかけ、相変らず派手派手しい恰好《かっこう》をしていて、兎角は役人と言葉をかわしながら、ちらちらと小熊の方を見ている。

――ふん、しゃれ者のいかさま師め。

小熊がわきをむいて、小さく唾《つば》を吐き捨てたとき、両岸で手を挙げて合図をかわした奉行所の役人が、背後からやや緊張した声をかけて来た。

「では、はじめよ」

小熊は、右手に木刀を提げて、一歩、二歩と橋の上に踏み出した。兎角も前に出て来た。そのとき見物人がどっと声をあげたのは、いよいよ試合がはじまるとみたからだろうが、橋の両側に出て来た二人の姿が、あまりに対照的に見えて思わずおどろきの声が出たということのようでもあった。

違いは小熊が小太りで背が低く、兎角は丈高く堂々とした恰幅《かっぷく》を持つというだけではなかった。

兎角は太縞《ふとじま》がよく目立つ小袖《こそで》に、繻子《しゅす》のくくり袴をはき、足もとは黒はばき、草鞋で固めて白布を縒《よ》った襷をかけるという派手ないで立ちである。しかも手に持っているのは、六角の長大な木刀で、その木刀には鋲《びょう》どめの筋金をわたしてあった。ひと昔前の婆娑羅者《ばさらもの》を思わせる、派手で異様な恰好だった。

それに対して、橋の西に立った小熊は、立札をしに来たときと同じねずみの木綿袷に、浅黄の木綿袴、はきものは足半という簡素《かんそ》、素朴な身なりだった。手にさげている木刀もありきたりのものである。

橋に現われた二人を見て、どっとあがった群集の声は、しかし二人が二歩、三歩と橋の中央にむかってすすむと、ぴたりと静まった。橋の近くに瀬があるらしく、さらさらと低い水音がしている。その水音がひびくばかりで、昼近い常盤橋の周辺は、さながら無人の町のような静けさにつつまれてしまった。

その静けさの中で、小熊が足をとめた。それをみて、兎角も立ちどまる。すると小熊が、左手でうすい髪をなで上げながら、悠然と呼びかけた。

「いかに、兎角」

小熊の声は、澄んだ秋の空気をわたって、人びとの耳にはっきりととどいた。

「されば」

兎角も応じて頰ひげをなでたが、気迫あふれる小熊の呼びかけにくらべて兎角の答えは勢いを欠き、動作も品下がって見えたと、人びとはあとで評判した。あるいはそのことに、兎角自身が気づいたかも知れなかった。兎角は険《けわ》しい眼で小熊をにらみつけると、木刀を一気に上段に構えた。間髪《かんはつ》を入れず、小熊の方は構えを下段にとった。

二人はしばらく微動もしない対峙《たいじ》をつづけたが、不意に申し合わせたように前に出た。一歩、二歩と前に出ると、二人はともに木刀を脇にさげ、今度は疾風《はやて》のように走り出した。走り寄ると、はたと木刀を打ち合った。人びとの耳にも、橋を踏み鳴らす音と、かちりという木の音がひびいた。

長身の兎角が、上から小熊を押し潰《つぶ》すかと見えた。木刀は嚙み合ったままはなれず、二人の必死の押し合いがつづいている。と見る間に押されてしりぞくのは兎角だった。小熊はじりじりと兎角を押しつづけ、兎角は逃げる隙間《すきま》もなく押されて、ついに橋の欄干《らんかん》にぴったりと押しつけられた。

「………」

兎角の顔が朱にそまった。渾身《こんしん》の力をふりしぼって押し返そうとしたようである。その瞬間、ひょいと身体を沈めた小熊が足をすくったので、兎角の身体は欄干を越えて、さかさまに水に落ちて行った。平川の水面に、大きな水柱が立った。

どっと声が挙がった。今度の声は、小熊をほめたたえる江戸の市民の歓声だった。そのどよめきの中で、小熊が何か叫んで小刀を抜くと、とっさに欄干を斬ったが、小熊が何を言ったのかは、聞きとめたひとがいなかった。

「結局……」

不吉《ふきつ》な便りをはこんで来た江戸崎の商人は、泥之助に言った。

「兎角さんのかわりに、一羽流を教えてくれというのは罠《わな》だったわけです」

「………」

「と言っても、みんながみんなというのでもなく、その中に師匠を追った小熊さんを怨んでいた者がまじっていたということでしょう」

「しかし、一人二人じゃなかったと……」

「そうです。四、五人のしわざと聞きました。湯殿の戸をしめ切りにして、蒸《む》し殺しにしようとしたけれども、小熊さんが戸を破って出て来たので、寄ってたかって斬り殺したという話です」

「………」

「戸を破って外へ出たものの、小熊さんは湯にのぼせて、朦朧《もうろう》としていたことでしょうな」

「兎角の指《さ》し金《がね》じゃあるまいな」

「それは違うようです。兎角さんは、試合に負けて西国《さいごく》に逃げ、そのままらしゅうございますよ」

「………」

「何にせよ、惜しいひとを亡《な》くしました」

商人が庭を出て行くと、泥之助は茫然と空を見上げた。葉が落ちつくした欅《けやき》の大木が、網のような小枝を空に張り、その小枝の先に弱い日射しがまつわりついているのを、うつろに眺めた。

兎角が残した門人たちに頼まれて、一羽流を教えることになったと、小熊から便りがあったのはほんのひと月ほど前である。その便りから、格別不吉なものも嗅《か》ぎとれず、泥之助は一羽流と小熊のために、ひそかに喜んだのがまるで夢のようである。

——卑怯者《ひきょうもの》め。

不意に怒りがこみあげて来た。怨みがあるなら、正々堂々の試合をいどむべきである。湯殿に閉じこめて蒸し殺しを仕かけるとは、何という恥知らずだ。さすがは兎角の弟子。よし、そのやつら、江戸に上って一人残らず斬り伏せてやろうか。

「泥之助」

背中のすぐうしろでおまんさまの声がした。泥之助は振りむかなかった。

「小熊が殺されたそうな。かわいそうに」

おまんさまは戸の内でいまの話を聞き、外に出て来たらしかった。

「小熊の仇《かたき》を討ちに、江戸へ行くのかえ」

「…………」

「行ってはいやじゃ」

不意におまんさまの手が、うしろから泥之助の胴を巻いた。泥之助はおまんさまの熱い頬が背中に押しつけられ、やがて背中が涙でしめるのを感じた。

「おまえも行って、一人残されるほどなら、死んだがましじゃ」

「おまんさま」

泥之助はおまんさまの手を振りほどいて、むき直った。成熟した女子の香が泥之助にまつわりつき、その香にむせそうだった。

「仇討ちには参りません」

事実、不意の怒りは静まっていた。怨みに怨みを重ねても仕方あるまいと思うあきらめが生まれている。

「小熊の骨一片を拾ったら、すぐにもどって来ます」

「………」

「おまんさまを残して、どこに行くものですか」

泥之助は手で顔を覆っているおまんさまを抱きよせた。ふたたび、むせるようなおまんさまの肌の香が泥之助をつつんだ。肩を抱いて入口の方に歩くと、おまんさまはすすり上げながら、すなおに身体を寄せて来た。

その有様を、ちょうど門前を通りかかった漁師の又助が見た。又助は立ちどまって、ちょうと手を打った。

「おまんさまの婿《むこ》どのは、やっぱり泥之助さまに決まったげな」

はばかりもない胴間声でひとりごとを言うと、又助はうなずきながら通りすぎて行った。低い初冬の日が、遠ざかるその背に赤くさしかけている。

飛ぶ猿

（愛洲《あいす》移《い》香斎《こうさい》）

一

波四郎は幻の敵と対峙《たいじ》していた。

剣を青眼に構えてからおよそ四半刻《しはんとき》（三十分）ほどたったが、その間微動もしていなかった。息をしているかどうかも疑わしい静かなその立ち姿は、岩か闇《やみ》に立つ木かと思われるほどだったが、事実は波四郎の全身はこの上なくしなやかなばねを帯び、気は鋭く張りつめて眼前の敵の動きをさぐっているのだった。

わずかに前に出ている波四郎の右足は、膝《ひざ》のところで軽く曲げられている。後に残っている左足も、やはり自然な形に折れて、機がおとずれたときに右足が十分に踏みこんで行けるだけの、はずみを溜《た》めている。足半《あしなか》からはみ出した、長い足の指は暗い地面をしっかりとつかんでいた。

波四郎の構えている青眼の剣は、切先がやや上がって敵の眉間《みけん》にぴたりとつけられている。眼は、敵がひくのか踏みこんで来るのかをさぐりながら、微動もしない対峙がまだつづいている。

すると、黒一色の夜の中に、何かが動いたようだった。しかし動いたものは、波四郎の視野の中でちらと揺れただけで、すぐに静まり返った。敵も動かず、波四郎も動かないままに、少し時が移った。

そしてまた何かが動いた。今度はそのものは波四郎の網膜をひき裂くほど、派手にはげしく動いた。

――来るぞ。

と波四郎は思った。ついに長い対峙に倦《あ》きて敵が動き出したのだ。はじめて、波四郎も動いた。と言っても、上体も剣も動かさなかった。打ちこみにそなえてわずかに歩幅を修正しただけだが、敵はその一瞬の動きを見のがさなかったようである。

三間の距離をひと跳びに詰めて、敵が躍りこんで来た。未明の光の中にうかんだ悪鬼のようなその顔は、子供のころの波四郎に剣を教えた旅の兵法者のようでもあり、また死んだ母が繰り返し語った愛洲《あいす》太郎左衛門《たろうざえもん》という兵法者のようにも思われた。愛洲太郎左衛門は、波四郎にとってこの世の仇敵《きゅうてき》である。波四郎は四肢に隠していたばねを、一気に解放した。

斬《き》りこんで来た敵の剣を、軽々とはね返すことが出来た。直前の足はこびがうまく行ったので、ただはね返すだけでなく敵の剣の勢いを殺《そ》ぐ形になったのだ。波四郎は、自分の身体が鞭《むち》がしなうように軽く粘り強く動いているのを感じる。すれ違って振りむくと、敵も身体を回して剣を上げたのが見えた。

波四郎はすばやく左に回った。一度足をとめたが、間をおかずにまた速い動きで左に回った。母の話によれば、その男は右の肩に刀の柄《つか》を引きつけるようにして構えていたのである。波四郎のなめらかで速い足はこびが、敵を守勢に追いこんでいた。当然だ、敵はもう老いぼれだと波四郎は思った。そしてついに、速い動きの中から理想的な間合《まあい》をつかんだ。敵には多分不利で、波四郎にはこの上なく有利な間合。

波四郎はためらいなく踏みこんだ。身体がすべるように走って行くのを感じる。踏みこみながら剣を上げて敵の肩を打った。その間合での波四郎の踏みこみと剣の動きには、神速の技がふくまれている。はじめて、ざくりと敵の肩を斬ったのがわかった。

――斬った。

勢いあまって、左膝を折り敷く形で残心の構えをとりながら、波四郎は心の中で叫んだ。幻の敵と対峙しておよそ三年、はじめて敵に打ち勝った感触が身体に残った。

立ち上がって、波四郎は刀を腰にもどした。いま水の底からうかび上がって来たように、胸を喘《あえ》がせてはげしい呼吸を繰り返しながら、顔を上げて東の空を見た。

空はまだ暗い夜の雲に覆《おお》われていたが、野の先の丘の稜線《りょうせん》に近いところで、雲が細長く横に裂けているのが見えた。その裂け目が木苺《きいちご》の実のように明るく黄ばんでいるのは、雲の陰で朝の日が立ちのぼろうとしているのだ。わずかな微光が、雲の裂け目から暗い野に洩《も》れている。視野を刺戟《しげき》したのは、その光だったろう。

長く声をひっぱって、鶏が時をつくっている。川向うの与平の家の鶏だ。とほうもなく大きくしわがれたその声は、まだ夜色につつまれている野の隅々までひびいて行くようだが、家々が目ざめる様子はない。川向うの丘の麓《ふもと》、与平の家をふくむ数軒の家がかたまっているあたりも、こちら岸の榛《はしばみ》の木の下のおよねばあさんの家も、物の形もはっきりしない未明の光の中で眠りこけている。

呼吸が静まった。全身を濡《ぬ》らした汗が冷えて来て、波四郎は身顫《みぶる》いした。幻の敵は消え失《う》せていたが、胸の中に強い決心を残して行った。身顫いは、その決心のせいのようでもある。

——いよいよ……。

愛洲太郎左衛門をたずねあてて試合を挑むために、旅立つ日が来たと波四郎は思っている。長い間、その日のために修練を積んで来たのだ。もう一度、明るい光を湛《たた》えている雲の裂け目に眼をやってから、波四郎は空に背をむけて歩き出した。

わずかな間に、雲の裂け目はさっきよりひろがり、空はかがやきを増したようだった。

歩き出すとすぐに、波四郎は身体が重い疲労に包まれているのを感じた。夜露に濡れた草を踏んでたわいなく足がすべったり、草にひっかかって足もとがもつれ、地面のくぼみに足を突っこみそうになる。無理もなかった。波四郎が剣の工夫のために野に出たのは、真夜中の子《ね》ノ刻《こく》である。しかも、その試みをはじめてから昨夜は七夜目になる。疲れは、波四郎の全身を繭《まゆ》のようにすっぽりと覆い包んでいた。

だが極度の疲労のせいでかえってそうなるのか。波四郎の心気は冴《さ》えわたって、少しも眠くはなかった。眠りたがっているのは身体だけである。広い荒地を横切って川べりの家の方にもどりながら、波四郎は影ノ流という刀術を遣《つか》う兵法者、愛洲太郎左衛門のことを考えていた。まだ生きていてくれればいいがと思った。その思いは、不意にはげしくとがって殺気を帯びる。

荒地をはずれて、石ころだらけの道に出ると、遠くに榛の木とおよねばあさんの家が見えて来た。荒地を横切る間に、小暗い視界に乳のように白い光がまじりはじめている。夜は大いそぎで朝と交替しようとしているところらしかった。波四郎が住む掘立て小屋のような家は、榛の木の陰に残る夜のくらがりにまぎれて、まだ見えなかった。

道はほの白く、ほぼ一直線におよねばあさんの家の方にのびていた。その道を、逆に波四郎の方に近づいて来る生きものがいる。のそのそと道を歩いて来るのは、およねばあさんの家の黒猫だった。

猫は波四郎を見ると、魔物を見たように立ちどまった。波四郎も足をとめて猫を見た。どういうわけか、猫は逃げる機会をのがしてしまったようだった。あるいは波四郎の身体に残っている殺気に射竦《いすく》められたのかも知れない。前足をのばし後足を腹の下にたくしこむと、地面に腹をつけて波四郎の動きを窺《うかが》っている。

――斬れるな。

と波四郎の方も思っていた。猫は波四郎が理想的だと思う斬り合いの間合に入っている。右左、どちらに跳ぼうと斬れると思った。すると、波四郎の考えを本能的に察知したように、猫が腹ばったまま少しうしろにさがった。

だが波四郎には、黒猫を斬る気はなかった。どこの家にも刀の一本や二本はあるが、畑に行くのに脇差《わきざし》を帯びて行くのは波四郎だけである。猫殺しの犯人は波四郎と即座にわかって、およねばあさんに大目玉を喰う羽目になるだろう。

波四郎は溜めていた息を吐き出し、ぱんと手を叩《たた》いた。黒猫は地面をひっかく爪音《つめおと》を立ててうしろにさがると、つぎには矢のように道を横切り、霧のように白濁した光が立ちこめている草原を横切ると、あっという間に川岸の暗い灌木《かんぼく》の繁《しげ》みの陰に姿を隠した。

およねばあさんの家の横を通って、波四郎は自分の小屋に入って行った。腹も空《す》いて来ていたが、まず汗を落として眠るのが先だった。

——ひと眠りして……。

それから家の中を片づけ、明日は旅立たなくてはと思った。愛洲という男は西国から来て西国に帰ったという。旅は当然、西国にむかうことになる。たずねて行く土地にも、かすかながら心あたりがあった。誰に聞いたのかは知らないが、母の話に間違いがなければ、その泉州堺《さかい》という土地には、愛洲の刀術の弟子で影ノ流を伝える貝坂《かいさか》という男がいるはずである。

波四郎は着替えの褌《ふんどし》を持って暗い小屋を出ると、裏手にまわった。榛の木の間を抜けると、低い川音が聞こえて来た。波四郎は腰丈ほどにのびた葦《あし》の新葉をわけて、川原に降りた。砂利の上に褌をおくと、すばやく裸になる。足首まで水に入って、ざぶざぶと身体を洗った。水は冷たかったが、身体にへばりついていた汗が一度に流れ落ちる快感があった。

最後に波四郎は、腹まである深みまで入って行って身体を沈めた。冷たくて長くはそうしていられなかった。川岸に駆け上がって荒っぽく濡れた身体を拭《ふ》いた。しまいには皮膚が痛くなるほどに身体をこすると、血は勢いよく身体の中を走り回って、波四郎は生き返ったような気がした。

濁った朝の光は川の上にも立ちこめていて、対岸の家々は見えなかった。鶏の声はやんで、川の瀬音だけが絶え間なくひびいている。人びとが目ざめたかどうかはわからなかった。波四郎は褌を替えて、汗に濡れた着物を水で洗った。それからもどって小屋のそばの木の下枝に洗った着物を掛けると、まだほの暗い小屋に入り、敷きっぱなしの夜具に裸の身体を横たえた。すぐに眠りがやって来た。

二

家の中を片づけると言っても、取りかかってみるとあっさりと済んだ。母親が値打ち物のように言っていた瀬戸物の皿少々、錆《さ》びている刀二振り、衣類ひと包み、それに位牌《いはい》。およねばあさんに預ける物といえば、そんなものだった。

夜具はそのままにして行くしかないが、小屋にひとしい家である。ひとが住みつくたりしないように、時どき見回ってもらう必要はあるが、泥棒が入って何か持って行くような家でないところが気楽だった。

旅の支度も簡単にととのった。着て行く物は長持の底にかねて用意しておいたものを出すだけでよかった。あとは旅の食糧と路銀だが、路銀は銭二指《ぜにふたさし》（二百文）の用意がしてあり、食糧はこれも今日の旅立ちにそなえて貯《たくわ》えておいた黒米を、半分は生、半分は焼き米にして携行することにした。ほかに味噌《みそ》とかつお節があるので、当分の旅はそれでしのげる。焼き米は今夜つくることにした。

あらましの支度が済むと、波四郎は褌ひとつの身体に足半をつっかけて外に出た。時刻はまだ未ノ刻《ひつじこく》ごろだろうと思われたが、真夏のような日射《ひざ》しが頭上から降りそそいで来る。明け方に荒地からもどって来るときは、今日は曇りだろうと思ったのだ。ひと眠りして目ざめると、空は雲ひとつなく晴れていたのである。

洗って木の枝にかけておいた着物は、もう乾いていた。波四郎は、枝からはずした着物を手ばやく身体にまとうと道に出た。荒れ地の方に背をむけて川岸の道に出る。

藪《やぶ》の下に、川の水がはげしく日を照り返しているのを見ながら上流に歩いて行くと、またおよねばあさんの家の黒猫に会った。大きくて真黒な猫だ。なめらかに体毛が光り、眼は金色をしている。

黒猫は、波四郎に出会っても、明け方のようにおびえたりはしなかった。ひややかな一瞥《いちべつ》を波四郎に投げると、足どりを変えずにのそのそと藪の中に入って行った。川原に降りるつもりだろう。

波四郎は上流に架かっている粗末な木の橋をわたった。欄干《らんかん》のかわりに藤蔓《ふじづる》をわたした狭い板橋は、ところどころ板が腐っていて穴があいている。しかし橋は低く、橋の下の流れも浅いから危険な感じはしない。ところどころに砂洲《さす》が露出している川は、絶えず浅瀬で水音を立てている。水面をかすめて羽の青い鳥が飛んだのが見えた。上流は橋から十間ほどのところで急に左折して、水路は日にかがやく青葉の奥に消えている。

対岸にわたった波四郎は、およねばあさんの家の黒猫のように滞《とどこお》りのない足どりで、川岸から雑木林に入って行く道をたどった。小楢《こなら》やえごの木、櫟《くぬぎ》などの若葉に日が透けて見える道を奥に歩いて行くと、小鳥の声がかしましいほどに耳にひびいて来る。鳥は啼《な》くだけでなく、時おり鋭く視野をかすめて、枝うつりする姿を見せた。

雑木林の中の道は、一度は林の南側に出て、日あたりのいい田圃《たんぼ》をひと眼で見わたせる場所を横切ってから、また林の中に入った。そして今度はだし抜けな感じで雑木林はそこで切れた。切れた先はやや傾斜がついている畑になっていて、暑い日が降りそそいでいる畑のむこう側は、またこんもりした緑に覆われた雑木林に先を阻《はば》まれている。

畑の中に藺笠《いがさ》を目深《まぶか》にかぶった女がいた。女は一人で、休みなく鍬《くわ》を使っている。笠と虫よけの白い布で顔は見えなかったが、若々しい腰つきでおふくだとすぐにわかった。

──好都合だぞ、一人だ。

と波四郎は思った。波四郎は小楢の幹の間から、うつむいて鍬を使っているおふくをじっと見た。

おふくは十七である。紺の縞目《しまめ》もやや色あせた古びた仕事着を着ていたが、十七の若さはその地味な装《よそお》いを内側から突きやぶって、外に現われずにはいない。ほっそりした肩とは対照的にまるくて太い腰。袖口《そでぐち》から出ている白い腕、粗末な仕事着の裾《すそ》の下にちらつく、眼がさめるほどに赤い二布《ふたの》とにょっきりとつき出ている丈夫そうな白い足。

そういうおふくを見ると、波四郎は頭がくらくらして来る。そういうふうになったのは一年ほど前からで、それ以前はおふくを見ても何とも思わなかったのである。むろん、その一年の間に波四郎がにわかに好色漢《こうしょくかん》に変ったわけではなく、蝶《ちょう》が殻を脱ぎ捨てるように、おふくが急に女らしくなったせいだとわかっていた。

波四郎はもう一度、畑の隅から隅まで眼を走らせた。それから振りむいて林の中にも眼をくばったが、ほかにひとの気配はなかった。波四郎は、足もとから小石をさがすと、おふくの鍬をねらってつぶてを打った。

小石はあやまりなく、おふくが振りおろした鍬の金具にあたった。かちりと音がして、石がはじけとぶと、おふくは顔を上げてきょろきょろとあたりを見回した。そしてすぐに波四郎を見つけたが、どういうわけかつんと顔をそむけると、畝《あぜ》を伝ってすたすたと反対側の方に遠ざかって行った。波四郎の笑顔と振りかけた手の動きは中途半端《はんぱ》になった。

——まだ、怒っているな。

と波四郎は思った。この春、村の産土神《うぶすながみ》の祭が行なわれた夜に、人ごみにまぎれておふくの尻《しり》をなでたところを、おふくの父親の文蔵に見つかってから、おふくがずっと波四郎を避けるようにしているのはわかっていた。

しかし、旅立つ前にひとことおふくに言わなければならないことがある、と波四郎は思っている。波四郎は猿のように木の間を走りぬけて、畑のまわりをぐるりと半周すると、畑の反対側で鍬を使っているおふくのそばに行った。

「おい、おふく」

波四郎は林の端に出ると、息を静めながらおふくに呼びかけた。

「話がある」

「わたしは話したくありません」

おふくは波四郎を振りむきもしなかった。うつむいて鍬を動かしながら、切口上《きりこうじょう》で
そう言った。

「波四郎さんと話してはいけないと、おとっつぁんに言われてるの」

「おやじさまは、祭の晩におれがおまえの尻をなでたのを怒っているんだ」

と波四郎は言った。

「おまえも怒っているのか。怒っているならあやまる」

「………」

おふくは答えなかった。つんとした顔で、土をうなっている。

「話したくないんなら、聞くだけ聞けよ」

「…………」

「おれは、明日旅に出る。いま、支度を済まして来たところだ」

おふくが顔を上げて、ちらと波四郎を見た。

「嘘《うそ》じゃないぞ。西国におやじの敵《かたき》がいるんだ。そいつをたずねあてて、試合をして来る」

おふくは鍬を使う手をとめた。まじまじと波四郎を見た。そこは暑いから、こっちに来てひと休みしないかと波四郎は言った。

三

「おふくろの話によると、そいつは雲つくような大男だったそうだ」

と波四郎は言った。

その男、愛洲太郎左衛門が来たとき、波四郎の父母は船小屋にいて、父親は櫂《かい》を削り、母親は魚網をつくろっていた。波四郎の父親は磯浜の漁師だったが、若いころに鹿島の太刀を修行した高名な兵法者でもあった。時どき旅の兵法者が名前を慕って来て立合いをもとめたが、父親はいつも機嫌よく相手をし、一度も負けたことがなかった。

その日前触《まえぶ》れもなく船小屋をおとずれて来た男も、兵法修行の者のようだった。折柄海に落ちようとしている赤い夕日を背景に、船小屋の入口をふさいだ姿が、禍禍《まがまが》しいほどに大きかった。

蓬髪《ほうはつ》の先が、後光を帯びたように光り、男は饐《す》えた旅の匂《にお》いを身につけていた。片手で小屋の軒をつかんだまま、男が言った。

「おぬしが住吉か」

「そうだ」

と波四郎の父親が答えた。櫂を削る手はとめたが、立ち上がろうとはしなかった。

「影ノ流の愛洲太郎左衛門だ」

男はそう名乗り、神のお告げで波四郎の父親と試合するために来たと言った。

「そこに木刀があるな」

男は小屋の隅に立てかけてある樫《かし》づくりの木刀にすばやく眼をつけたらしく、そう言った。

「日が落ちる前に、立ち合いたい。それがしに木刀を貸してもらいたいものだ」

「…………」

波四郎の父親は、無言で首を振った。母親の眼にも不審に映ったほど、父親の態度はいつもの生彩を欠き、男の前に萎縮《いしゅく》しているように見えた。低い声で父親が言った。

「気乗りがせぬ。今日の試合は勘弁してもらえぬか」

「では、いつ立ち合ってもらえるかな」

「いや、おぬしとは立ち合いたくない」

その弱々しい声に、母親は胸がつめたくなるのを感じた。かつてない不吉な思いにとらわれながら、母親はうしろから夫の袖をひいた。

磯から上がるとすぐに浜で焼いた魚がある。日が落ちれば仕事をやめて砂丘の陰の村に帰り、炉に火を燃やして、その魚で夜食を喰うのだ。そして熾火《おきび》のぬくもりが消えないうちに、抱き合って眠ろう。突然に来て試合を強要する男と、立ち合う必要などない。波四郎の母親は、逆光のために表情がよく見えない旅の兵法者をにらみながら、鋭くささやいた。

「きっぱりとことわっておしまいなさい。いやな試合をすることはありませんよ」

「そうはいかぬ」

母親のささやき声を、男は耳ざとく聞きとったらしかった。雷のような声を出した。

「神のお告げで、はるばると日向《ひゅうが》からたずねて来たのだ。何としても立ち合ってもらうぞ」

愛洲という男は、ずかずかと小屋に踏みこんで来た。小屋の隅の二本の木刀をわしづかみにすると、波四郎の父親の襟髪《えりがみ》をつかんで、外に引きずり出した。

母親は悲鳴をあげて夫の身体に取りすがったが、愛洲に脾腹《ひばら》をひと蹴《け》りされて、小屋の中の砂の上にころんだ。蹴られた腹をおさえて、母親がようやく小屋の入口まで這《は》い出てみると、男たちはもう、波打ちぎわで木刀を構えて向かい合っていた。

「波四郎さんのおとっつぁんは、そのひとに殺されたの？」

とおふくが言った。おふくは笠を取り、足を投げ出して波四郎のそばに坐《すわ》っていた。

「いや、違う」

と波四郎は言った。

「その試合で、負けはしたけれども殺されたわけじゃない。しかしおふくろの話によると、おやじはその試合に負けてからすっかり元気をなくして酒ばっかり喰らい、三年後には病気になって死んでしまったそうだ。死んだときは髪が真白になって、年寄りみたいだったらしい」

「かわいそう」

「もともとおやじとおふくろは、親子ほども齢《とし》がはなれてたんだ。愛洲という男と試合をしたとき、おやじは四十五だったが、おふくろはまだ二十三だったそうだからな」

「………」

「だが、おやじが年寄りみたいになったのは、齢のせいじゃないと、おふくろは言ってたな。それまではひとの倍も力があって、何をやっても若い者に負けることなんかなかったそうだ。急にいくじがなくなったのは、試合に負けたからなんだ」

「………」

「それからというものは、おやじは兵法修行の男たちが来ても立ち合おうとせず、漁にもめったに出なくなった。酒だけがたのしみになったんだ。無理もない。おふくろの話じゃ、負けたおやじは砂の上に土下座して、愛洲という男に命乞《いのちご》いしたらしいからな。酒でも飲まなきゃやり切れまい」

「………」

「おやじが死んだんで、おれたち親子は村にもいられなくなってここに来たんだ」

と言ったが、波四郎はそこで口をつぐんだ。母親が自分を連れて、遠縁をたよってこの村に来たのは、父親が死んだことだけが理由でなかったことを思い出したのである。

波四郎が物ごころついたとき、母親は男と一緒に暮らしていた。波四郎は、顔いろがわるく身体の細いその男を父親だとばかり思っていたが違った。男は父親の死後にたずねて来た旅の兵法者で、母親に引きとめられるままに、波四郎の家に居ついたのだった。

男は時たま舟に乗って漁師の真似《まね》ごとをした。うまく櫓《ろ》をこぐことが出来たから、あるいは少しは舟に乗ったことがある男だったかも知れない。ほかに男のすることと言えば、波四郎に兵法を仕込むことと、夜昼なしに母親とまじわることだった。その無口な旅の兵法者は、波四郎が十になった年に、突然にまた旅立って行った。その男のことで、母親は村の者にうしろ指をさされたが、村を追われたのはそのためではない。兵法者が旅立ったあと、母親が誰かれの区別なしに、村の男たちを家に引き入れるようになったからである。もっとも波四郎がそういういきさつを理解するようになったのは、一人前になったあとだった。

波四郎は憂鬱《ゆううつ》な気分で言った。

「やつは父親を病気にして殺し、おれたち親子を村から追い出したんだ」

「だから、そのひとと試合をしに行くの？」

「そうだ。きっと勝って、今度はおれがやつを土下座させてやる」

「………」

「心配するなって」

波四郎は、無言で自分を見つめているおふくの手をとると、やわらかく叩いた。

「おれが時どき城下に行ったまま、半月もひと月ももどらなかったことがあったろう。村のひとはわるい遊びをしているとか、土仕事がきらいな怠け者だとか陰口をきいていたらしいが、違うぞ。城下に来る兵法者をたずねて試合するために行ったんだ。おれは何人かの名ある兵法者と立ち合ったが、めったに負けはしなかった」

「でもそのひとは、波四郎さんのおとっつぁんを負かしたんでしょ。かないっこないわ」

おふくの黒眼が大きいきれいな眼に、みるみる涙が盛りあがった。

「ねえ、やめることは出来ないの？」

「それは出来ない。子供のころからずっと考えて来たことなんだ。それに旅支度もしてしまった」

「おばさんが、そうするように言ったのね」

「………」

「でも、波四郎さんが負けてもどれなくなったら、あたしはどうしたらいいの？」

おふくは言うと、急に力を失ったように波四郎に倒れかかって来た。その重みを受けとめて、波四郎はおふくの肩を抱くと、眼から溢《あふ》れる涙を指でぬぐってやった。おふくがこんなにも率直に、本心をさらけ出してみせたことに感動していた。

「心配はいらないよ。会ってみて、こいつはかなわないなと思ったら、勝負をあきらめて帰って来るだけだ」

「ほんと？」

「ほんとだとも」

言いながら、波四郎はおふくの身体をそろそろと草の上に押し倒して行った。おふくは一瞬、恐怖のいろもあらわにまじまじと波四郎を見つめたが、すぐに固く眼をつぶってしまった。

おふくの身体が発散する甘い匂いが、鼻腔《びこう》から肺の奥まで入りこんで来て、波四郎は身体中の血が音立てて流れはじめたのを感じる。聞こえていた鳥の声が、にわかに遠くなった。上《うわ》の空で、波四郎は言った。

「ほんとうさ。負けると決まった勝負を仕かけるほど、おれはばかじゃないよ」

波四郎は、顫える手をおふくの胸もとにさしこんだ。小ぶりだが押せばどこまでもくぼむ乳房をいじり回してから、波四郎は今度はその手をおふくの腰にのばした。腰をなでた手が腿《もも》に移り、さらに腿の内側まですべりこんだとき、おふくの身体は一度魚のようにぴくりと跳ねたが、拒みはせずに波四郎にすがった指に力をこめただけだった。

おふくは赤い顔をして、固く眼をつぶっていた。あまり力をいれてつぶっているので、瞼《まぶた》がぴくぴくと痙攣《けいれん》している。おふくは、熱がある病人のように、きれぎれな短い呼吸を繰り返していた。その顔をのぞきこみながら、波四郎は手を慎重に腿の奥の方にすすめた。おふくが抗《あらが》ったり叫んだりするときは、すぐにやめるつもりだった。

おふくの腿の肉は、奥にすすむほどに繊細《せんさい》でなめらかな感触を手のひらに伝えて来る。そして熱かった。しかし波四郎の手は、拒まれもせずについに神秘的に盛り上がる秘丘とまばらな体毛をとらえた。まだ密にはえそろっていない体毛は、およねばあさんの家の黒猫の毛のようにすべすべした手ざわりを伝えて来る。

波四郎は不意に手の動きをとめた。顔をしかめておふくから手をはなした。頭の中に、母親の股《また》ぐらに手を突っこんでいた旅の兵法者の姿がうかんでいる。その姿に、今の自分の恰好《かっこう》が重なって見えた。

波四郎は半身を起こして、おふくの乱れた裾を直してやった。すると、与平の家の鶏が生む生みたての卵のように、皮膚の内側からかがやくような二本の太腿が眼の中に溢れた。波四郎は見てはならないものを見てしまったように、あわてて眼をそらした。

「さっき、何かした？」

蚊が鳴くような声で、おふくが言った。おふくは赤らんだ瞼を少しあけて波四郎を見たが、すぐに羞恥《しゅうち》に打ち倒されたように顔をそむけてしまった。

その肩を抱きながら、波四郎は言った。

「何もしてない、何もしてない」

「ほんと？」

「ほんとだよ。いいか、おふく。おれはかならずもどって来ておまえを嫁にする。それまでは村のやつらに抱かれたりするなよ」

四

波四郎は近江路《おうみじ》を西に歩いていた。時どきうしろを振りむいた。男たちはまだ、後について歩いて来る。

その男たちに気づいたのは、美濃《みの》から近江に入って間もなく、柏原《かしわばら》から佐目加井《さめがい》にむかって歩いているときだった。数人のみるからに荒くれた男たちである。戦場から落ちこぼれた雑兵《ぞうひょう》といった身なりで、二人ほどは革包みの腹巻を着ていた。ただ、雑兵くずれにしては、男たちの帯びている刀が堂々とした長刀である。

男たちはつかずはなれず、波四郎のうしろ十数間のところを歩いて来る。ほかに道を歩いている者はいなかった。馬場《ばんば》ノ宿のあたりまでは近くを旅姿の年配の武士が一人歩いていた。だが、つぎの小野ノ宿を通り過ぎたときには、武士の姿は見えなくなっていた。あるいは小野に泊ったのかも知れない。

おれも小野に泊ればよかったかと、波四郎は少し後悔している。波四郎は村を旅立ってここまで来る間に、よほどの荒天でない限りは御堂《みどう》の縁の上、大きな木の下などで野宿して来た。若い身体は眠れば旅の疲れはすぐにとれ、宿駅の旅籠《はたご》に泊ることはないと思っていた。

さっきもそう思いながら、宿駅を通りすぎたのだが、それに小野にさしかかったときには日が傾いていたから、ひょっとしたら後から来る男たちはそこに泊るかも知れない、様子を見ようとも考えたのである。

その様子は知れた。つぎの宿駅である四《し》十九院《じゅうくいん》までおよそ二里、男たちは夜道をかけてそこまで行く模様である。だが、はたしてそれだけかと波四郎は、うしろから黙りこくってついて来る男たちを疑っている。しかしまた、男たちが数人連れで、たった一人の自分を襲う機会を狙《ねら》ってついて来るというのも解《げ》せなかった。金目の物は腰に帯びた太刀だけである。ほかに銭指《ぜにさし》があるが、もう五十文ほどは使って彼らが襲うに値するほどの路銀を持っているわけではない。

波四郎は、半信半疑で歩いている。さほどに男たちを恐れているわけではなくとも、道に次第に夕闇が降りて来ると、さすがに送り狼《おおかみ》のような背後の男たちが気になった。道は琵琶湖《びわこ》の東岸近いところに出ているはずだが、相変らず小高い丘の間をうねうねとたどるだけで、湖は見えなかった。

小野を過ぎてから二十町も来たかと思ったころに、波四郎はうす暗い道ばたにひとが休んでいるのに気づいた。何かに腰をおろして休んでいた人影は、波四郎を見ると立ち上がった。小野ノ宿に着くまで、ずっと前を歩いていた旅の武士である。

「やあ、お若いひと」

四十前後かと見える武士は、波四郎に気さくな声をかけて来た。

「これからは夜道になる。さしつかえなければ同道させてもらいたいが」

「どうぞ」

と波四郎は言った。内心もっけの幸いだと思った。もし、うしろの男たちが襲って来ても、一人よりは二人の方が防ぎいいだろう。とっさにそう計算したほど、武士は身なりと言い風貌《ふうぼう》と言い、信頼に値《あたい》する人物に思われた。

「これはありがたい」

武士は大きな声で言ったが、波四郎とならぶと急に声をひそめた。

「あの連中、まだ後をつけて来ているようだな」

「やっぱりつけてるんですか」

波四郎が後を見ようとすると、武士は振りむかぬ方がよいと言った。

「何者ですか、あいつら」

「草賊《そうぞく》だ」

と武士は言った。

「このずっと先にも、四、五人いて道をふさいでおる」

「へえ」

波四郎は首を振った。話には聞いたことがあるが、山賊に遭うのははじめてである。

だが恐れはさほどに感じなかった。襲って来たら片っぱしから斬り捨てて、ど胆《ぎも》を抜いてやろうと思った。武士は一度先まで行ってから、またもどって来て波四郎を待っていたらしい。

「狙いはわれわれ二人だけですか」

「そのようだ。しかし二人だけと言っても、われわれにはやつらがほしがる刀がある。ボロではない着物もある。その上……」

武士は短い笑い声を洩らした。

「そちらはどうか知らぬが、わしは少々金を持っておる。どちらかといえば、連中が眼をつけたのはこのわしの方だろうな」

「………」

「こっちの道を行こうか」

武士は不意に、そこで左手の雑木林に口をあけている小道に踏みこんだ。その動きがすばやかった。波四郎も後につづいた。

林の中の道は足もともおぼつかないほどに暗かったが、武士は速い足どりで歩いて行く。波四郎は後について行くのがやっとだった。二人はしばらく無言で道をいそいだ。そして、波四郎がかなり歩いたと感じたころに、林が尽きて二人は突然に土地がひらけた場所に来た。

とは言うものの、そこはやはり小高い丘と雑木林に囲まれた場所で、道は荒れた草原の中を通ってまた雑木林に入るようである。わずかに足もとにもどって来た空の明かりに、草地の隅を小川が横切り、その岸に沿って畑らしいものがあるのが見えた。近くに人家があるのかも知れなかったが、波四郎は方角を失ったような気分だった。

——この男……。

おれをどこに連れて行くつもりかな、と思った。はじめて道連れの男を警戒する気持ちが湧《わ》いた。一方的にむこうから持ちかけて来た道連れである。油断は出来ぬと思った。

五

前を行く男が足をとめてうしろを振りむいた。まるでこちらの不審を感じ取ったようだったので、波四郎はぎょっとしたが、男は波四郎を見たのではなかった。男の顔は、いま出て来た雑木林の方にむいている。つぎに男は、少し顔を伏せて物の気配を聞く姿勢になった。

「どうやらうまく行ったらしい」

やがて、男はそう言った。顔に白いものが見えたのは笑ったのだろう。男はすぐに背をむけて歩き出した。その無防備なうしろ姿を見て、波四郎は警戒心を解いた。男は見かけどおり、信用のおける道連れだったようである。

「この道は遠回りになるが、四十九院に出る。一本道だから、夜歩きをしても迷うことはない」

「そうですか」

「さっきの連中を、たかが草賊と侮《あなど》ってはならぬ」

と男は言った。

「みな、いくさ馴《な》れしているやつばかりだ。駆けひきに長《た》けている上に、ひとを殺すことを何とも思わぬ」

「…………」

「大乱はもはや終ったと言う者もいるが、なに、見かけだけのことだ。都では将軍同士が争って、つい先年やっと決着がついたと思ったら、今年になって新将軍が後楯《うしろだて》の勢力と争って、この近江に逃げて来た。そういううわさを聞いているかな」

「いえ」

明応二年に、細川政元《まさもと》に追放された足利将軍義材《よしき》が、管領《かんれい》細川家の内紛に乗じ、周《す》防《おう》の守護大内義興《よしおき》に擁されて都に帰還したのが五年前の永正五年、都を落ちてからじつに十五年ぶりのことだったと男は言った。

名を義尹《よしただ》と改めた義材は、三年前の永正七年、政元に擁立されて将軍の座に坐っていたもと堀越公方《くぼう》の子義澄《よしずみ》を討ち、その後一時は義澄派の細川政賢《まさかた》に圧迫されて丹波に逃げたものの、山城国船岡山に政賢を破り、完全に将軍職に返り咲いた。しかし名前をさらに義稙《よしたね》と改めた新将軍も、結局は支援勢力である管領細川高国《たかくに》と管領代大内義興の傀儡《かいらい》にすぎなかった。

今年の三月に、義稙が近江に逃げ、甲賀山中に隠れたというのは、傀儡扱いに厭気《いやけ》がさしたからだろう。しかし将軍はもう都にもどったはずだ、と男は言った。

「そういう世の中だ。都でも諸国でも、まだまだいくさはつづく。真に力ある者だけが生き残ることになるだろうて。このあたりに巣喰う草賊のたぐいは、そういういまの世を喰い物にしている連中でな。いくさがはじまれば勢いの強い方に味方して戦場から物や金を奪い、いくさがやむと山野に隠れて旅びとや村を襲う。なかなかすばしこく生きている連中だと思った方がいい」

「わかりました」

「ところでそなた、早雲庵宗瑞《そううんあんそうずい》という名前を聞いたことがあるかな」

不意に男は話題を変えた。波四郎は、その名前に記憶があった。早雲庵は去年の八月、隣国相模《さがみ》の岡崎城を襲って、城主の三浦義同《よしあつ》を波四郎の村からもさほど遠からぬ三浦郡の住吉城まで追い落した。江戸から来援した上杉朝興《ともおき》の軍勢も一蹴《いっしゅう》されてしまったというような話を聞いている。

その早雲庵は、以前は伊勢新九郎《いせしんくろう》と言い、駿河《するが》興国寺城を根城《ねじろ》に伊豆一国を攻め落とし、明応三年には相模の小田原城を奪取し、いまはさらに東相模の豪族三浦義同、義意《よしおき》父子が支配する三浦郡を手に入れようとしているのだ、と城下ではうわさしていた。

「名前は聞いております」

「さようか。申し遅れたがわしは早雲庵の被官で中条満秀《ちゅうじょうみつひで》という者だ。ひとには中条判官と呼ばれている」

「わたしは住吉波四郎」

と波四郎は名乗った。

「兵法修行の者です」

「どこまで行かれる？」

「泉州の堺まで」

「わしは京までだ」

中条判官と名乗った男がそう言ったとき、前方の夜目にも黒い丘の麓に、灯のいろがちらつくのが見えた。

おや、あんなところに家があったかなとつぶやいたところをみると、中条という男は以前にもこの道を通ったことがあるらしかった。男の旅馴れた様子と物言いから、波四郎は中条が、おそらくは主人の命令で、都の様子をさぐりにかあるいは人に会うためにか、時どき京に来ている人間という印象を受けている。

二人は間もなく、その家のそばまで来た。軒の高い大きな百姓家で、障子に映る灯があたたかそうに見えた。

「そなた、いそぐ旅か」

波四郎を振りむいて中条がそう言ったとき、ぽつりと雨が落ちて来て、頬を濡らした。朝からずっと曇っていた空が、ついに雨を降らせはじめたのだ。

「や、降って来たな」

と中条も言った。

「どうだ？　いそぐ旅でなければ、ここに泊めてもらえぬか掛け合ってみるが」

「ぜひ、おねがいします」

波四郎が言うと、中条は物馴れた様子で戸を叩き、やがて家の中に姿を消した。

首尾よく二人はその家に泊ることが出来、焼いた川魚の馳走《ちそう》つきで、たらふく粟粥《あわがゆ》を喰べる果報にめぐまれた。家の主人は都に行ったとかで留守で、家にいるのが三十過ぎの女房だけなのに二人ははじめ当惑したが、いかにも農婦といった感じの素朴な容貌をした小太りの女房は、迷惑どころか、客を泊めて亭主の留守の心細さが消えたのを喜んでいるそぶりさえ見せた。

腹がくちくなるほど喰い、そのあとひさしぶりに敷物の上に寝て、しかも衾《しとね》まで貸してもらったので、波四郎は横になるやいなやぐっすりと眠りこんでしまった。そのために揺り起こされたときは何刻ごろなのか、まるっきり見当もつかなかった。

揺り起こしたのは中条である。寝ぼけ顔で物を言いかけた波四郎に、しゃべるなという身ぶりをした。板壁の隙間《すきま》から月の光が射しこんでいて、中条が唇に指をあてたのが見えた。中条は左手に刀をにぎっている。

「外に、ひとがいる」

中条はささやいた。そのときには、波四郎も家の外の異様な空気をつかんでいた。外は静かだったが、静かすぎた。そしてその中に一人や二人でない人間が息をしている気配が伝わって来る。衾をはねのけて、波四郎も枕《まくら》もとの刀をつかんだ。

「さっきの賊でしょうか」

波四郎がささやいた。

「そうらしいな」

「何人ぐらいだと思いますか」

「家の中に一人入りこんでいる。ほかに、庭に四、五人はいるようだ」

「この家の女房を逃がさないと……」

「いや、その必要はなさそうだ」

「………」

「さがしたがいなかった。どうも謀《はか》られたらしい」

中条は、あそこに行けと波四郎に茶の間の側の杉戸を指示して立ちかけたが、浮かせた腰をもう一度沈めると、落ちついた口調で言った。

「斬り合いになったら、一人も逃《の》がしてはならん。逃がすと後が面倒になる」

「わかりました」

ささやき返したが、波四郎の声はふるえた。真剣の斬り合いははじめてである。波四郎の胸は早鐘《はやがね》を打ち、口はみじめなほどに乾いて、喉《のど》の奥まで干上《ひあ》がっている。おそらく顔色が変り、眼は吊《つ》り上がっているに違いない。

中条はそういう波四郎をじっと見ていたが、落ちつけというように軽く肩を叩くと、立ち上がって自分は庭の方の板戸のそばに行った。波四郎も立って、足音をしのばせて茶の間の側の隅に行った。そこで刀を抜いて待った。

何の物音もせず、しばらくはそのままで時が過ぎた。だが物音がないままに、家の内外に緊張感が膨《ふく》らむのがわかった。波四郎は、外の盗賊たちがすでに軒下まで這《は》い寄り、そこで静かな呼吸を繰り返しているのを感じた。しかし中条が内に入りこんでいるというその一人がどこにいるのかは、まったくわからなかった。

突然に眼の前の杉戸が乱暴にひらいて、白刃《はくじん》をかざした賊が躍《おど》りこんで来た。その瞬間、静かに膨らみつづけていた緊張感が一気に爆発した。賊を迎え討ちながら、波四郎は同時に外側の板戸が二枚、一度にはずれて、月明りと一緒に白刃を抱いた男たちがつぎつぎと部屋に入りこんで来るのを見た。黒い鳥が羽ばたくように、男たちは低い地面から一気に部屋までとび上がって来る。太刀音も立てず、中条が先頭の男を斬り捨てた。

中条の言うとおり、襲って来た男は侮りがたい太刀を使った。風を斬る音を立てて、男の太刀が額に落ちかかって来る。辛うじてかわして、波四郎は敵の胴に一撃を返したが、男はやすやすとうしろに引いた。そしてふたたび遠い間合から放胆ともみえる猛々《たけだけ》しい攻撃をかけて来た。しかし波四郎には修練を積んだ連続技がある。敵が斬りこむ一瞬前に、踏みこんで二撃目の太刀を打ちこむことが出来た。その攻撃が敵の出鼻《でばな》をとらえた。賊は避けようもなく深々と肩を斬り裂かれ、一度波四郎の身体にぶつかってから横転した。血の匂いが、波四郎の顔をつつんだ。むせるような血の匂いと、敵の身体を骨まで斬り割ったはじめての感触に、波四郎は瞬間、自失したようである。刀をにぎったまま、倒れた敵を見おろした。

「住吉」

中条の鋭い声を聞いたのと、きな臭い刃の匂いを嗅《か》いだのがほとんど同時だった。波四郎は本能的に刃風を避けて体を転じたが、左の二の腕を浅く斬られた。新しい敵は休む間もなく斬りかかって来たが、波四郎はもう立ち直っていた。今度は余裕をもって敵の剣をはね返すことが出来た。敵がよろめいて、体がわずかに横に傾いた。すばやく、波四郎は踏みこむと正面から斬りおろす太刀を遣った。その太刀が、敵の利《きき》腕《うで》の附け根のあたりを斬ったのがわかった。

敵は悲鳴をあげた。刀を落とすと、斬られた場所を左手で押さえて、うしろに逃げた。波四郎は後を追った。敵は縁側から地面に跳んだが、そこで平衡を失って転んだ。そしてつづいてとびおりた波四郎をちらと振りむいた。

波四郎は茫然《ぼうぜん》と敵を見おろした。月明かりにうかんだ顔は波四郎よりもっと若く、まだ子供のような男だった。男は苦痛に顔をゆがめながら立ち上がった。そしてふらふらと走り出した。男はまだ斬られた方の腕を押さえていたが、その腕は力を失ってぶらぶら揺れている。

波四郎がぼんやりと男を見送っていると、家の中から猛烈な勢いでとび出して来た中条が、波四郎を突きとばすようにして横を駆け抜けると、男を追って行った。道までであと数間というあたりで中条が若い男に追いつき、草の上に押し倒したのが見えた。中条はそのまま男の上にのしかかって行った。刃物が月に光り、若い男が人間の声とは思えぬすさまじい叫びをあげたのが聞こえた。波四郎はこみあげる吐気をこらえた。

中条は、足をつかんで若い賊の死体を引きずりながらもどって来た。死体を木陰の草の中にころがしてから、波四郎を振りむいた。目鼻立ちのりっぱな中条の顔が、さめやらぬ殺気で白くなっている。

しばらく鋭い眼で波四郎を見つめてから、中条は深みのある穏やかな声で言った。

「斬り合いに情は無用。情をくれて命取りになることがある。兵法修行を志す者なら、おぼえておくがよい」

波四郎は顔を上げられなかった。中条の気迫に圧倒されていた。

「斬り合いははじめてか」

「はい」

「はじめてにしては、よく戦った。どれ、腕の傷をみて進ぜよう」

と中条が言った。二人は戸があいているところから家の中にもどった。賊は七人で、波四郎が一人を倒し一人を傷つける間に、中条は五人の賊を斬り伏せていた。その間、一度も中条の太刀音を聞かなかったのを思い出して、波四郎は相手に対する畏敬《いけい》の念を強めた。おそらく刀にも触れさせずに斬って捨てたのだと思われた。

傷の手当てをし、旅支度をととのえると、二人は早々に百姓家を出た。一味の女と思われる女房の行方が不明だったので、道々警戒を怠らなかったのだが、何事もなく二人は四十九院に着き、四十九院の宿駅に着く手前で夜が明けた。

朝飯はつぎの愛智川《えちがわ》に着いてから喰う方がいいと、中条は言った。中条は用心深い男だった。

二人はまだ人気《ひとけ》がない四十九院の宿駅を、黙々と通り過ぎた。

しかし四十九院を過ぎて半里も来ると、街道ぞいの村々には飯を炊《た》くけむりが立ちなびき、空はすっかり明けはなれて、ぽつりぽつりと早立ちの旅びとにすれ違うようになった。そしてその朝の日射しが、二人の背を照らすころには、二人の気持もほぐれてきた。

「愛洲太郎左衛門というひとを知っていますか」

と波四郎は言った。

「会ったことはないが、名前は聞いておる」

「どういう人ですか」

「影ノ流という刀術をはじめたひとでな。まずは傑物の兵法者と考えてよかろう。神わざのような剣を遣《つか》うと聞いたことがある」

「…………」

「はじめた刀術をひろめるために旅をし、諸国に弟子がいるそうだ。むかし東国にも来たことがある。わしがまだ、子供のころの話らしいな」

「そのひとが、いまどこにいるかわかりませんか」

「さて、西国にいるといううわさを耳にしたことはあるが、いまはどこにいるか。まだ諸国回遊しておる途中ではないのかな」

中条は波四郎を見た。

「愛洲太郎左衛門に会いに行くつもりか」

「はあ、いずれはさがしあてて、一手の指南を受けたいものと考えています」

「けっこう、若い者はしかあるべきだ。心がけて旅しておれば、いずれ消息は聞こえて来よう」

「貝坂丹後《たんご》という兵法者のことを聞いたことがありますか」

「いや、知らんな。どういうひとだ」

「もと住吉神社の神官で、愛洲太郎左衛門の門弟だそうです」

「影ノ流の門弟か。そういうひとは知らぬ」

「さっきの話にもどりますが……」

と言って、波四郎は中条を見た。

「そのひととおまえさまと技をくらべたら、どちらが勝つと思われますか」

「わしと？　愛洲太郎左衛門とか」

中条判官満秀と名乗る男は、波四郎を振りむいた。からからと笑った。

「わしなど、とてもかのおひとの足もとにもおよぶまいて」

波四郎は一瞬心が暗く翳《かげ》るのを感じた。しかし歩いているうちに、中条の言葉には いくらか誇張があるだろうと考え直し、新たな闘志を掻《か》き立てようとした。波四郎は中条と、京に着いたところで別れた。

六

試合が終ると、貝坂丹後は弟子を帰し、波四郎を家に上げて酒を振舞った。貝坂の家の者が出して来た濁り酒は、酸《すっぱ》いばかりでうまくはなかった。

「なかなかの腕前でおますな」

と貝坂は波四郎をほめた。波四郎は庭先での試合で、貝坂が呼んだ一番弟子だという男を破り、貝坂自身とは分けた。

そのことをほめられているのだが、波四郎は貝坂が本当に分けたのかどうか疑わしいと思っていた。分けたとき、相手がまだ余力を残していたような気がちらとする。太った身体と兵法者のくせに笑顔を絶やさない顔を持つ貝坂は、風貌と同様、剣さばきにも得体《えたい》の知れないものを隠しているような気がした。あるいは、旅の兵法修行者など適当にあしらえばいいと考えたかも知れないのだ。

それでもかまわない、と波四郎は思った。貝坂をたずねあてて来た目的はべつにある。ここに母の話したとおりの人物がいたことに、まず感謝せねばなるまい。

「貝坂どのが影ノ流の弟子となられたのは、いつごろのことですか」

「されば、ざっと二十数年前にもなりますやろか」

と貝坂はやわらかな上方弁で言った。貝坂丹後は、もう五十近い年ごろだろう。

「わてもそのころは若うおましてな。太刀は鞍馬《くらま》流を修行していましたんや。ご存じか、京八流のひとつだす」

「はあ、名前だけは……」

鞍馬流という刀術は聞いたことがなかったが、波四郎は貝坂に話を合わせた。酒を馳走になっている手前もある。立ち合ってもらった上に馳走を受けるというのは、破格のことなのではあるまいか。

「ところが、ひょんなことで師匠の影ノ流に出会いましてん。一手教えてもろて、ただちに弟子に加えてもらいましたんや。師匠はそのとき、九州から来て東国に向かわはる途中でおました」

「……………」

「先に目指す場所をひかえる旅ゆえ、行きはほんの、十日ほども滞在されただけやった。しかし帰りには、二年がほどもこのあたりにとどまられて、懇切に影ノ流を指南されましたんや。神技に似た刀術でおましたな」

その行きと帰りの旅の間に、愛洲太郎左衛門は試合で父親を破ったのだと思ったが、波四郎は質問をいそいだ。

「その愛洲というお師匠ですが、いまはどちらにおられるかご存じですか」

「さて、どこにおじゃることやら……」

と貝坂は言った。

「行雲流水、わてらのような凡俗と違うて、一派を極めた師匠のようなおひとは自在に住処《すみか》を移すらしくて行方はいっこうにわかりまへんな」

「便りもありませんか」

「二十年も前にここから旅立って、それっきりだす」

「ここから、どこへ行ったんですか」

「丹波へ行くと言うてはりましたな」

「丹波のどちらへ」

「そこまでは知りまへん」

波四郎は失望を感じた。それでは、愛洲太郎左衛門の行方を突きとめるには、丹波へ行かなければならないのだろうかと思った。それは長く、あてどない旅の一歩になりそうな予感がした。

「九州にもどったのではないでしょうか」

「その話は聞いておりまへんな。考えられぬことではおまへんが、師匠は元来は伊勢のおひとだす。何とも言えまへん」

貝坂はそう言った。そして酒壺《さかつぼ》をつかんで波四郎に酒をすすめると、また笑顔になった。

「師匠が東国に旅して、そのあたり随一の兵法者住吉と立ち合うた話は、どこぞで耳にしやはりましたかな」

いきなり父親の名前が出て来たので、波四郎はどきりとした。波四郎は堺の町に入る前に住吉神社に参詣《さんけい》した。そのときに、ふとこれからたずねる貝坂を用心する気持がうかんで、試合を申しこんだときには墨江《すみえ》波四郎という変名を使っている。

そのことを見破られたかと思ったが、貝坂の顔はそんなふうには見えなかった。笑顔で波四郎を見ている。波四郎は首を振った。

「いいえ、聞いておりません」

「師匠は神のお告げによって、住吉と試合するために東国に行かはったのでおました」

と貝坂丹後は言った。

愛洲太郎左衛門は、南北朝動乱のころ北畠親房《きたばたけちかふさ》に与《くみ》し、宗良《むねよし》親王を奉じて南朝方をささえた伊勢の豪族愛洲太郎判官の裔《えい》である。兵法を修行して諸国を放浪したのち、日向国宮崎郡に至り、岩窟《がんくつ》の神殿鵜戸《うど》大権現《だいごんげん》に兵法成就《じょうじゅ》を祈願したとき、齢は三十六だったと貝坂は言った。

「満願の日の未明、うとうととしている師匠の前に猿に形を借りた神が現われて、影ノ流の奥儀《おうぎ》を記した一巻をあたえはったという、師匠の話でおました」

「猿？」

「そうだす。猿は木切れをつかんで、影ノ流の形を遣って見せたそうでおます」

神猿が姿を消したあとで、巻物をひろげてみると、記されているのはまさに影ノ流の極意である。愛洲太郎左衛門は歓喜して、神に礼《いや》をささげるためにさらに祈願の日々を重ねたが、その十七日目に至って、今度は夢に蒼古《そうこ》とした風貌、身なりの老人が現われた。老人は太郎左衛門にむかって、東に住吉という兵法者がいる、行ってその者を撃てと告げた。

その夢を神示と受け取った愛洲太郎左衛門は、住吉をたずねるために旅立った。

「住吉は力衆を抜き、雲つく身体を持つ大男じゃったげな。たずねあてた師匠を見ると、たちまち家からとび出して目がさめるような太刀を遣ってみせ、この日が来るのを待っていたと咆《ほ》え立てたということでおます」

波四郎は耳を疑う気持で聞いている。母親の話とはかなり違っていた。

「住吉は喜んで試合を受けたと師匠は言うてはりましたな。海辺で、二人はひともまじえず一刻(二時間)もたたかい、しまいに師匠が勝ちをおさめたものの、勝敗は紙一重だったということでおます」

「…………」

波四郎は立ち上がって、貝坂の家を辞す時がきたのを感じた。それまで模糊《もこ》としていた愛洲太郎左衛門の人物像が、ややあきらかになったのは収穫だったが、貝坂の話は、波四郎の胸に新しい謎《なぞ》をひとつ加えたようでもあった。

――愛洲太郎左衛門は……。

言葉を飾ったのではないかと、波四郎は疑っている。試合を拒んで船小屋からひきずり出された父親と、愛洲を見かけて家から躍り出し、太刀を遣ってみせた父親とは、事柄の違いもさることながらあまりに人間が異っていよう。

やはり愛洲本人をたずねあてて、聞きただすしか方法がないことのようだった。とりあえず丹波に向かうしかあるまいと波四郎は思い、椀《わん》を伏せて酒の礼を言った。立ち上がろうとして、ふと思い出したことをたずねた。

「貝坂どのは、中条判官というひとをご存じあるまいか」

「会うたことはないが、名前は聞いたことがおます」

と貝坂は言った。波四郎を見た眼が、ややつめたいいろを帯びたように見えた。

「あんたはんは東国のおひとやそうやが、中条判官をご存じやおまへんかいな」

「…………」

「中条流の刀術は鎌倉にはじまり、中条判官は流祖の出羽守《でわのかみ》判官順平から数えて六代目か七代目でっせ。家の太刀を伝える聞こえた兵法者でおます」

と貝坂は言った。

丹波から丹後、但馬《たじま》、因幡《いなば》、伯耆《ほうき》、出雲《いずも》と旅した波四郎が吉備路《きびじ》にもどって来たのは、ほぼ一年後である。山陰の旅が長くなったのは、出雲まで行ったところで路銀がつき、出雲の守護代尼子家に雇われたからである。

波四郎を雇ったのは尼子家の老臣亀井能登守秀綱《かめいのとのかみひでつな》で、亀井は主君尼子経久《つねひさ》が上京したあとの富田《とだ》の月山《がっさん》城を守っていた。尼子経久は、足利将軍義尹を擁して入京する大内義興の軍勢に、一隊をひきいて従い、永正五年上京したままだ帰国していなかった。

出雲は、いまは尼子家に屈服して重臣の地位に甘んじているとはいえ、元来は尼子家を恐れぬ有力な国人、赤穴《あかな》の赤穴美作守幸清《みまさかのかみゆききよ》、仁多《にた》郡横田の三沢為幸、飯石郡の三刀屋《とや》弾正忠久祐《ひさすけ》などが蟠踞《ばんきょ》する国である。少しも油断がならず、亀井は守りを固める必要があったようである。

波四郎が播磨との国境に近い、備前三石《みついし》城の城下に姿を現わしたころ、梅雨は終って瀬戸内の海は夏の日を照り返し、白くかがやいていた。その城下で、波四郎は愛洲太郎左衛門の弟子宇治藤九郎と試合して勝った。

試合が終ると、宇治は夜食を喰わせると言ったが、波四郎は固辞してその家の庭を出た。宇治の顔にも身体にも静めかねる敵意が残っているのが、ありありと見えたからである。足早に、波四郎は日暮れの城下を抜けた。町と呼ぶほどの家もない城の下の聚落《しゅうらく》は、たちまちに尽きて、道の両わきは草深い野となった。

すると、うす闇の道を後から追いかけて来た者がいる。宇治藤九郎だった。刀を帯びているほかに、どういうつもりか木剣を二本つかんでいた。

「ちょっと待て、旅の者」

と宇治は言った。宇治は背の高い男だった。立ちどまった波四郎の前に来ると、のしかかるような姿勢で物を言った。

「さっきわが師匠のことを聞かれて、日向の鵜戸神宮にもどられたと申したとき、貴様笑ったな。あれはどういう意味だ」

「べつに意味はない。たずねて行って、一手教えを乞おうかと考えただけだ」

「嘘をつけ」

と宇治が言った。

「邪悪な笑いだった。ありありと敵意を見たぞ。貴様、師匠に恨みをふくむ者と見たが違うか」

「どう見ようと勝手だが、おれはそんな男ではない。失礼しよう」

波四郎は背をむけた。すると長い脛《すね》をとばして横を駆け抜けた宇治が、先を塞《ふさ》いだ。意表外の行動だった。しかも宇治藤九郎からは、強い殺気が寄せて来る。

「わかった。では、ひとつべつの話がある」

「…………」

「さっきの試合、いまひとつ納得がいかぬ。もう一度立ち合ってもらおうか」

言うと同時に、宇治は木剣を投げて来た。波四郎は首を振った。

「いや、それも辞退しよう。先をいそぐので」

波四郎はつかみ取った木剣を投げ返した。その瞬間、宇治藤九郎の長身が飛躍した。高く構えた木剣が、空から落ちかかるように波四郎の顔面を襲って来た。

「貴様、不審な男だ。このまま日向にはやらぬ」

宇治がわめいた。波四郎は木剣の下を掻《か》いくぐって宇治の手もとに躍りこんだが、宇治もすばやく足をひいた。ふたたび、今度は胴をねらって木剣が走って来た。波四郎は地に這って避けたが、その前に軽くあばら骨をかすられた。

膝を起こしたが、波四郎はすぐには立たなかった。身体をまるめ、獣のすばしっこさで宇治の懐《ふところ》にとびこんで行った。つぎに、身体をのばして木剣を奪い取るのが一挙動の動きになった。宇治の手が刀の柄にのびる。しかし波四郎は、相手に刀を抜くひまをあたえなかった。足をひきながら、すばやく宇治藤九郎の脛を打った。容赦のない力をこめた。

打たれた脛が異様な音を立てたようである。宇治は地面に横転すると、苦痛の声を洩らした。宇治はゆっくりと身体をまるめながら、足をかばおうとした。あるいは足の骨が折れたかも知れない。

うす暗い地面に沈みこんだまま、宇治は瀕死《ひんし》の昆虫のように顫《ふる》えつづけている。白く歯を喰いしばり、切れぎれのうめき声を洩らしながら、身体を小さくまるく縮めて打たれた足を抱こうとしていた。しばらく見守ってから、波四郎はその身体の上に木剣をほうり投げた。そして背をむけて歩き出した。

あらまし一年におよぶ山陰の旅で、波四郎は影ノ流の兵法者一人を試合で不具にしていた。また出雲の富田では、雇主の亀井能登守と三刀屋弾正忠の郎党同士の間に起きた、小戦闘ともいうべき紛争の中で、三刀屋の家の郎党二人を斬り殺している。そしていままた、さして罪もない兵法者一人を不具にしたわけである。

ひとを殺傷して当然痛むべき心が痛まない、荒涼としたものが波四郎の内部に芽ばえようとしていた。うす暗い無人の野道を、波四郎は宇治に打たれたあばら骨をなでながら、いそぎ足に西にむかって歩いた。

七

「おい、あれを見ろ」

男につつかれて、波四郎は崖《がけ》の下を見おろした。崖のはるか下のところに、二人がこれから降りて行こうとしている草原があり、傾いた草原の端に見え隠れに谷川が走っているのが見えたが、男の指はもっと具体的なものを指していた。

波四郎は男の指先を追った。草原は一面に枯れていた。白茶けたいろの原っぱと、ところどころで白い飛沫《ひまつ》をあげている谷川に、はやくも傾いてしまった冬の日が力なくさしかけている。その日射しの下に、何かが動いているのが見えて来た。

一瞬獣かと思ったが、すぐにそれは獣の皮を着た人間だとわかった。髪の白い男である。男は右手に杖《つえ》をつきながら、腰までのびる草をわけて原っぱを斜めに横切ろうとしていた。のろのろとした動きに見える。

「あれか」

と波四郎は言った。男を振りむいた眼が険しかったに違いない。男は迎合するような笑いをうかべたが、はっきりと言った。

「そうさ。あれが愛洲移香斎というじじいだ」

連れの男は犬上百度《いぬがみひゃくど》という男だった。この男が、移香斎のいる場所に波四郎を案内して来たのである。

日向《ひゅうが》にわたって来た波四郎は、まっすぐに鵜戸の岩屋をたずねた。日向灘《なだ》にむかって口をひらく洞窟の中にある朱塗りの神殿は、鸕鷀草葺不合尊《うがやふきあえずのみこと》ほかの諸神を祭る鵜戸神宮である。宇治藤九郎が言ったとおり、愛洲太郎左衛門は数年の諸国回遊のあと、影ノ流開眼《かいげん》の地である鵜戸に帰っていた。

しかもそのまま神社に仕えて、のちには神官となり愛洲日向守久忠《ひさただ》ととなえていたのである。ただしいまは行方がわかりませんと、神社の者は言った。

「また、兵法修行の旅に出たのですか」

「多分、そうだろうと思います」

「いつごろもどって来るかわかりませんか」

「さて、それはわかりません」

神社の者は木で鼻をくったような返事をした。しかしその迷惑そうな様子から、波四郎は日向守の行方については、あらかじめ口止めされているような印象を受けた。

考えてみれば、愛洲日向守が影ノ流をはじめてから二十数年たつ。創始者を慕って、諸国からたずねて来る兵法者も多いはずである。ことに兵流が流行《はやり》の様相を呈しはじめている近ごろは、いちいちたずねて来る者の相手をしては日向守の身が持つまい。居場所はわかっていても言わないという約束が、神社と日向守の間にかわされているのではないか。

まさか神社にいるものを隠したということはなく、外に出たことはたしかだろうが、愛洲日向守はそう遠い場所ではなく、近くにいるという気がした。波四郎は、しばらく日向に腰を据《す》えることにした。

児湯《こゆ》郡都於郡《とのこおり》城の城主伊東尹祐《ただすけ》が兵を募集していることを聞いた波四郎は、雇われて伊東家の飯を喰うことになった。配属された場所は主城の都於郡ではなく、諸県郡《もろかた》山之口城《やまのくち》だった。

日向の豪族伊東家にとって、正平《しょうへい》七年島津資忠《すけただ》が薩摩《さつま》から日向南部の諸県郡北郷《ほんごう》に進出し、城を薩摩ケ迫に構えたときから、青井岳を主峰とする天神と呼ばれる山々は、南進の目じるしとなった。

資忠が北郷に入ってから二十三年後の天授元年、資忠の子誼久《よしひさ》は都島に城を築いて都城ととなえ、北郷の支配を強固にした。以来伊東氏は、はじめは探題今川氏の配下として、やがて実力をたくわえて日向の覇者となると、今度は単独で島津氏と争うことになる。

しかし天神嶺《てんじんみね》以南の、荘内と呼ばれる盆地は島津氏の祖先の地である。島津軍は勇戦し、今川満範が指揮する連合軍の力を以《もっ》てしても、都城を落とすことは出来なかった。その後も、伊東氏に青井岳、天神嶺の天険を抜く機会はおとずれないまま、やがて島津氏は日向、大隅、薩摩三州の守護職に任ぜられる。応永年間のことで、島津家の当主は元久《もとひさ》だった。

その勢いを背景に、島津元久は伊東家の領国に侵入して、宮崎郡海江田城を落し、穆佐《むかさ》、池尻、白糸、細江などの要衝を制し、穆佐城には元久の弟島津久豊《ひさとよ》を入れた。

伊東氏にはその後しばらくは、島津氏と和解しながら領土の保全につとめる忍耐の歳月がつづいた。

しかし伊東氏は、伊東大和守尹祐《ただすけ》の明応四年に至って天神嶺を越え、荘内の地三股に千町の肥沃《ひよく》な土地を確保することになる。

伊東氏の五代の主祐尭《すけたか》は驍勇《ぎょうゆう》の武将だった。祐尭は支族の門川氏や木脇氏など古い豪族を併合し、やがて日向内部で伊東氏と勢力を二分していた財部《たからべ》の豪族土持氏をほろぼして勢力をのばす。

そうしたたくわえた実力に乗って、祐尭の子で佐土原城主だった伊東祐国《すけくに》、弟の清武城主伊東祐邑が飫肥《おび》に兵をすすめたのは文明十六年のことである。二将のひきいる兵は一万六千人というおびただしい軍勢だった。島津の一族新納《にいろ》氏がおさめる飫肥は山海の産物に恵まれた土地で、伊東氏は硫黄、明礬《みょうばん》、水晶などを産する飫肥の富裕を狙ったのである。

激戦になったが、新納氏はよく防いだ。翌年の再度の攻撃にも、落城寸前に本国の島津勢が到着して飫肥城は持ちこたえ、逆に楠原《くすばる》の本営を衝《つ》かれた伊東勢は、主将の祐国を失って敗走した。

しかしこの敗北は、伊東勢に強い報復の念を植えつけた。祐国の子大和守尹祐は、島津氏の内紛に乗じてついに天神嶺の険を越え、山之口に進出して都城を窺《うかが》うようになった。この情勢を見た豊後《ぶんご》の大友氏が、島津、伊東両氏に和解を働きかけ、島津忠《ただ》昌《まさ》は、伊東尹祐に飫肥進出を断念させるかわりに、三股千町の沃野を割譲することにしたのである。

こうして伊東尹祐は、荘内にある山之口、高城など八城を支配することになったのだが、島津との和睦《わぼく》が調《ととの》ったと言っても、もともとの荘内領主である北郷忠相《ただすけ》は、本家筋である島津のこの政策に不満を抱いていた。そして隙あらば伊東の手から三股を奪い返そうと狙っていたので、伊東側も油断はならなかった。備えを厚くして八城を守っていた。

波四郎が伊東家に雇われたのはそういう時期だったが、秋になると、波四郎は一隊とともに本城の都於郡城に配置替えになった。それは波四郎にとっては好都合だった。山之口城にいる間、波四郎はそれとなく愛洲日向守の消息を聞き回ったが、名前を知っている者は数名いたものの、行方を知る者はいなかった。配置替えが決まったとき、波四郎は本城ならもっと多く日向守のことを知っている者がいるだろうし、その中に最近の消息にくわしい者がいないとも限らないと思ったのである。

はたして、ある日むこうから一人の男が近づいて来て、愛洲日向守の行方なら、おれが知っていると言った。それが犬上百度である。犬上は日向守は兵法修行のため米《め》良《ら》の山中に入った、おれがそこまで案内してもよいと言った。犬上は足軽だったが、異様なほどに鍛え抜かれた筋肉を持っていた。波四郎が犬上の話に乗ってみる気になったのは、犬上の身体つきから、この男兵法者ではないかと推測したからである。

そして話しているうちに、犬上が日向守は今度の山籠《やまごも》りにあたって、日向守という俗名を捨てて愛洲移香斎と名乗ることにしたらしい、多分、これっきり隠遁《いんとん》するつもりじゃねえかと言ったのが決め手になった。そういうことまで知っている相手なら、言うことを信用してもいいだろうと思われたのだ。犬上は、移香斎の居場所を、そこまで身の回りの荷物をはこんだ男から聞き出したと言っていた。

しかし予想以上に険しい山道だった。その危険な道をたどる間、犬上に対してふと途方もないホラ話に乗せられたのではないかと、半信半疑の気持を抱いたりしたのだが、波四郎はいま、その疑念があとかたもなく掻《か》き消えたのを感じた。

――あれが……。

たずねもとめる愛洲太郎左衛門の老いた姿かと思った。身体中の血がざわめき流れて、ひそんでいた敵愾心《てきがいしん》を掻き立てる。そのはげしさに堪えかねて身じろぎすると、足もとの土が崩れて、小石をはねとばしながら崖下に落ちて行った。すると、また犬上が言った。

「あれは、何だ」

犬上が指さしたものを、波四郎ははじめ風かと思った。広い草原を二つに分けて何かが走っていた。それはまっすぐに移香斎の方にむかっているようである。

動くものが草原の半ばまで達したとき、そのものが見えた。黒い大きなものは猪《いのしし》だった。

「こいつはおどろいた。猪だぜ」

と犬上が叫んだが、波四郎はそのとき、猪とはべつのものを移香斎のまわりに見ていた。それまで見えなかった、黒い生き物が数匹、移香斎のまわりにぴょんぴょんとはね上がった。

――猿？

波四郎が眼を疑ったとき、猿かと思われた獣は四方に散って草に隠れてしまった。そしてそのあとに杖を手にした移香斎が立ちどまって、走り寄る猪を見ていた。

猪の動きは、走るにつれて速度を増した。そして一直線に移香斎を襲った。移香斎が体をかわしたのが見えた。猪は移香斎が立っていた場所を通りすぎたが、すぐに敏《びん》捷《しょう》に身体を回した。ふたたび疾駆《しっく》に移る黒い巨体。

猪は移香斎にぶつかったように見えた。だが同時に移香斎が、二度杖を振ったのも見えた。一度は猪の鼻先を打ったようである。二度目の返す杖は足をはらった。猪は斜めに逸《そ》れ、枯草の中にどっと倒れこんで行った。

いそぐでもなく、移香斎は倒れた猪に近よるとそばにしゃがんだ。とどめを刺すのだろう。ひとと獣の短い争闘を、遠い嶺の頂きに近づいた日が静かに照らしていた。

「仕とめたぜ、おい」

犬上百度が、波四郎を振りむいて言った。犬上は顔に奇妙な笑いをうかべていた。それはどことなく悪意を感じさせる笑顔だった。犬上は愛洲移香斎が猪を倒したことを喜んではいなかった。

——この男……。

移香斎とどういうかかわり合いがあるのかと、波四郎ははじめて犬上を疑った。何かのひっかかりがあるには違いないが、兵法上のことなら、ひとはこんなに悪意をむき出しにはしまい。

波四郎は、犬上が自分の見た猿のことで何か言うかと思ったが、犬上は何も言わず、奇妙な笑顔のまままた下を見おろしている。波四郎もその視線を追った。移香斎が、仕とめた猪の足をつかんで、谷川のほうにひきずって行くところだった。猿の姿はどこにも見えなかった。

八

蔓にすがって降りるような、険しい道をやっとのことで崖下までおりると、波四郎と犬上は枯れ草の原っぱを横切って、谷川の方に行った。

水ぎわの砂の上で、移香斎が猪の毛皮をはいでいた。崖の道を降りるのに半刻（一時間）近くもかかったので、猪はもう臓物を抜きとられ、頭も足もなくなっていた。

小刀を使って、移香斎は手ぎわよく肉を切り取っている。はじめてではない手つきに見えた。川原に血の匂いが立ちこめている。移香斎は近づく二人をちらと見たが、手はやすめなかった。

「住吉波四郎という者です」

と波四郎は名乗った。強い緊張に襲われていた。

「兵法修行のために、諸国を回っている者です。剣名を慕って、ここまでたずねて参りました。一手ご指南いただけませんか」

犬上は名乗らなかった。少しはなれたところから、移香斎と波四郎をじっと見つめている。

「今日がご無理でしたら、明日にでも。一手立ち合って頂けば、すぐに下山いたします」

「わしは、誰とも立ち合わぬ」

移香斎は、小声でひとことだけ言うと、切り取った猪の肉をつかんで立ち上がった。その姿が、思いのほかに小柄なのに波四郎は衝撃をうけた。

船小屋の入口をふさいだ愛洲太郎左衛門は大男だったと、繰り返し語った母親の言葉が思い出された。やはり堺の兵法者貝坂丹後の語ったことが正しく、母親は嘘をついたのだろうか。

——いや、違うな。

波四郎は一瞬に惑乱《わくらん》からさめた。母親にはそう見えたのだ。そう見えたのは、多分恐怖のためだろう。いつかおれを、敵討ちに旅立たせるために嘘をついたわけではない。

移香斎は、肉を丹念に水洗いしている。そして一片を残して大部分を石で囲った水の中に漬《つ》けると、大きめの石でおもしをした。血の匂いを抜くのだろう。移香斎はもどって来ると、はいだ猪の皮をひきずって、少し下流まで行った。そこの川底に皮を沈めると、やはり石でおもしをした。丹念で手馴れた仕事ぶりに見えた。

移香斎はまたもどって来ると、さっき川原の石の上に残しておいた肉片をつかんで、今度は少しのぼり坂になっている道を草原の方に上がって行った。立っている二人を見もせず、声もかけて来なかった。白髪をうしろで小さく結び、小柄で獣の皮を着た姿は、すぐに見えなくなった。

「じじいは、あそこに帰るんだ」

そばに来た犬上がそう言った。犬上の眼を追うと、上流に短い丸木橋がかかっていて、その橋を対岸にわたり、少し崖をのぼったあたりの木陰に、小屋があるのが見えた。与平の家の鶏小屋ほどの小屋だった。

その夜、波四郎と犬上は刈り取った草を川原に敷いて、その中にもぐりこんで寝た。おどろくほど大きい星が頭上に光り、雨が降る心配はなかった。腹も、焼き米と犬上が川の中から盗み取って来た猪の生肉を喰ったので、十分にくちくなっていたが、波四郎は寒さと、静かだが絶え間ない川音のせいで眠れなかった。

川原に寝たのは失敗だったな、と思っていると、かすかに枯れ草が鳴って、犬上が半身を起こしたようだった。犬上はどうやら、そのままの姿勢で、じっと波四郎の気配をうかがっている様子である。波四郎はうす眼をあけたが、暗くて犬上の姿は見えなかった。波四郎は眠ったふりをした。刀は、すぐにつかみ取れる場所にある。

物音も立てず、今度は犬上は立ち上がった。そのまますたすたと川原をはなれて草原の方に上がって行くようである。波四郎も物音を立てないようにして起き上がった。

見ると、星明かりでわずかにそれとわかるほどの黒い姿が、坂道をのぼって姿を消すところだった。

犬上の姿が見えなくなるのを待って、波四郎は刀をつかむと後を追った。犬上は、はたして丸木橋にむかっている。後をつけながら波四郎が見ていると、犬上のおぼろに黒い姿はするすると丸木橋をわたって行く。波四郎は慄然とした。この闇夜におどろくべき身軽さである。犬上が移香斎に害意を抱いていることは確かだと思われた。

波四郎は丸木橋まで行った。さほど太くはない一本の木がわたしてあるだけである。渓流の音がしている下まで、ざっと三間ほどの高さだろうが、落ちれば岩がある。命取りになるだろうと思われた。

——これはわたれないな。

さて、どうするかと迷っているうちに、犬上は橋をわたり切って崖の坂道をのぼりはじめたようだった。黒い姿が少しずつ上の方に動いて行く。

不意に、波四郎の横を何者かが走り抜けて行った。またひとつ、風のようなものが横を走り抜けた。

丸木橋をすべるようにわたって行く、闇より黒いそのものは猿だった。猪の襲撃の前に見た猿を、波四郎は白昼夢かと疑ったりしたのだが、猿はまぎれもなく移香斎の身辺にいたのである。

闇に馴れた眼に、丸木橋をわたった猿が斜面の木に飛びつき、さらに軽々と崖の上まで飛ぶのが見えた。数匹の猿が、犬上がのぼって行ったはずの崖のあたりに乱舞していた。波四郎は、移香斎の兵法祈願の満願の日に、猿が現われて影ノ流の型を遣って見せたという貝坂丹後の言葉を思い出している。意志ある者のように、猿は闇の中を軽々と飛びはねているようだった。猿は声を出さなかった。

重い物が崖をすべり落ちる物音がした。物音は岸でとまり、川底まで落ちた様子はなかった。落ちたものが、犬上だとわかったが、波四郎は見むきもせずに、背をむけると川原の草の寝床にもどった。

翌朝、波四郎と犬上が焼き米の残りを噛《か》んでいると、草原から移香斎が降りて来るのが見えた。犬上は頰をすりむき、着物は破れてひどくみじめな姿のまま、ひとことも口を聞かず黙って焼き米を噛んでいたが、移香斎を見ると顔を上げた。その眼に、強い光がうかぶのを波四郎は見た。

移香斎がそばに来たので、波四郎は立ち上がった。犬上も、手に焼き米をにぎったまま立ち上がった。

「昨日聞いたときは気づかなかったが……」

と移香斎が言った。

「住吉という名と東国の訛《なまり》で思い出したことがある。そなた住吉の子ではないか」

「そうです」

「ふむ、住吉は元気か」

「いえ、病気で死にました」

「そうか」

移香斎は対岸の山の頂きから、こちら岸の山肌にさしかけている朝の日射しに眼をやった。そのまま黙って立っている。谷間はまだ日が射さず、かすかに青い霧のようなものが川原に這っている。しばらくして移香斎が波四郎を振りむいた。

「それは残念なことをした。住吉はそのむかし、東国一と言われた兵法者じゃった」

「………」

「若いころに、わしは神に兵法成就を祈願したことがあってな。その祈願によって、わしは一派の太刀を授かることになったのだが、神はわしに、東方に住吉という兵法者がおる、行って教えを乞えと言われたのじゃ」

移香斎は、住吉をさがしもとめて東へ東へと旅した。たずねあてた住吉は漁師で、舟の櫂を削っていたが、移香斎を見るとこちらが声もかけないうちに、小屋の奥から木刀を二本つかんで外に出て来た。

「たずねて来たのは、愛洲太郎左衛門に違いあるまい」

住吉は男らしい風貌とひと懐《なつ》こそうな表情を持つ大男で、そう言うと闊達《かったつ》に笑った。

「神のお告げがあって、待っていたのだ」

二人はそのまま海の波打ちぎわまで出て、一刻ほども木剣を打ち合ったのだ、と移香斎は言った。

「住吉もわしも、汗みどろになった。すばらしい試合じゃった。二人とも精根つき果てる思いだったが、最後にわしが勝った。いまもそのときの試合を思い返すと、身内が顫《ふる》え出すほどじゃ」

聞いていた波四郎は、そのとき水ぎわからもどって来た犬上が、妙な動きをするのに気づいた。犬上は手に残っていた最後の焼き米をぱっと口にほうりこむと、足音をぬすむような歩き方で、移香斎のうしろに回って行く。

「住吉はさすがに名ある兵法者だった。よくたたかった。しかし負けてにわかに気落ちした様子が見えて、あとで気遣ったものじゃ」

「父はその試合のあと、酒におぼれて三年後には病気で死んだそうです」

「やはり、そうか。勝敗は一髪《いっぱつ》の差だったが、その差が……」

そこまで言った移香斎が、まるで話のつづきのように振りむいて一閃《いっせん》の杖をふるったのと、波四郎があぶないと叫んだのが同時だった。額を打たれた犬上が、白刃をにぎったまま川原の砂に昏倒《こんとう》した。

みるみる額が赤く腫《は》れ上がるのが見えた。

「この者は鵜戸の神社を襲った盗賊の生き残りじゃ。ほかの者がみなつかまって磔《はりつけ》にされたので、つかまえたわしを恨んでいるらしい」

と移香斎は言ったが、何事もなかったように話を引きもどした。

「一髪の差だったが、住吉はその一髪の差を、もはや取りもどすべがないことを悟ったのだろう。住吉は、わしより十も年上だったのじゃ」

と移香斎は言った。それから眼をあげて波四郎をじっと見た。移香斎の顔は猿のように赤く、顔は縦横に皺《しわ》が走って、まるで顔面に深い亀裂《きれつ》が入っているようだった。しかし、眼は若々しく力ある光を宿している。

「そなたが住吉の子なら、立ち合いを拒むわけにもいくまいて。どれ、太刀筋を見ようか」

「お願いします」

と波四郎は言った。思いがけない成行きに胸が躍った。が、波四郎はいまの気持が昨日移香斎に立ち合いを挑んだときとは微妙に違っているのを感じた。父親との決闘について、移香斎は真相を語ったのだと思われた。話はしっくりと波四郎の腑《ふ》に落ちて、違和感がなかった。おそらく母親の話には恐怖と長い年月にわたる怨念《おんねん》がもたらした歪《ゆが》みがあり、貝坂丹後から聞いた話には、流派の師をあがめる誇張がふくまれていたに違いない、と波四郎は思い、追いもとめて来た立ち合いの機会をつかんだ喜びと、父親の最後の兵法試合の真相が知れた喜びと、そのどちらが大きいのかわからないような気持になっている。

二人は川原の砂地が露出している広い場所に移った。そしてむかい合った。

「さあ、かかって来い」

と移香斎が言った。

「木刀の用意がありません」

「なに、真剣でよい」

と移香斎は言った。波四郎が刀を抜いて構えると、移香斎は持っていた杖を構えた。

距離は五間。だが向かい合うとすぐに、その一本の杖が異様な迫力で胸を圧迫して来るのに、波四郎はやはり強く反発した。くそ、負けてたまるかと思った。父親の無念と母親の無念はやはり晴らさなければならぬ。そして兵法者としての、これまでのわが修行のすべてをこの一度だけの立ち合いにぶつけるのだ、と思うと、ようやくはげしい闘志がわき上がって来た。

波四郎は少しずつ間合を詰めて行った。距離はほぼ三間、と読んだ。波四郎が、またじりと間合を詰めると、それまで塑像《そぞう》のように動かなかった移香斎が、青眼に構えていた杖を、右手一本で高く掲げた。その一本の杖に、天涯《てんがい》から物が落ちかかるような迫力がある。

波四郎は足を左にはこんだ。移香斎も静かに体を右に回した。皺の間から射るような眼が波四郎を窺っている。波四郎はさらに左に回った。ほとんど一回転する間に、波四郎は彼我《ひが》の距離を理想的な間合に持ちこんでいた。

はげしい気合とともに斬りこんで行った。幻の敵と対峙したときと動きは寸分も違《たが》わず、身体はしなやかに動いた。当然つぎに剣先は敵の肩を、骨まで斬り割った感触を伝えるはずだった。だが波四郎の刀は空を斬った。闇に飛んだ猿よりも身軽に、移香斎がうしろに飛んだからである。

はっと思ったときには、四間の距離をすべるように走って来た移香斎の杖が、波四郎の頭上一寸までぴたりと詰めていた。移香斎が杖を振りおろしたとき、天空を風が走るような音がしたのを波四郎は聞いている。

波四郎はとびのいて刀を鞘《さや》にもどすと、深々と一礼した。眼の前にいるのは、兵法の巨人だった。母親は、見るべきものを見たのだと思った。

「遣ったのは念流かと見たが、筋のよい剣じゃ。よく学べば名人の域に達しよう。ひさしぶりに住吉を思い出した」

「………」

「のぞむなら、一、二年は影ノ流を指南してもいいぞ。そなた次第じゃ」

「いえ、ひとまず国に帰ります」

と波四郎は言った。

立ち合いには負けたが、みじめな気分はなく、移香斎をたずねあてるまでの執着はさっぱりと消えていた。やはり移香斎から父親との試合の真相を聞いたせいだろう。それは神に選ばれた男二人が、お互いの力倆《りきりょう》を認め合った上で死力を尽して争った試合だったのである。報復の入りこむ余地はなかったのだ、と波四郎は思っている。

執着が抜け落ちると同時に、波四郎の脳裏に村に残して来たものがいっぺんに甦《よみがえ》って来た。川の東にひろがる広大な荒れ地。草に光る露、手のひらほどの畑。おふくの白い肌。与平の家の鶏の声、およねばあさんの家の横着な黒猫。そういうもののひとつひとつが、かけがえなく大切なもののように、胸に迫って来るのはなぜだろうか。

――多分……。

と波四郎は思った。兵法者の棲《す》む、荒涼とした場所をのぞいてしまったからだ。人間よりは神が棲む領域に近い、苛烈《かれつ》で荒涼とした世界。いま立っている場所から、さらに深くその世界に踏みこむかどうかは、べつにひと思案がいるだろうと波四郎は思った。しかし、とりあえずもどる場所はそこではなく、村だ。剣で一流をきわめるのもいいが、畑を耕して青物を育てる暮らしだってわるくはない。とりわけそばにおふくがいれば、世界は至福の相を帯びて来るかも知れない。おふくは約束を守って、まだ嫁にいかずにいるだろうか。

波四郎の顔にうかんだ、夢みるような表情を見たらしい。移香斎はしばらく興味深げに波四郎を見つめていたが、やがて言った。

「そうか、国にもどるか。それもよい」

淡々と言うと、移香斎はくるりと背をむけた。杖をついて川原から上がって行くうしろ姿は、神速の技をみせた兵法者とは思えず、にわかに年寄って見えた。波四郎がしばらく黙然と見送ったほどに、孤独なうしろ姿だった。

――この男を……。

まさか残して行くわけにもいくまい、と思いながら、波四郎は昏倒したまま、まだだらしなくのびている犬上のそばにもどった。

砂にひざまずいて、波四郎は盗賊の生き残りだという犬上百度の凶悪な顔を手で叩いた。そのとき細長い谷間に朝の光がさしこみ、倒れている犬上とそばにひざまずいている波四郎を照らした。顔を上げてかがやく初冬の光を額にうけながら、波四郎は長い旅がいま終ったのを感じた。

剣と心

安部龍太郎

小説を読んで心が洗われる充実感を、久々に味わうことが出来た。

本書に収められている五篇の短篇は、いずれも剣術に生きた実在の人物たちに材を取ったものだ。凄《すさ》まじい修行や手に汗握る決闘シーン、剣をめぐるさまざまな思惑など読み所は多いが、心を洗ってくれるのは藤沢周平の人間を見つめる深い眼差《まなざ》しと練達の文章である。

（ああ、小説の値打ちはやっぱり文章の質だ）

渇いた心に水がしみ込むような良質の文章。人間や自然の本質をさりげなく教えてくれる洞察力。そうした長所が作品に満ちあふれ、読者を無理なく作品世界に連れていってくれるのは、藤沢周平が本物の文学者であるからだ。

本人とは一度だけお目にかかったことがある。あれは私がデビューした直後だったから、平成二（一九九〇）年のことだと思う。

編集者と打ち合わせをするために銀座の喫茶店に行くと、壁際《かべぎわ》の席に藤沢（敬称略）が座っていた。

長髪にほっそりとした体付き、おだやかな表情と黒目がちの深い瞳《ひとみ》。まさにあれが今をときめく作家本人である。しかも誰かを所在なく待っているようではないか。

私の胸は早鐘を打ちだした。二年前に刊行された『蟬《せみ》しぐれ』を読み、天をあおいで溜息《ためいき》をつくほど感銘を受けたばかりなので、この機会に声をかけて面識を得たかった。

サインをして欲しいとは思わない。あなたの跡を慕って小説を書きつづけている者の一人ですと名乗りを上げて、こちらの存在を認めてもらいたかった。

それは駆け出しの剣客たちが、宮本武蔵や柳生但馬守《たじまのかみ》に出会ったような気持かもしれない。一手ご指南を願い、一太刀でも交えることができたなら、大きな自信になるはずだった。

それに訊《たず》ねたいこともあったが、好きでたまらない人に近付けなかった初恋の頃のように、私はついに声をかけることができなかった。待ち合わせの人が来て、去っていく後ろ姿を、拝むようにして見送るばかりだった。

本書に収められた五篇はそうした出会いの九年前、昭和五十六（一九八一）年から六十（一九八五）年の間に書かれ、その年の七月に刊行されたものだ。藤沢が『蟬しぐれ』や『市塵《しじん》』の連載を開始して円熟期に入るのは昭和六十一年のことだから、その直前五年間の収穫の一つである。

実在の有名な剣豪に材を取った、藤沢にとっては珍しい作品だが、単なる剣豪譚《たん》に終っていないのは、剣をめぐるそれぞれの葛藤《かっとう》と新境地が丁寧《ていねい》に描かれているからである。

「二天の窟《あなぐら》」では老いた宮本武蔵が、かつて打ち倒して不具にした剣客の弟子である鉢谷助九郎に付きまとわれ、勝負を受けざるを得なくなる。

ところが相手の若い力には敵《かな》わず、引き分けにすることで体面を保ったものの、武蔵も鉢谷もどちらが勝ったかは体感として分っている。

このままでは鉢谷は武蔵に勝ったと言いふらし、二天一流の無敗神話が崩れてしまうにちがいない。それを危惧《きぐ》した武蔵は、ある行動に打って出るのである。

〈六十余度まで勝負すといえども、一度もその利を失なわず〉

『五輪書』にそう書いた武蔵の胸中に去来したものは何であったか……。

「死闘」は伊藤一刀斎の弟子である神子上典膳《みこがみてんぜん》と善鬼の決闘を描いた作品。一刀斎も武蔵と同じで、老いによる力の衰えを感じている。粗暴で野心家の善鬼は、その弱みをついて一刀斎から瓶割刀も年若い側女も奪おうとする。

〈――隙《すき》をみて、討ち果すか。

一刀斎の気持は一瞬猛《たけ》り立ったが、その高ぶった気分は、やって来たときと同様に、唐突に萎《な》えた。まともに立ち合っては、もはや善鬼にかなうまい。〉

苦境におちいった一刀斎は、善鬼と典膳を戦わせ、勝った方に瓶割刀をゆずり一刀流の相伝を許すことにする。表向きは流派の相伝をかけた戦いだが、一刀斎の本心は邪魔な善鬼を典膳に始末させることにあった。

もし典膳が負けても、死闘に疲れた善鬼を斬《き》ることは容易《たやす》い。そうした計略あってのことだが、典膳は見事に善鬼を倒し、やがて将軍家剣術指南役となって名を小野次郎右衛門忠明と改めるのである。

「夜明けの月影」は柳生但馬守宗矩《むねのり》が、過去に因縁のある小関八十郎に付きまとわれる物語である。

宗矩はかつて坂崎出羽守事件が起こった時、剣技ではなく知略によって出羽守を討ち取る働きをした。屋敷に立て籠った出羽守の家臣たちを説得し、家の存続を条件に出羽守を討ち取らせたのである。

ところが幕府は坂崎家を取り潰したために、宗矩は結果的に家臣たちを欺《あざむ》いたことになり、恨みを買うようになった。八十郎もその中の一人で、零落《れいらく》した末に宗矩への復讐《ふくしゅう》をはたすことを生きる目的とするようになった。

腕はたつ。八十郎の跡を尾《つ》けた小者の権平は一刀で斬り殺され、独断で捕えに行った息子の友矩《とものり》は重傷を負わされた。捨ててはおけぬと判断した宗矩は、八十郎との勝負に応じ、相手の隙を容赦なくついて斬殺《ざんさつ》する。

だが、これで終りではない。かつて目ざした、剣技ではなく知略で役に立つことを天下に示し、柳生家の地位を盤石なものにしなければならない。宗矩がその機会をうかがっていた時、島原の乱が勃発《ぼっぱつ》したのだった。

「師弟剣」は諸岡一羽斎《もろおかいっぱさい》の三人の高弟を描いた作品。一番弟子の根岸兎角《とかく》は身勝手な野心家で、一羽斎が病に倒れると面倒もみずに行方をくらましてしまう。しかも介護をしていた姪のおまんさまをかどわかして連れ去っていた。

残された土子泥之助《ひじこどろのすけ》と岩間小熊《いわまこぐま》は一羽斎の介護をし、葬儀をすませた後に兎角を討ち果たすための行動を起こす。江戸で微塵流と名乗って道場を開いている兎角を討つために、まず短軀《たんく》だが力自慢の小熊が向かった。

そして堂々と勝負を挑み、兎角を川に投げ落として勝つのだが、門弟たちの罠《わな》にはまって殺されてしまう。これを聞いた泥之助は小熊の仇討ちに向かおうとするが、兎角に見切りをつけて出戻っていたおまんさまに引き止められ、二人で平穏に生きる道を選ぶ。


「飛ぶ猿」は、愛洲《あいす》太郎左衛門（移香斎《いこうさい》）を父の仇と教えられ、仇を討つために旅に出る住吉波四郎の物語である。

波四郎の父親も関東では名を知られた剣豪で、愛洲は彼と戦えという神の啓示を受けて日向からはるばる訪ねて来たという。

そうして尋常な勝負の末に父親を破って去っていったが、敗れた父親は心の糸が切れたように酒びたりになり、三年後には病気で死んだ。

波四郎は父の無念を晴らし、名誉を回復するために愛洲と立ち合おうと、はるばる日向までやって来るが、目ざす仇は猿を従え山奥にこもって修行に明け暮れていた。

波四郎は真剣で立ち合い、愛洲の境地にはとうてい及ばないことを知る。そして愛洲から太刀筋の良さを誉められ、弟子にならぬかと誘われるが、ふるさとに帰って好きなおふくと平穏に暮らす生き方を選ぶのである。

以上五篇、剣に生きる男たちの心が臨場感豊かに描かれている。しかも彼らを包む自然と日の光の描写が秀逸《しゅういつ》で、やがて『蟬しぐれ』の世界として完成することを予感させる。

もう何年前のことだろう。山形県鶴岡市で作家の佐藤賢一と対談し、その後の酒宴で藤沢周平の話で盛り上がった。

大きな声で讃美するのではない。

「いいよね」

「ほんと、敵《かな》わないよ」

短い言葉を交わしつつ、苦笑しながら熱燗《あつかん》の酒を飲む。それだけで互いの思いは充分に伝わった。

翌日、帰京する前に鶴岡公園内にある藤沢周平記念館を訪ねた。この場所に記念館があることが、彼に対する鶴岡市民の思いを如実《にょじつ》に物語っている。

館内には自宅書斎が再現され、愛用の品々や自筆の原稿、創作資料や写真などが展示されている。

藤沢の人生で特筆すべきは、二十五歳から二十九歳まで肺結核で入院していたことだと思う。その五年間に何を想《おも》い、どんな文学的な覚悟を定めたのか。私が銀座で藤沢と会った時に訊ねたかったのはそのことだ。

しかし今は、訊ねなくて良かったと思っている。その答えは彼のすべての著作の中から自分で探すべきだからである。

〈そのとき細長い谷間に朝の光がさしこみ、倒れている犬上とそばにひざまずいている波四郎を照らした。顔を上げてかがやく初冬の光を額にうけながら、波四郎は長い旅がいま終ったのを感じた〉（「飛ぶ猿」）

作中に印象的に描かれる光を、おそらく藤沢は病室の窓からじっと見ていたにちがいない。

（令和三年十二月、作家）

本書は昭和六十年七月講談社より刊行され昭和六十三年講談社文庫に収録された。

表記について

新潮文庫の文字表記については、原文を尊重するという見地に立ち、次のように方針を定めました。

一、旧仮名づかいで書かれた口語文の作品は、新仮名づかいに改める。
二、文語文の作品は旧仮名づかいのままとする。
三、旧字体で書かれているものは、原則として新字体に改める。
四、難読と思われる語には振仮名をつける。

なお本作品集中には、今日の観点からみると差別的表現ととられかねない箇所が散見しますが、著者自身に差別的意図はなく、作品自体のもつ文学性ならびに芸術性、また著者がすでに故人であるという事情に鑑《かんが》み、原文どおりとしました。

（新潮文庫編集部）

藤沢周平著

時雨みち

捨てた女を妓楼に訪ねる男の肩に、時雨が降りかかる……。表題作ほか、人生のやるせなさを端正な文体で綴った傑作時代小説集。

藤沢周平著

驟《はし》り雨

激しい雨の中、八幡さまの軒下に潜む盗っ人の前で繰り広げられる人間模様——。表題作ほか、江戸に生きる人々の哀歓を描く短編集。

藤沢周平著

密謀（上・下）

天下分け目の関ケ原決戦に、三成と密約がありながら上杉勢が参戦しなかったのはなぜか？ 歴史の謎を解明する話題の戦国ドラマ。

藤沢周平著

闇の穴

ゆらめく女の心を円熟の筆に描いた表題作。ほかに「木綿触れ」「閉ざされた口」「夜が軋む」等、時代小説短編の絶品7編を収録。

藤沢周平著

霜の朝

覇を競った紀ノ国屋文左衛門の没落は、勝ち残った奈良茂の心に空洞をあけた……。表題作ほか、江戸町人の愛と孤独を綴る傑作集。

藤沢周平著

龍を見た男

天に駆けのぼる龍の火柱のおかげで、あやうく遭難を免れた漁師の因縁……。無名の男女の仕合せを描く傑作時代小説9編。

藤沢周平著　本所しぐれ町物語

川や掘割からふと水が匂う江戸庶民の町……。表通りの商人や裏通りの職人など市井の人々の微妙な心の揺れを味わい深く描く連作長編。

藤沢周平著　たそがれ清兵衛

その風体性格ゆえに、ふだんは侮られがちな侍たちの、意外な活躍！　表題作はじめ全8編を収める、痛快で情味あふれる異色連作集。

藤沢周平著　ふるさとへ廻る六部は

故郷・庄内への郷愁、時代小説へのこだわりと自負、創作の秘密、身辺自伝随想等。著者の肉声を伝える文庫オリジナル・エッセイ集。

藤沢周平著　静かな木

ふむ、生きているかぎり、なかなかあの木のようには……。海坂藩を舞台に、人生の哀歓を練達の筆で捉えた三話。著者最晩年の境地。

藤沢周平著　天保悪党伝

天保年間の江戸の町に、悪だくみに長けるが、憎めない連中がいた。世話講談「天保六花撰」に材を得た、痛快無比の異色連作長編！

遠藤展子著　父・藤沢周平との暮し

やさしいけどカタムチョ（頑固）だった父。「自慢はしない」「普通が一番」という教え。愛娘が綴る時代小説家・藤沢周平の素顔。

山本周五郎著
松風の門
幼い頃、剣術の仕合で誤って幼君の右眼を失明させてしまった家臣の峻烈な生きざまを描いた「松風の門」。ほかに「釣忍」など12編。

山本周五郎著
深川安楽亭
抜け荷の拠点、深川安楽亭に屯する無頼者たちが、恋人の身請金を盗み出した奉公人に示す命がけの善意——表題作など12編を収録。

山本周五郎著
ちいさこべ
江戸の大火ですべてを失いながら、みなしご達の面倒まで引き受けて再建に奮闘する大工の若棟梁の心意気を描いた表題作など4編。

山本周五郎著
山彦乙女
徳川の天下に武田家再興を図るみどう一族と武田家の遺産の謎にとりつかれた江戸の若侍。著者の郷里が舞台の、怪奇幻想の大ロマン。

山本周五郎著
あとのない仮名
江戸で五指に入る植木職でありながら、妻とのささいな感情の行き違いから、遊蕩にふける男の内面を描いた表題作など全8編収録。

山本周五郎著
四日のあやめ
武家の法度である喧嘩の助太刀のたのみを、夫にとりつがなかった妻の行為をめぐり、夫婦の絆とは何かを問いかける表題作など9編。

山本周五郎著

町奉行日記

一度も奉行所に出仕せずに、奇抜な方法で難事件を解決してゆく町奉行の活躍を描く表題作ほか、「寒橋」など傑作短編10編を収録する。

山本周五郎著

一人ならじ

合戦の最中、敵が壊そうとする橋を、自分の足を丸太代りに支えて片足を失った武士を描く表題作等、無名の武士の心ばえを捉えた14編。

山本周五郎著

人情裏長屋

居酒屋で、いつも黙って飲んでいる一人の浪人の胸のすく活躍と人情味あふれる子育ての物語「人情裏長屋」など、〝長屋もの〟11編。

山本周五郎著

花杖記

父を殿中で殺され、家禄削減を申し渡された加乗与四郎が、事件の真相をあばくまでの記録「花杖記」など、武家社会を描き出す傑作集。

山本周五郎著

あんちゃん

妹に対して道ならぬ感情を持った兄の苦悶とその思いがけない結末を通して、人間関係の不思議さを凝視した表題作など8編を収める。

山本周五郎著

彦左衛門外記

身分違いを理由に大名の姫から絶縁された旗本が、失意の内に市井に隠棲した大伯父を天下の御意見番に仕立て上げる奇想天外の物語。

山本周五郎著
風流太平記
江戸後期、ひそかにイスパニアから武器を密輸して幕府転覆をはかる紀州徳川家。この大陰謀に立ち向かう花田三兄弟の剣と恋の物語。

山本周五郎著
艶書
七重は出三郎の袂に艶書を入れるが、誰からか気付かれないまま他家へ嫁してゆく。廻り道してしか実らぬ恋を描く表題作など11編。

山本周五郎著
菊月夜
江戸詰めの間に許婚の一族が追放されるという運命にあった男が、事件の真相を探り許婚と劇的に再会するまでを描く表題作など10編。

山本周五郎著
朝顔草紙
顔も見知らぬ許婚同士が、十数年の愛情をつらぬき藩の奸物を討って結ばれるまでを描いた表題作ほか、「違う平八郎」など全12編収録。

山本周五郎著
樅ノ木は残った
毎日出版文化賞受賞（上・中・下）
仙台藩主・伊達綱宗の逼塞。藩士四名の暗殺と幕府の罠――。伊達騒動で暗躍した原田甲斐の人間味溢れる肖像を描き出した歴史長編。

山本周五郎著
さぶ
職人仲間のさぶと栄二。濡れ衣を着せられ捨鉢になる栄二を、さぶは忍耐強く支える。友情を通じて人間のあるべき姿を描く時代長編。

山本周五郎著

赤ひげ診療譚

貧しい者への深き愛情から〝赤ひげ〟と慕われる、小石川養生所の新出去定。見習医師との魂のふれあいを描く医療小説の最高傑作。

山本周五郎著

日本婦道記

厳しい武家の定めの中で、愛する人のために生き抜いた女性たちの清々しいまでの強靭さと、凛然たる美しさや哀しさが溢れる31編。

山本周五郎著

ながい坂（上・下）

人生は、長い坂。重い荷を背負い、一歩一歩、確かめながら上るのみ——。一人の男の孤独で厳しい半生を描く、周五郎文学の到達点。

山本周五郎著

青べか物語

うらぶれた漁師町・浦粕に住み着いた私はボロ舟「青べか」を買わされた——。狡猾だが世話好きの愛すべき人々を描く自伝的小説。

山本周五郎著

五瓣の椿

連続する不審死。胸には銀の釵が打ち込まれ、傍らには赤い椿の花びら。おしのの復讐は完遂するのか。ミステリー仕立ての傑作長編。

山本周五郎著

柳橋物語・むかしも今も

幼い恋を信じた女を襲う悲運「柳橋物語」。愚直な男が摑んだ幸せ「むかしも今も」。男女それぞれの一途な愛の行方を描く傑作二編。

決《けっ》闘《とう》の辻《つじ》

新潮文庫　ふ-11-26

令和四年二月一日発行
令和五年九月二十日四刷

著者　藤《ふじ》沢《さわ》周《しゅう》平《へい》

発行者　佐藤隆信

発行所　株式会社新潮社

郵便番号　一六二―八七一一
東京都新宿区矢来町七一
電話　編集部(〇三)三二六六―五四四〇
読者係(〇三)三二六六―五一一一
https://www.shinchosha.co.jp

価格はカバーに表示してあります。

乱丁・落丁本は、ご面倒ですが小社読者係宛ご送付ください。送料小社負担にてお取替えいたします。

印刷・錦明印刷株式会社　製本・錦明印刷株式会社

ISBN978-4-10-124726-7　C0193